Madrid confidential

Oriol Malló i Vilaplana

MADRID CONFIDENTIAL

Les aventures del diputat K

EDICIONS
La campana

1a edició: febrer de 2004
3a edició: abril de 2004

Balmes, 65, 4t, 1a
08007 Barcelona
Tel.: 93 453 16 65 / Fax: 93 451 89 18

Disseny coberta: Helena Batet
Il·lustració coberta: Miquel Ferreres

ISBN: 84-95616-42-4
Dipòsit legal: B. 20.234 - 2004
Fotocomposició: EdiGestió (Barcelona)
Imprès a Romanyà/Valls. Capellades (Barcelona)

A tots els madrilenys demòcrates, liberals, republicans.

A tots els madrilenys que van resistir fins a l'últim alè
en defensa de la ciutat i la legalitat.

A tots els madrilenys que rebutgen
l'Espanya imperial i eterna.

A tots aquests madrilenys que prefereixen pensar i no obeir,
a tots ells, els dedico aquest llibre.

Unes paraules de l'autor

Fa una pila d'anys, durant els 80, K i un servidor vivíem immersos en allò que se'n deia l'independentisme; ell a la Crida a la Solidaritat en Defensa de la Llengua, la Cultura i la Nació Catalanes, i jo, més radical, al Moviment de Defensa de la Terra. Com que no érem tants, i tothom es coneixia, vam tenir una certa relació, però el temps i les vides de cadascú ens van allunyar i a part d'alguna trobada ocasional vam deixar de veure'ns. Aquest llibre que teniu a les mans és fruit d'un reencontre.

La imatge que jo tenia de K era la d'un jove un punt arrauxat però sempre xocant i reflexiu, d'un parlar decidit, en cascada, i una retòrica que trencava tòpics i apassionava els contertulians que l'escoltàvem. Però d'allò fa ja una colla d'anys. I quan, l'abril del 2003, ens vam tornar a trobar, us diré, sincerament, que allò que més em va sorprendre és que dues legislatures al Parlament de Catalunya i una al Congrés de Madrid no havien canviat gens la fisonomia ni el caràcter de K. En lloc de fer-se una carcassa de vip i de tractar-nos, a mi i al meu amic i escriptor Martí Bauçà, amb una certa condescendència, ens va divertir, explicant-nos anècdotes de la seva vida parlamentària a Madrid i la seva descoberta dels mecanismes de poder endogàmic que feien i desfeien a la capital d'Espanya. Va ser escoltant-lo quan vaig començar a barrinar que tot plegat podia donar un bon llibre.

Amb sornegueria càustica, K va traçar les línies generals de l'aznarisme universal i la manera com ell, des del seu escó solitari, s'hi havia enfrontat. I així, l'home divertit i incisiu em mostrava alhora una vocació desconeguda fins llavors de polític *à la page*: és a dir, informat, escrupolós i hàbil.

Tossudament realista i decididament independentista, en aquest llibre observareu, espero, aquest doble pivot sobre el qual K ha construït la seva carrera política. I us trobareu, potser, un K franc i contundent perquè havia de fer d'una olla de grills com era ERC un partit ordenat i seriós. Però us asseguro que també és un home càlid i amable.

Que els independentistes hagin deixat de ser les joventuts arrauxades de CiU i siguin, o tinguin, un paper fonamental en la governabilitat de Catalunya es deu a gent com Carod, K i tants d'altres diputats o alcaldes que han demostrat, a bastament, que sabien què significa exercir l'ofici, bell i difícil, de la política quotidiana.

Per això em vaig decidir a escriure aquest llibre. Perquè en certa manera K és el mirall d'una generació per la qual ningú donava quatre xavos, però hem après que el futur també és cosa nostra. I sabem també, gràcies a homes com K, que és possible fer compatible l'amor a un país i la seva governació, a través de la meritocràcia, la feina ben feta i un mínim d'idealisme.

K explica que Madrid està ple de milhomes que no sabran què fer si Catalunya planta cara. Llegiu-lo com un manual d'instruccions, un viatge iniciàtic o com el naixement d'un polític d'altura.

Quan vaig proposar a La Campana de fer aquest llibre, no podíem imaginar-nos, ni l'editorial ni jo, que el diputat K despertaria, en pocs mesos, tanta atenció i tantes expectatives en la política catalana.

Finalment, aquestes pàgines no són només el resultat de les converses mantingudes amb K –la seva veu apareix nítidament en molts moments del llibre– sinó també d'haver parlat amb diverses persones ben informades. A totes elles i a K, vull agrair-los des d'aquí la seva col·laboració.

ORIOL MALLÓ
Febrer de 2004

Kilòmetre zero

Madrid, senyors, és la capital d'Espanya. El quilòmetre zero de la Plaza del Sol. L'estructura radial que d'aquí a pocs anys connectarà la cort amb totes les seves províncies en menys de tres hores. La megalòpoli que acabarà per convertir aquesta peculiar comunitat autònoma en una mateixa ciutat de límits infinits. Les odioses comparacions entre Barcelona i Madrid no trigaran gaire a desaparèixer perquè, de fet, Barcelona, el motor fabril d'Espanya que tant agradava als de la Lliga Regionalista, ha quedat exclosa de les estadístiques.

Mentre Ruíz-Gallardón construïa 113 quilòmetres de metro i s'inventava el metro-sud –que seria com fer arribar els túnels del metro de Barcelona fins a Martorell– aquí ens ha costat anys i panys obrir noves línies i esperar. I encara esperem aquest imaginari TGV que ens hauria d'unir amb Europa i que *de facto* ens portarà a Madrid fent la competència a l'altra eina de subordinació estratègica, el pont aeri. Els vols directes transoceànics són un trist record del que hauria pogut ser un aeroport internacional. Madrid despobla Castella però no hi ha cap provincià que no es deleixi per tenir un pis de propietat als milers de noves urbanitzacions que es construeixen al voltant de l'M-40.

És cert. No tenen platges, però el *levante feliz* inclou una autovia Madrid-València que els porta directe a la costa de la paella i la sangria. Si després de tot plegat trobeu un madrileny amable, i tots ho són perquè no els manca de res, sempre us dirà que enveja aquesta petita ciutat que és Barcelona, tan antiga i tan moderna, tan ben dissenyada i tan polida, i si a més aquest amable madrileny és un socialista enfadat, us dirà que el model urbanístic de Madrid és nefast comparat amb el de Barcelona. Són galindaines que ens dediquen els vells enemics ara que el rival juga a segona divisió. I és que la guerra fa temps que s'ha acabat. Per sort o per desgràcia, un gavadal de xifres indiquen que Madrid ja és una de les metròpolis emergents del nou món globalitzat, i allí es traslladen les seus de les multinacionals, les corporacions financeres i qualsevol holding que busqui establir-se al sud d'Europa.

Fins no fa tants anys, almenys fins al 1936, l'estació de França era la nostra porta al món, i París exercia de focus d'atracció per a tots els catalans que volien fugir de l'Espanya negra. Ara mateix, milers de catalans treballen a Madrid, munten restaurants i exerceixen de yuppies a qualsevol empresa. Tot aquell esforç colossal per convertir Barcelona en una ciutat de referència a nivell mundial va ser una al·lucinació d'una nit d'estiu, concretament del juliol de 1992, quan el Cobi se'n va anar volant i ens va portar turisme, camps de golf, hotels de qualitat i això que ara en diem una ciutat de serveis. Fidel miratge del que voldríem ser, Barcelona ha hagut d'inventar-se noves animalades com el Fòrum de les Cultures perquè així Alfons Quintà ens pugui recordar que de cultura res i d'especulació tot.

Si recuperem el seny, o el sentit comú, caldrà començar a pensar que la batalla de les dues Espanyes –tres, fins i tot– ha acabat amb la reconquesta neofranquista que va iniciar-se amb la Constitució de 1978, gràcies a la qual milers de funcionaris més o menys ociosos han estat traspassats a les comunitats autònomes, sense fons ni finançament, per mantenir una estructura burocràtica que es menja tot el pressupost d'allò que en diuen regions i nacionalitats. La vocació universal d'Espanya, la política de missió, tal com l'anomenava el pantarca Ors i propugnaven tots els joves falangistes, torna a estar de moda. En aquest llibre veurem com l'imperialisme hispànic, aliat, ara, dels americans, pretén jugar un rol de primera potència en el concert mundial.

Però, per si de cas, comencem amb modèstia. Barcelona i Madrid, dues maneres oposades de veure el món, han topat i s'han enfrontat sobretot des de l'època de la Restauració, el 1874 –quan els republicans, els federalistes i els carlins van cedir el govern a Alfons XII–, fins a la República i la Guerra Civil, que van desfer per sempre més aquell sistema de contrapesos, precisament no gaire democràtics. I després, la dictadura de Franco, com em deia un expresident de la comunitat de Madrid, va industrialitzar la capital del *Estado*, va forçar l'emigració del centre i del sud i va agregar barris per tenir tot allò que tenia Barcelona: població, classe obrera, burgesia i indústria de tota mena.

Alto! No és que Franco estimés Madrid amb devoció provinciana, però en la seva mentalitat casernària calia refer Madrid perquè es convertís en la capital que succionava tots els recursos d'Espanya i convertia el País Basc i Catalunya en regions subsidiàries d'un poder que anava del cap provincial del Movimiento al governador civil, passant pel ministre de torn i acabant pel Caudillo en persona. En la visió simple d'aquell gallec mediocre, la perillosa juxtaposició de nacionalisme i obrerisme era la causa de la decadència d'Espanya, i per això tota renaixença passava per castrar el potencial de Bilbao i Barcelona, on s'amagava l'enemic interior sempre amb la por, això sí, de ser afusellat o haver-se d'exiliar.

A hores d'ara, la victòria pòstuma del franquisme, i de la democràcia que va iniciar-se poc després, és la conversió de Madrid en una capital absoluta. Si abans les riqueses colonials, els bons del Tresor, les rendes del comerç i les accions de companyies ferroviàries feien afluir capitals cap a Madrid, ara són les finances, els bancs, les grans companyies, els rèdits de la globalització i l'especulació immobiliària allò que fa de la ciutat un focus permanent d'atracció de nous habitants a la recerca d'una fortuna que pot arribar en qualsevol moment. A més, i ho ressalten sempre, Madrid no té madrilenys. Diferents allaus procedents d'arreu d'Espanya, i ara sud-americans, s'instal·len a la Villa y Corte i procuren fer-se un lloc en el garbuix madrileny.

Madrid és una història de provincians que se'n van a fer les Espanyes i de vegades ho aconsegueixen. El grimpador seria, doncs, l'essència de Madrid. Un mediocre de classe mitjana-baixa, de pocs estudis, que perd el temps i cau del cavall i se'n va a Madrid a cercar una posició per tornar al poble i explicar anècdotes de ministres, sopars al Jokey o al Zalacaín, i es dedica a repartir targetes. Els primers anys, però, no fot res de bo fins que troba una organització per catapultar-lo.

DECÀLEG DE L'ARRIBISTA

Primer foren els liberals i els conservadors. Després els jesuïtes, que dominaven els bancs. Després va venir la maçoneria, on no van voler el pobre Franco i, entremig, Unión Republicana i Izquierda Republicana, «que ellas solas colocaron a medio Madrid», i la CEDA, evidentment. I després la Falange fundada per un *señorito andaluz* dels que pensen i viuen a Madrid, «alimentada por pardos y toscos castellanos de los que quieren a toda costa llegar a estar muy bien situados en Madrid», com deia Antonio Burgos. De «Por el Imperio hacia Dios», res de res. Xalaven del càrrec, el virregnat exercit a províncies en nom de Madrid; camisa blava, escorta, cotxe oficial, «quizá querida y correajes, muchos correajes».

Hi havia de tot: «subjefe provincial del Movimiento», «delegado provincial de Abastecimientos», «inspector de la Fiscalía de Tasas» o «asesor jurídico de la Dirección de Plazas y Provincias Africanas». I llavors va venir l'Opus, que tenia la solució continuista del franquisme, i es va instal·lar el poema repintat:

En el camino del Pardo
Y muy cerca de su ermita
Hay un letrero que dice:
Maricón el que dimita…

I amb el poder «de acomodatoria» de l'Opus Dei s'ajudava a guanyar oposicions i a copar ministeris. Era l'invent d'un baturro que volia conquerir Madrid des del barri d'Argüelles. I així el seus acaparaven direccions generals, eren solters i posaven els enginyers agrònoms a estudiar teologia a Roma. I tots tenien el tupè mal pentinat i resaven cada dia el rosari. Ja cap a les darreries del franquisme calia ser progre a base de juntes democràtiques i plataformes unitàries, i esperar el triomf socialista.

Així es pot dir que centenars d'onades de provincians han inundat Madrid i l'han estratificat de manera que la mamella nacional ha generat una gent, uns hàbits i una forma de viure sense parangó. I a les perruqueres, les dones dels funcionaris els diuen que els seus marits són alts funcionaris. I els ministres que tenen l'agenda sobrecarregada i no s'assabenten de res del que passa al seu ministeri, quan més gaudeixen, és clar, és viatjant a províncies, on la Guàrdia Civil els saluda i el seu cotxe va escortat per motoristes i el governador els encén el cigarret amb el seu Cartier d'or, hi ha dinar oficial i després suite reial. Al final diuen: «Tomo buena nota» i tan tranquils.

Madrid, Villa y Corte que sempre identifica poder amb obres públiques. De la cort, ja només en queda el cerimonial de presentació de cartes credencials dels ambaixadors estrangers, i un negre que baixa d'una carrossa del segle XVIII al pati d'armes del Palau Reial, on ja no viu ningú. Reial o d'Oriente, com deien els falangistes. I al rei l'han obligat a anar a la Zarzuela, un antic vedat de caça, perquè Madrid està impossible i així està més a la vora de la Moraleja, de Majadahonda i de la Puerta del Hierro, on la gent té xalet, piscina i un gos agressiu. I els poderosos es conviden a festes privades per celebrar que són feliços i solidaris.

MADRID, CLAU DE VOLTA DEL PODER

Les arrels descrites magníficament per aquest convers a la Brunete mediàtica, Antonio Burgos, en el seu excel·lent *Libelo contra Madrid*, publicat per Planeta el 1980, comencen amb la sàvia decisió de Felip II d'instaurar Madrid com a capital del regne.

Primer fou «el austero, negro falaz Madrid de los Austria». Després van posar portes i jardins, «palacios y casonas», per a secretaris d'Estat i de despatx. «Madrid siempre ha dictado el exilio interior, el imperio interior, el suicidio interior de España.» Espanya és el latifundi i «Madrid es el cortijo». Madrid, «maldición de España, secreto vicio nacional, pecado inconfesable de la patria», té el que ningú no ha aconseguit: el poder i l'aurèola que dóna la proximitat del poder. «Madrid está lleno de provincianos, de renegadores de la periferia. Se fueron allí a medrar, a trepar, a ascender por las lianas del entramado de poderes fácticos, donde los árboles de la corrupción no dejan ver el inmenso bosque de la desvergüenza.» «Un Madrid que quiso ser tumba del fascismo y se quedó en Consejo Nacional del Movimiento.»

La coartada històrica és que el «sencillo-pueblo-de-Madrid no tiene la culpa del centralismo». Des de Carlos Arniches fins a Mesonero Romanos, i tots els tipus «barriobajeros» de la literatura, el teatre i la sarsuela estaven pròxims als ministeris «y los autores costumbristas los veían cada mañana, conforme iban a sus chanchullitos de la Dirección General del Catastro, a cobrar y a firmar». S'haurien alçat com el 2 de maig contra «la Invasión de los Trepas, los Cien Mil Hijos de la Burocracia. Hubieran acuchillado los coches del PMM como hincaron sus navajas en los ijares de los caballos de los mamelucos». Però tots vivien gràcies al centralisme. Des del segle XVI «está chupándole la sangre a España». I és clar, l'empremta monàrquica queda: «En Madrid todo el mundo hace en tres días el curso de señor.»

I les estanqueres, els porters, els ordenances vénen d'un mateix lloc: «Madrid está lleno de vencedores de la Guerra Civil que gracias a serlo se colocaron de ordenanzas.» Com deia el federalista Almirall, i Burgos recorda: «Madrid viu de la política, gràcies a la qual s'adjudica una part substanciosa del pressupost de la nació.»

Ara bé, Burgos ho especifica: «Pero fundamentalmente en Madrid mandan los que no parece que mandan, los poderes que son y no los que estan en el candelero, en el machito, en la cuestión y en la cosa. En Madrid cada Régimen, cada forma de Estado deja un montaje bien establecido, un escalafón de trepas ascendidos por la Organización.» Però tots et diuen «yo soy un mandado» dels que creuen que manen.

«Los poderes fácticos habían hecho un pacto con Franco cuando por fin pudo tomar café en la Puerta del Sol» i els franquistes van deixar a les mans del Cap el gran poder per marcar l'oposició i mantenir l'engranatge del Movimiento, mentre que ells es van dedicar a exercir el petit poder seguint la frase del Caudillo: «Dejadme a mí todo el poder y enriqueceos.» I ells, els poders fàctics, amb Azaña, amb Niceto Alcalá Zamora, amb Franco, han creat la *Situación*: «Situación, acción y efecto de situarse, de trepar, de escalar el Everest de la burocracia y de los intereses propios y ajenos, cambiar algo para que nada cambie y sigan mandando los mismos y sigan enriqueciéndose los mismos, siempre a costa de las provincias.»

DE LA FUNCIÓN PÚBLICA

Es tracta d'una visió un punt esperpèntica de Madrid, però com ja sabem tots, si un català els cau bé sempre diuen allò de «no parece catalán». Perquè, com deia Josep Pla, tenim fama d'antipàtics. Però Madrid ha generat antipatia i ràbia, larvada o explosiva. La mítica imatge de milers de funcionaris que viuen a l'esquena del país la descrivia perfectament l'escriptor empordanès en el seu *Madrid, 1921.**

«En general els catalans no tenim cap simpatia pels empleats ni pels buròcrates. Considerem que ens xuclen la sang tot prenent cafè amb llet i fumant cigarrets de l'estanc. A mi, personalment, tot home situat darrera una taquilla em fa una por instintiva, cerval.» Als ministeris es reben «asuntos» que es resolen a través del «negociado», que és de dos tipus: «els que tenen molta feina i els que en tenen poca, i hi ha els qui treballen i els qui no fan res». El destí dels uns és treballar, els altres han nascut per no fer res. D'altra banda, hi ha tres menes d'assumptes que fan anar de corcoll el pobre ciutadà:

a) «asuntos» per resoldre
b) «asuntos» que el temps resoldrà
c) «asuntos» que el temps ja ha resolt

L'oblit com a motor de la història. Quan arriba l'«asunto» se'l col·loca dins una carpeta que es guarda en un calaix. Al cap d'uns quants dies, l'empleat obre la carpeta i «echa un vistazo al asunto» i si el temps ja l'ha resolt, pas-

* *Madrid, 1921 (Un dietari)*. Selecta, 1957. Totes les cites de Pla són d'aquest llibre.

sa als arxius de l'Estat. En el cas tràgic que un «asunto» s'hagi de despatxar perquè sí, el funcionari aplica la litúrgia administrativa i els llocs comuns. Mira que s'hagin complert tots els tràmits i que estigui «reintegrado», ja que si no s'han pagat deu cèntims al fisc, per plana i per ratlla, l'«asunto» va al cove. Com que la petició i la tossuderia fan el seu efecte, s'accepta la fórmula de solució, l'empleat fa uns «considerandos» i uns «resultandos» i el ministre firma. «En realitat, els funcionaris no fan res. Es passen la vida vetllant uns papers que contenen descripcions administratives dels exabruptes particulars.» I el moment de glòria d'aquell *Madrid, 1921* i que més va fruir Pla, el descriu amb extrema ironia:

El desenganyat contribuent «que porten al cor els catalans es delecta amb "l'espectacle de l'entrada dels buròcrates i funcionaris a les oficines de l'administració central". Espectacle trist. "De deu a dotze, en efecte, hora d'anar a les oficines, Madrid és un funeral. Quines cares més llargues i terribles! Quines pupil·les més lívides i clorades! Quines mandíbules més estretes no us passen per davant!" Madrid, ciutat essencialment burocràtica, treu els mals humors en aquesta hora». A penes la xocolata desfeta, els xurros, el cafè o un cigarret intempestiu els calmen, però «esdevenen, degut a l'humor dels empleats, tristos i funerals».

DE L'OPOSICIÓ COM A FORMA DE VIDA

I en la descripció d'aquest Madrid que Pla observa amb contundència i precisió, no hi pot faltar la figura entranyable de l'opositor. Els opositors són la columna vertebral de la ciutat. «Hi ha famílies que han muntat, de pares a fills, tota la seva vida i la corresponent seguretat sobre les oposicions.» Les coses s'aprenen de memòria: els provincians visiten Madrid i omplen dispeses i pensions, a més d'acadèmies i centres, però «l'opositor és un home sotmès a una maceració antinatural absolutament contrària a l'equilibri i a la salut física. Un opositor és un xiprer. Dos opositors, dos xiprers. Tres opositors, un tètric cementiri». I també hi ha l'opositor reincident que envaeix fins i tot la biblioteca de l'Ateneo de Madrid, la docta casa, anomenada l'Holanda d'Espanya «perquè és culta i tolerant».

Reescalfar tòpics sobre Madrid sempre compensa el sentiment d'inferioritat dels catalans que han tingut l'obligació de passar per la capital d'Espanya a arreglar els assumptes que no tenien solució des de Barcelona. La reivindicació històrica del catalanisme és que l'administració estigués a Barcelona i que només en temes d'Estat calgués passar per la cort. Reivindicació que tant des de l'esquerra com des de la dreta partia, en el segle XX, de la convicció que la locomotora industrial d'Espanya tenia dret a autogovernar-se per decidir conseqüentment quin model de país volien. Per això Catalunya es va convertir en el problema de la Restauració. Un règim suposadament liberal però amb mà de ferro, en el qual estadistes com Cánovas del Castillo feien equilibris damunt del trapezi davant dues qüestions que fuetejaven la imatge daurada d'aquells patriarques: el catalanisme i l'obrerisme.

L'ENEMIC INTERIOR

Mentre a Madrid impressors com Pablo Iglesias assumien una versió moderada del marxisme i procuraven vestir-se com senyors llegits i educats, Barcelona era la rosa de foc on cada dos per tres hi havia un atemptat anarquista, processos judicials salvatges, com ara el de Montjuïc, o rebel·lions fiscals de botiguers i empresaris, com per exemple el tancament de caixes. Província ingovernable. Madrid no sabia què fer davant d'aquella acumulació de desastres que per a l'elit madrilenya representava un caos futurista que al final només va arreglar la mà beneïda del general Franco. No ens hi estendrem més, però el 1921 la cosa ja sortia de mare, com comentava Josep Pla:

«No es pot negar que en el terreny culinari, com en el terreny bancari, els bascos exerceixen una veritable hegemonia sobre Madrid. En canvi l'hegemonia de les idees polítiques catalanes –en aquest moment– és un fet igualment indubtable. A través de les formes de la seva hegemonia –estómac i butxaca– els bascos representen a Espanya un element indubtable de consolidació. En canvi, les formes de l'hegemonia catalana mantenen el país en un estat d'agitació constant, i sovint d'un energumenisme insuportable. El castellà, pobret, sofreix de tots cantons. D'un cantó Catalunya li posa el cap com uns tres quartans, i no el deixa respirar d'inquietud i de verí problemàtic. El basc, en canvi, l'estira per l'altra banda, prometent un nirvana bancari i culinari. Entre aquests dos jocs, el castellà viu amb les mans al cap i gairebé mai no sap el que li passa.»

Madrid potser no sabia el que li passava, però el cas és que va fer tots els esforços per apuntalar-se com a capital, i al final d'aquest trajecte, al segle XXI, la lluita ha quedat resolta. EL BBVA té la seu real a Madrid, cosa que ni Franco hauria somniat, i Endesa ens factura des del Manzanares. Per moltes excuses que vulguem posar-hi, la pèrdua de pes específic de Catalunya, el seu lent però evident declivi, està contrastat per tota mena de xifres que els diaris ens regalen amb cert fatalisme.

EL SOMNI CATALÀ

La diferència és que abans ens temien. L'impuls productiu i industrial de Catalunya sorprenia i espantava alhora. La febrada que va durar de la Primera a la Segona República, cinc dècades com a mínim, va fer creure a molts que estàvem al llindar d'un nou món, i tot i que els catalans discutien el què i el com, tothom tenia clar que Barcelona estava destinada a ser una de les grans capitals del sud d'Europa i el gegant impulsor que canviaria, d'una vegada per totes, les formes de terror i pastanaga que ens oferia Madrid. L'autogovern seria, si fa no fa, l'evolució natural d'unes noves formes de vida que havien esclatat a Catalunya i que s'havien de canalitzar des de dintre. Imagineu-vos, si no, el 1900. Mentre tots els escriptors provincians establerts a Madrid no paraven de lamentar-se i carregaven contra les formes de vida castellana que havien arruïnat la hisenda i el país, a Barcelona naixia el modernisme i es connectava amb tots els corrents vinguts de París.

La malaltia hispànica, la fenomenologia de la decadència, en la qual coincidien Azorín, Valle-Inclán o Unamuno, era examinada a les tertúlies madrilenyes on es volia fer cau i net amb tot el passat, si bé es tenyien de nostàlgia per aquell imperi ascètic dels Àustria. Barcelona simplement passava i es fotia del dramatisme exagerat dels fòrums madrilenys perquè tenia la impressió que el veritable progrés liberal arribaria a través de Catalunya.

Un segle després, les coses han canviat radicalment. Mentre aquí ens plantegem la decadència de tot plegat, allà celebren que ja són Madrid districte federal i que només els falten uns jocs olímpics per ratificar la potència conjunta d'Espanya i Madrid; una aliança que mai no fou tan clara i que ara, com un sol home, associa regne i capital.

Madrid, sense haver canviat res essencial, s'ha transformat completament. Ha recuperat la seva condició de bandera de la hispanitat i exhibeix orgullós tots els museus, tots els bancs, tots les institucions, tots els valors que donen fe que aquesta és avui, senzillament, la capital d'Espanya. I per descobrir què ha passat, per què ha estat així, observarem les entranyes del monstre i seguirem les passes d'un diputat que ha topat amb Madrid i ha sabut defensar-se'n. Només per saber amb garantia què ens està passant.

La forja d'un caràcter

Ripoll no és precisament una vila agraciada. Un cel de plom i pluges constants que remullen uns carrers de cases no gaire antigues. I els pisos dels obrers que es van anar instal·lant els anys cinquanta i seixanta, quan la metal·lúrgia i el tèxtil aprofitaven l'aigua del Freser i es construïen colònies fabrils que avui decauen i moren excepte quan les reformen per fer-hi petites indústries.

El futur diputat K és fill, i ho reivindica orgullós, de Ripoll, tot i que sa mare és originària d'Osona i té una besàvia de Santander. Els seus antecedents familiars no feien pensar que podia tenir una vida marcada per l'acció política. Els avis paterns havien estat masovers que van acabar a la indústria i poca cosa més. Però tot i l'ideari republicà de K, paradoxes de la vida, la seva àvia materna, que havia flirtejat amb el catalanisme catòlic, va formar part durant la guerra d'una xarxa d'evasió de diverses persones decrèpites, i amagava capellans camí de la frontera. En la postguerra algun caporal li ho agraïa convidant-la a dinar.

L'avi patern i el seu entorn familiar eren republicans. Va ser al front de Gandesa i a la serra de Pàndols, en la cruenta batalla de l'Ebre durant la qual Franco es va plantejar, i gairebé ho va aconseguir, aniquilar les masses d'infanteria republicanes. L'avi, que era de Campdevànol, se'n va sortir relativament bé, perquè allà s'havia pactat entre dretes i esquerres que no hi hauria escaramusses i, després d'estar-se un temps amagat a la muntanya, va tornar a Campdevànol. Militant d'ERC, va deixar la política per a un altre dia, que certament va trigar a arribar, i l'avi de K es va dedicar simplement a fer la seva vida en un entorn de postguerra que encara feia més reclosa la vida de Ripoll.

UNA VOCACIÓ PRECOÇ

K pertanyia a allò que s'anomena la classe subalterna. Son avi i el seu pare van treballar a la primera fàbrica de carburs de Campdevànol, mentre que la mare ho feia al tèxtil. Però el seu marit, que era traçut, va aprendre a fer de mecànic tèxtil. Això sí, res de luxes. K era un nen nascut a mitjan anys seixanta i les seves idees sobre Madrid o el poder eren escasses o llunyanes. A part de la caserna de la Guàrdia Civil, els membres de la qual feien el *cafelito* i la ronda, de Madrid només se'n sabia allò que explicaven els llibres escolars que li feien aprendre de memòria a les carmelites i als salesians. K era un estudiant que s'avorria i desconnectava. Només es despertava quan arribaven les classes de literatura i història.

Tanmateix, i com és característic també de la Catalunya de finals del franquisme, alguns ordes religiosos, decebuts del règim, van organitzar a les seves escoles, com els salesians, una mena d'educació que ara en diríem activa o renovadora. Feien rotllana amb els nens, anaven de liberals, se'ls emportaven a la muntanya, i a l'hora de religió s'aprofitava per fer debats sobre ètica i s'organitzaven una mena d'assemblees parapolítiques. També tenien la seva pròpia revista ciclostilada i totes les activitats es feien en català. La majoria de professors eren catalans, hi havia algun basc i pocs salesians.

Mentre a l'escola pública els feien resar, ells ja anaven de sobrats perquè tenien professors com un tal Miquel Colomer, inclinat pendularment cap a l'esquerra. Aquell professor tenia el do de fer-se escoltar, i als onze o dotze anys K començava a interessar-se per aquest món tan paradoxal i vigorós de la política, la història, la guerra, les revolucions; en definitiva, els fets que trasbalsen la vida de la gent i generen moviments de llarga durada. I aquell professor era un progre compulsiu que sempre duia sota el braç aquell nou diari tan avançat que es deia *El País*, cosa rara a Ripoll i, és clar, flirtejava amb el socialisme.

DE LA CATALUNYA REAL
I LA LLUITA DE CLASSES

Però tot va canviar quan va anar-se'n a fer BUP a les carmelites, on va percebre ben clarament allò de les diferències de classe. A les classes populars, aquelles que no anaven a esquiar, les cridaven pel cognom i, en canvi, als *pijos*, pel nom; i, a sobre, les atencions eren totes unes altres. Però així eren les coses. Ripoll no deixava de ser un escenari complex. Aquella ciutat bressol del catalanisme on segurament no es parlava un borrall de castellà no era altra cosa sinó un mite. Els amics d'infància de K eren tant el Mariano Pérez i el Felipe Ruiz, com en Torrabadella, el Torrents o el Cunill. Hi havia molta immigració de

Jaén i al carrer es jugava, sovint, en castellà. La Catalunya catalana, precisament perquè s'industrialitzava, acollia gent d'arreu, però el tema, al cap i a la fi, és una qüestió purament demogràfica. Sempre que l'immigració no sigui a gran escala, els mecanismes d'integració funcionen i el català es converteix en la llengua d'adopció.

Per això K no ha considerat mai l'immigració com un problema. La va viure de forma natural i des de molt jove va tenir clar que, vinguessin d'on vinguessin, tots eren catalans, encara que al principi les diferències lingüístiques marquessin un cert sentit de pertinença a una banda o a l'altra. Però tot això desapareixia al carrer i a l'escola gràcies a la presència del català com a llengua vehicular de Ripoll, cosa que feia del tot natural l'adopció d'aquells fills d'immigrants que, amb el temps, han esdevingut una part inalienable de la vila.

Com van fer molts, K també es va iniciar en l'escoltisme, però la seva participació va ser més aviat caòtica. El seu agrupament de Ripoll es va separar del Moviment Escolta de Catalunya. I és que s'ho mereixien. Un estiu, mentre estaven acampats a Joanetes, va arribar una inspecció sorpresa de Girona a les deu del matí i tothom dormia. Ni bandera hissada, ni fulards, ni xavals en formació. Aquell agrupament anava tres hores més tard en relació amb l'horari escolta oficial. Es llevaven a les dotze, esmorzaven a les tres, dinaven a les sis i sopaven a les dotze, amb la qual cosa se n'anaven a dormir a les tres de la matinada.

L'esbronc als monitors fou descomunal –hi havia Jordi Pujol (res a veure amb el polític) i Magda Verdaguer, que anys després, curiosament, acollirien K en la seva vida a Madrid– i l'agrupament va haver d'abandonar forçosament el Moviment Escolta, i van formar el Grup d'Esplai

Ratpenat, una mica més anarquitzant i sense els rituals propis dels escoltes. Del coneixement del país, l'educació cívica i les bases de l'escoltisme, segons les seves bases doctrinals, K es va quedar més aviat amb la cara barrilera i divertida d'aquell nano que ja s'estava transformant en adolescent i que va deixar l'agrupament als díscols quinze anys. Com sigui, la influència de l'escoltisme en diverses generacions de polítics catalans no deixa de ser sorprenent, i permanent, ja que va força més enllà de la mística resistencial de la quinta política de Jordi Pujol o Pasqual Maragall, que, entre el 1945 i el 1965, es van formar a les files de l'escoltisme catòlic sota el guiatge de mestres messiànics com Raimon Galí o Mossèn Tronxo, àlies Josep Maria Ballarín. Ja diuen en broma els oracles que per tenir càrrec al tripartit cal, per la banda d'ERC, haver estat monitor o casteller...

Ara, consciència de victimisme ja en devia tenir l'adolescent K, perquè quan jugava a indis i cowboys sempre prenia partit pels pellroges, però allò que el sulfurava més era aquest toc de classicisme que notava al seu entorn. Entre els qui podien anar a esquiar i els qui no s'ho podien permetre. Entre el 4,5 de nota que posaven als qui no tenien vespa i el 5, just però suficient, als que sí que en tenien. Hi havia dues castes que no es barrejaven gaire, però quan feia COU, ja a la pública, a l'Institut d'Ensenyament Secundari Abat Oliba, va fer un altre descobriment. Un professor de filosofia, Lluís Pibernat, que també era socialista, va significar un motiu suficient perquè K considerés que la docència més profitosa la hi havien impartit militants del PSC. Així va descobrir la filosofia i el llenguatge racional i fins i tot una manera d'entendre el món com a recerca de la veritat.

I la política, en aquells anys finals de la transició ja entrats en la decadència dels progres i l'ebullició d'un PSOE triomfal que encara regirava consciències, va començar a ser la seva passió gens oculta. De fet, la cosa ja venia de segon de BUP, quan un company seu, en Marcel Miquel, un tipus culte i independentista vocacional de Sant Joan de les Abadesses, li va començar a parlar d'un món insospitat: l'esquerra independentista des del PSAN fins als Nacionalistes d'Esquerra. I així es va aficionar a llegir *Lluita*, l'òrgan periodístic dels Independentistes dels Països Catalans, una de les moltes escissions de la llavors fragmentada esquerra nacional. Absort a descobrir les claus internes i externes del catalanisme, la seva conversió a l'independentisme fou precoç i gairebé natural.

En aquells primers anys de la dècada dels vuitanta, la decepció per la política oficial, pel migrat Estatut, per la primera onada neoespanyolista del PSOE i per un cert sentit d'afirmació juvenil, radical i directe, de trencament amb totes les pautes negociadores i pactistes del catalanisme anterior i present, feien que força joves busquessin una alternativa on desfogar-se psíquicament. Ells no eren, o no volien ser, fills del consens o de l'amnèsia. No abjuraven d'un passat que creien que els havia estat escamotejat i amagat, sinó que frisaven per descobrir una manera d'entendre la història de Catalunya, i per extensió la dels Països Catalans, que els alliberés del dogal de la Constitució, la qual feia dels espanyols uns demòcrates *tout court* que ara ja no s'amagaven de predicar la bona nova de la nació de nacions, una Espanya modernitzada incompatible amb l'*aldeanismo* provincià.

I això sulfurava especialment K, que tenia quatre nocions bàsiques que no canviaria al llarg del temps: que Catalunya era una nació oprimida, que el català havia estat brutalment perseguit i que l'intent de genocidi contra la Catalunya nacional i republicana per part del franquisme no havia fet altra cosa sinó canviar de camisa per intentar convertir un projecte de país lliure en una simple descentralització per a incauts. Amb el seu caràcter franc, contundent i directe, no és estrany que K s'embriagués amb un entusiasme de neòfit en aquestes tesis. Amb uns companys d'institut va establir allò més important que ha de tenir l'independentisme revolucionari: unes sigles. Serien les Joventuts per a l'Alliberament de Catalunya. Com sempre, no van canviar el món, però van enganxar adhesius arreu, van fer pintades i, malgrat tot, no van tenir gaire suport popular.

A Ripoll predominava un socialisme de to catalanista moderat, i K encara recorda, de ben jovenet, un míting de Reventós, Ernest Lluch i Ferrer i Gironès on el va portar el seu pare, el qual passaria de socialista a convergent quan es va fer evident la subordinació del PSC a les directives de Madrid. No és que Ripoll fos anticatalanista, però això de l'independentisme encara sonava a cosa de quatre eixelebrats sense mesura. I, de fet, els pocs que n'eren estaven fitxats per l'estament oficial del poble. Cada cop que apareixia una pintada, algun militant socialista ho retreia al seu pare. El socialisme, cosa no tan estranya a la Catalunya interior, era majoritari a Ripoll, si més no a les municipals, perquè representava els pocs que, d'una manera o altra, havien destacat per la seva actitud antifranquista i que s'erigien en els caps visibles d'allò que volia tothom: revitalitzar una vila que es moria per l'esgotament del tèxtil i la metal·lúrgia.

I convé recordar, ara que tant es parla, benvolgut lector, de la marea independentista a la Catalunya interior, com es va fer evident a les municipals del 2003, que tot això fou el fruit, en gran part, d'aquells primers exaltats, pocs i remenats, que es van fer grans i van optar per convertir les grans idees –el somni de la independència– en una aposta creïble de govern local, tal com ho demostra el cas paradigmàtic de Banyoles. Avui hi manen aquells qui, anys enrere, eren titllats d'extremistes per la bona gent dels pobles que encara perseverava en la memòria franquista i votava Pujol perquè els semblava que garantia vint-i-cinc anys més de pau. El relleu generacional l'han fet, doncs, aquells joves que es van formar a mitjan dels anys vuitanta en un ambient que no convidava precisament a fer-se grans il·lusions i on el sistema de la Catalunya bipolar –CiU & PSC– estava més ben instal·lat que mai.

LA PITANÇA

K, independentista precoç, només tenia un vici censurable. En lloc de llegir l'*Avui*, que arribava a casa cada dia però que massacrava els independentistes a la secció de política, preferia llegir *La Vanguardia*, que almenys, que se sàpiga, no ha enganyat mai ningú: sempre al costat dels qui manen. Però les seves peculiars fantasies polítiques, quasi immanents en la seva personalitat, ja que era de planta robusta, de gestualitat viva i de cara ferrenya, l'obligaven igualment a guanyar-se un sou com fos perquè a casa no el mantenia ningú. Així es va convertir en assalariat del famós Hostal dels Caçadors, a Ribes de Freser, un d'aquests llocs que tota la vida han practicat una cuina catalana-catalana sense gaire originalitat, però amb un èxit sensacional de públic. Com a cambrer, K era un rara avis. La majoria dels seus companys de feina provenien de les Llars Mundet i de les colònies industrials de Ribes. Allà, entre el personal, es parlava en castellà, i a ell, que no li donava la gana de parlar-lo, li deien «el payés». I com que ja no venia d'aquí, K va atrevir-se a fer el seu primer gest d'afirmació patriòtica cantant la comanda a la cuina en català, cosa que va provocar un cert merder i unes mirades de descontentament entre la resta de treballadors. K, evidentment, no va afluixar i, a més a més, en poc temps va dominar l'ofici. Entre altres anècdotes curioses, va tenir l'honor de servir el president de Catalunya, el Molt Honorable Jordi Pujol, perquè allà hi anava gent d'upa, ricassos locals i estiuejants de tota la vida. Encara durant dos estius més, mentre estudiava a Barcelona, va estar d'ajudant de cuina a Borredà. Però com ja ho haureu pogut entreveure, el somni del jove K era anar-se'n a estudiar a Barcelona. Va fer la selectivitat i la va passar amb molt bona nota, tot i que després no li va caldre perquè va triar una carrera que no té gaires pretendents: filosofia. I li va tocar la Universitat Autònoma de Barcelona.

LA FÀBRICA D'INDEPENDENTISTES

Algun dia, si ens posem transcendentals, haurem d'explicar el paper cabdal que ha tingut aquesta universitat en la formació moral dels joves independentistes. Abans de tot, aquell campus tenia una virtut: hi anava gent de tot Catalunya i solia ser el primer contacte de molta gent de comarques amb la gran urbs. El paper formador de la universitat no és, si m'ho permeten, educar i aprendre, sinó ser la vàlvula d'escapament que somnien els joves de divuit anys. Emancipats temporalment dels pares, es dediquen a fer vida de cafè i a anar de marxa cada dijous abans de tornar al poble, com feia K al Karma de la plaça Reial, on no era gaire difícil lligar. Iniciats en debats i tertúlies, acostumats de cop a participar en assemblees per qualsevol bestiesa que escalfés els ànims de la quinta, els joves descobrien tot allò que no podien fer al seu poble: festes en cases d'amics d'amics d'amics, migdiades al campus, dinars ràpids i horripilants a la cafeteria de la facultat però sempre farcits de xafarderies, rumors i acudits.

Una vida que es desplegava sense fre i on la mínima vocació política ja no era cosa de penjats sinó de molta gent que de cop descobria que estava d'acord en allò essencial. Tot i que l'Autònoma tenia un professorat sorgit de l'antifranquisme clàssic, i molts docents eren o conversos o vells socialistes, la majoria dels estudiants s'havien fet rebels en campanyes com el «No a l'OTAN» i discrepaven de qualsevol política oficial que tendís a folkloritzar això del separatisme convertint-lo en una dèria de quatre aficionats. Una universitat rabiosament antipujolista –parlo dels professors als quals se'ls havia escapat el somni de manar Catalunya–, on part de la gent jove, en canvi, bullia d'iniciativa i no havia perdut, o no volia perdre, un cert sentit de mobilització, de pertinença o d'identificació amb els únics postulats que quedaven fora de l'ordre vigent, entre els quals, és clar, hi havia l'independentisme.

I a partir d'aquí hi havia dues opcions.

Podies integrar-te als poli-milis –permeteu-me la broma–, altrament dits Moviment de Defensa de la Terra (MDT), cosa que potser resultava l'experiència més misteriosa de l'independentisme radical, ja que va tenir un fulgor tel·lúric en aquella manifestació de l'11 de setembre de 1986, en què gairebé van cremar la seu del Govern Civil i una munió enardida va convertir Barcelona en territori de guerra. Gent joveníssima, sense gaire idees al cap, però amb una obsessió que es cobria amb l'estelada i un cert esquerranisme: Independència, Països Catalans i Socialisme. Com van observar alguns diaris, era el primer cop que una nova generació de quinze a vint anys es feia seu el carrer i prenia la plaça a totes les vestals de l'antifranquisme que havien optat a consciència per la desmobilització i la retirada als quarters d'hivern.

Sols, sense padrins, amb profetes de pacotilla, una massa udolant exigia el final de les prebendes de la transició i reclamava un «Tot o res» que va arribar a inquietar els polítics perquè ningú no sabia d'on havia sortit aquella foguerada.

Fou, no cal dir-ho, una brasa que es va consumir ràpidament. D'una banda, els propugnadors del Front Patriòtic, liderats pel PSAN de Josep Guia, que volien allò de les aliances amb la burgesia més nacionalista per ser hegemònics. De l'altra, els promotors d'una ponència –per una política independentista de combat– que dirigia el conspirador més esforçat de Barcelona: Carles Castellanos, de l'IPC. El cas és que el moviment no va trigar a trencar-se en dues branques que es van dedicar durant tres o quatre anys a estossinar-se pels carrers i a muntar batalles campals a l'entorn del Fossar de les Moreres, amb veritables esquadres romanes, esprais d'autodefensa, extintors diversos i uns quants contusionats. I també es van ocupar de desfer públicament la imatge d'una cosa que quatre anys abans havia semblat un veritable perill que s'instal·lés a Catalunya: una còpia imperfecta d'Herri Batasuna.

En realitat, K simpatitzava amb aquella massa un xic turbulenta i entusiasta. Es trobava a gust en un ambient on es malparlava del *sistema* i es plantejava una resistència numantina però agosarada contra el que consideraven la gran ofensiva espanyolista. Però la mateixa divisió de l'MDT el va portar per altres viaranys.

Avui, a ERC, molts antics militants d'aquella organització ocupen càrrecs de responsabilitat, com ara la diputada Carme Porta, Josep Maria Cervelló, regidor a Sant Boi i antic representant dels Comitès de Solidaritat amb els Patriotes Catalans o el regidor de l'Ajuntament de Barcelona i conseller de la Diputació de Barcelona, Jaume Oliveras, empresonat durant la ràtzia olímpica de 1992. Amb tots ells, K hi manté unes excel·lents relacions.

CRIDAT A LA CRIDA

Tot i això, hi havia també una altra opció, un riu sagrat on s'associaven des de convergents indignats amb Madrid fins a militants d'ERC, i sobretot una pila de joves que tenien un messies i el seguien allà on anés: Àngel Colom era la Crida i la Crida era Àngel Colom. Exseminarista i xirucaire vocacional, tenia una visió gairebé mística de les coses, que havia après de la Marxa de la Llibertat de 1976, quan les columnes antifranquistes es deixaven estossinar per la policia i provocaven amb el seu martiri el suport incondicional de les poblacions per on passaven. Ell sabia que pocs homes, ferms i valents, utilitzant la no-violència gandhiana xocarien frontalment contra un Estat que no reconeixia els drets lingüístics i culturals de Catalunya. A base d'escamots, accions sorpresa, actes públics i un activisme desenfrenat, el país sencer, a través de la Crida a la Solidaritat, faria allò que tants catalans desitgen en la intimitat però que ben pocs practiquen en públic: catalanitzar i recatalanitzar. K va fer la coneixença d'Àngel Colom i com confessa ell mateix, el seu magnetisme el va atrapar.

Ara es fa difícil pensar què tenia Colom que galvanitzava tantes energies, però és cert, de tota manera, que transmetia un entusiasme fora mida i que tenia visions de grandesa, començant per la seva pròpia. Sabia que els joves sempre estan disposats al sacrifici si la causa és noble i que no costa gaire alterar-los perquè es converteixin en militants actius i combatents. I tot i el pacifisme de la Crida, l'organització secreta d'escàndols públics, els mètodes per evitar la vigilància policial i els grupets de llançats que volien anar a més, tot allò tenia un aire assembleari i pontifical que recordava als vells els engranatges unitaris del consens antifranquista i als joves els oferia una agitació permanent que els feia herois davant dels seus.

K, per tant, es va convertir en colomí i va ser-li lleial fins allà on va poder. Però, malgrat tot, no deixava de banda altres branques un punt més radicals. Feia poc que s'havia format l'Assemblea d'Estudiants Independentistes d'Universitat, l'AEIU, i com que els caps de setmana era a Ripoll i no podia assistir a molts dels actes de la Crida, es dedicava més a les campanyes de l'AEIU: pels presoners independentistes, per la normalització del català... Eren una colla ben avinguda, on hi havia certa mescla de caràcters i de procedències. En formaven part Montserrat Casamitjana, de l'MDT de Ripollet, Narcís López, de la mateixa corda, Jordi Argelaguet, avui convertit en politòleg i autoexclòs d'ERC per l'acord amb el PSC, i fins i tot hi havia un xaval que ara treballa per a Mas. Dos centenars de persones que fluctuaven entre el pacifisme, l'ecologisme i l'independentisme no estrictament revolucionari.

La veritat és que K no pensava seriosament a dedicar-se a la política. Ell gaudia amb Kant i Hegel, els seus dos filòsofs de referència, i amb aquesta agitació universitària que el distreia i l'engrescava. Però els conflictes parapolítics el van agafar de ple, i quan la Crida va començar a fer les seves pròpies campanyes pels presoners independentistes, l'entorn de l'MDT es va sentir ofès en un territori que considerava seu en exclusiva. I K tenia molt clar per qui havia d'apostar. Àngel Colom, el messies redemptor del nacionalisme integral, tenia aquella força de convicció que engalipava centenars de joves que el seguien com un sol home. Només calia que et parlés a tu com si no ho fes amb ningú altre perquè et sentissis una persona especial, un més de la colla. I la gent –K també– s'enganxava al discurs de Colom.

LA CONQUESTA D'ERC

I llavors Colom, home d'idees brillants, va pensar que l'etapa de la Crida a la Solidaritat en Defensa de la Llengua, la Cultura i la Nació Catalanes estava exhaurint-se i que no hi havia res millor que refundar un partit quasi difunt, però de nom excels: Esquerra Republicana de Catalunya. Hi quedaven quatre gats federalistes i republicans i un arribista, Joan Hortalà, que havia decidit fer-se un lloc en la política, cosa difícil a finals dels setanta, tal com revela l'anècdota de Tarradellas. El president li va dir que havia fet tard per afiliar-se a altres opcions polítiques i no li quedava més remei que integrar-se a la UCD o a ERC. Va escollir aquesta última opció i, amb una barra galopant, com un elefant, un autèntic paquiderm, feia campanyes ridícules que provocaven vergonya aliena. Maniobrer i astut, tenia el suport de part de la vella guàrdia, però no descartava del tot l'entrada de gent jove que li fes les feines d'infanteria.

I així fou com K, convençut per Colom, va firmar, el 1987, la Crida Nacional a ERC que havia d'aglutinar una nova generació d'independentistes cansats de treballar-se el carrer i la universitat, i absolutament desil·lusionats de l'acció política on havia fallat aquell bonic projecte alternatiu anomenat Nacionalistes d'Esquerra, en el qual Carod-Rovira ja destacava com un dels intocables. La idea de Colom, com sempre, semblava clara. No es podia formar un partit nou, perquè no hi havia espai, i calia prendre les regnes d'un partit històric on no seria gaire difícil arribar a dominar-ne la direcció i fer-lo decantar cap a un independentisme que no era exactament la marca de la casa.

Les negociacions amb Hortalà, un gat vell que ja havia estat conseller d'Indústria amb el segon govern de Pujol, apadrinant Piqué i Birulés i que aspirava, algun dia, a president del Banco de España si hagués trobat suports d'altura, les van portar Xavier Bosch, un colomí de pedra picada, Andreu Camps, un hiperactivista quasi mitològic, i el mateix Colom. K no hi intervenia gaire, tot i que a través del clan dels negociadors, i en concret de Xavier Altadill, va conèixer la seva futura dona, Núria Vilar, especialista en el País Basc i que parla un euskera més que acceptable. Calia sortir del forat on s'havia col·locat ERC després d'entregar el govern de la Generalitat a Pujol a canvi d'un ornament floral com la presidència del Parlament. Això havia fet perdre al partit moltes possibilitats d'expansió electoral. I Hortalà volia que aquells joves assedegats d'entrar en acció li fessin la feina perquè ell pogués anar pujant en l'escalafó social.

Però el cas és que va entrar-hi una nova generació de gent; en concret Carod-Rovira, un pujolista d'esquerres educat en la cultura del consens antifranquista, i amb Colom van passar a ocupar el segon i el tercer lloc per les llistes de Barcelona a les autonòmiques de 1988. Tots dos hi van entrar malgrat l'entorn d'Hortalà, especialment de Joan Sabanza, alcalde de Móra la Nova, que se'ls mirava de reüll. La veritat és que a K, haver-se-les amb un aspirant a terratinent com Hortalà, amb el seu magnífic castell d'Oix, li produïa més aviat feredat. I, a més, la seva devoció per Colom començava a desinflar-se a causa de la vocació innata d'aquest per fer política de capelleta i de direcció paral·lela, a l'estil maçònic. Però Colom volia que, fos com fos, K es vinculés a la política, i un any abans de les autonòmiques, a les municipals, el va empènyer a presentar-se a la candidatura per a les municipals de Ripoll.

Estudiant i sense un ral, no podia pagar-se els desplaçaments, però Colom el va alliberar, i amb aquest petit sou cada cap de setmana pujava a Ripoll a fer agit-prop mentre descobria, més aviat consternat, la histèria permanent de Colom, que funcionava a base de crits i renecs. K va guanyar la plaça de Ripoll i fou nomenat regidor, però la cosa no va funcionar perquè gairebé simultàniament l'havien nomenat secretari general de les JERC, les joventuts del partit. Ell ja s'havia acostumat a jugar amb feres, i Barcelona era el lloc on tot es movia.

K tirava més cap a la gran ciutat, però també recorria tot Catalunya des del seu nou càrrec per fer que les JERC fossin algun dia el planter de futurs dirigents. K havia establert relacions cordials i transversals amb tota mena de gent de l'esfera independentista, i tenia ja un cert nom d'home fort i combatiu. Per això Colom, que el tenia afillat, l'havia convençut per presentar-se de candidat a secretari general de les JERC. El candidat promès havia de ser Andreu Camps, però aquest semblava que no havia superat encara l'estil purament activista de la Crida. Així que el cap va oferir a K la Secretaria de les Joventuts, i aquest la va guanyar fàcilment perquè tenia aquest punt de ferotgia i de cop de puny sobre la taula que fascinava aquells joves radicals per essència. Des de 1987 i fins a 1994, ell seria el capità de les JERC, a les quals convertiria en la fidel infanteria disposada a guanyar totes les batalles internes i externes. Quan i com calgués.

I no cal dir que mentrestant, K va anar perdent allò que cal perdre si es vol fer política de partit. Alguns dels qui van ser escollits per a l'executiva de les Joventuts no van saber portar els comptes clars i nets, i es va descobrir un forat econòmic considerable. Hortalà volia buscar tota mena de comptes duplicats i desaparició d'efectiu. Literalment, K va ser trinxat amb articles als diaris. Tot i que la comissió interna va certificar que no hi havia hagut cap mena de desfalc, K va aprendre la primera lliçó: serrar les dents i fer caure els incompetents i els espavilats que posen en perill la supervivència del partit. En tot cas, la palanca cap al poder que significava la Secretaria General de les JERC va ser molt ben aprofitada per K, un home sociable i franc però que tenia una imatge de consistència rocosa.

Amb vint-i-un anys, la nòmina d'amics, coneguts i saludats de K era ja prou voluminosa per permetre-li un control ferri sobre l'organització. No van trigar a titllar-lo de leninista. Cosa certa si ho definim en termes de controlar l'aparell i de fer que l'equip de govern funcioni com una maquinària perfecta. Si és així, K és un perfecte leninista. Un perfeccionista que volia convertir les JERC en la punta de llança dels nous quadres del partit, en contra de la vella línia d'ERC dels casals familiars i ideològics barallats entre ells i del desori orgànic en un magma de desavinences, querelles i baralles de pati de veïns.

I Colom, que el considerava la seva mà esquerra, va començar a desconfiar d'ell. No li feia cap gràcia que la seva fascinació pel líder decaigués lentament i ja no sabia fins a quin punt podia fiar-se de K. A les llistes electorals de les autonòmiques de 1988, part de la gent de Girona el volia de número dos, de manera que no tenia cap possibilitat d'entrar al Parlament, i n'hi havia que el postulaven com a número u. Però Colom no estava per transigir, es va enfurismar i va posar-lo de número tres. De tota manera, havia afegit a la seva llista de partidaris l'equip de republicans de Girona, que serien des de llavors un dels puntals on s'arraparia K en els combats interns que estaven a punt de començar.

TOTS CONTRA HORTALÀ

Calia posar fi a l'actitud d'Hortalà, que en cada intervenció basculava més cap a una mena de liberalisme econòmic i d'interessos personals que havien afartat molta gent. I llavors va arribar el Congrés de Lleida. Era el 18 i el 19 de novembre de 1989. K, si no fos perquè era polític, s'hauria hagut de fer comandant d'operacions especials.

Aquell Congrés, molt ben resumit a la biografia de Carod-Rovira, *Saltar la paret*, escrita per Gemma Aguilera, va demostrar dues coses: que Colom tenia la majoria, dels vells i dels joves, i que Carod-Rovira, el tercer en discòrdia, assajava ja la manera d'obtenir algun dia el control del partit. Hortalà, expulsat del paradís, va fer una ràtzia a la seu nacional del carrer Villarroel i es va endur tots els arxius. Titllats de radicals, de batasunos i de tots els mals possibles, la nova direcció va reconèixer el pes fonamental que les joventuts d'ERC, les JERC, havien tingut a l'hora d'esgarrapar vots, mantenir la disciplina interna i enfrontar-se gairebé físicament amb els partidaris d'Hortalà.

EL MIRATGE BALCÀNIC

Des de 1989 fins a 1992, Esquerra Republicana de Catalunya viu un miratge al·lucinant on sembla que el món sencer, de cop, gira cap a l'independentisme. La caiguda del mur de Berlín havia fet aflorar els nacionalismes, sobretot els bàltics, i una onada de proclamacions de separació sacsejava l'Europa Oriental. La desintegració dels vells Estats ja no semblava una rauxa de somiatruites. Colom es va fer un fart de viatjar per les noves repúbliques de l'Est i, fins i tot, defensat per Carod-Rovira, va forçar el Parlament a fer una declaració solemne sobre el dret d'autodeterminació, que de tan formal alguns es van creure que era real. Hi havia, certament, una marea que pujava. Era el moment dolç del nacionalisme i ERC s'encarregava simultàniament de desactivar, amb pressions suaus i contactes policials, qualsevol deriva armada.

I així va arribar el 15 de març de 1992. El gran any en què Colom, segons els escèptics, va començar a creure's un déu. Onze diputats al Parlament de Catalunya i un eslògan efectiu –«Cap a la Independència»– que uns quants suposaven difícil de complir si a la següent legislatura encara estàvem en *stand-by* autonòmic. En total, 210.000 vots. I una altra cosa que a alguns no ens va passar desapercebuda. Aquella nit electoral, una manifestació espontània va sortir del local de Villarroel i va acabar davant del Majestic, on estaven reunits els convergents, i tot van ser aplaudiments, abraçades i víctors. CiU tenia majoria absoluta i ERC feia de xaval independentista que en cap cas comprometria la bona marxa dels negocis de Madrid.

Escena curiosa la del Majestic, on tantes coses han passat, perquè assenyalava allò de què tan sovint s'acusava ERC: de ser les joventuts radicalitzades de Convergència.

El cert és que en aquelles eleccions, ERC va ser el camió-escombra de tot l'independentisme català que maldava per sortir de la marginalitat i que acumulava una experiència d'agit-prop, però que no havia fet mai uns resultats mínimament decents. Nacionalistes d'Esquerres no havia superat el llistó dels 40.000 vots i la resta de formacions o bé eren propagandístiques, com la Crida, o bé eren clarament antisistema, com l'MDT. D'aquesta manera, Colom va aconseguir arreplegar el vot de molta gent jove i de gats vells de l'independentisme –del BEAN, del PSAN, d'IPC– que estaven farts de no comptar per res en l'escenari polític català. Fou, per tant, la primera fornada independentista que entrava al Parlament fent aquella mena de front patriòtic que temps enrere postulava Josep Guia des de València, i que va trobar en Colom el seu líder messiànic. Era el vot més pur. Vot radical i convençut que va aflorar de cop perquè ERC es presentava a si mateixa com una formació clarament independentista.

EL PARLAMENTARI NOVELL

K, secretari general de les JERC, instal·lat a Banyoles, apareix després d'unes rocambolesques conxorxes, on ell gairebé no pren part, com el candidat número dos de Girona, darrere d'un extravagant personatge imposat per Colom, Josep Maria Reguant, el qual, segons els seus enemics, tenia fins i tot un passat franquista. Toni Strubell, català mig establert a Euskadi i president de la Federació de Girona, s'hi oposa amb bel·ligerància i K li fa costat, però quan veu que Strubell el que vol és ser ell el número u, K prefereix defugir la polèmica. Ja s'ho faran, pensa. Però Colom intenta convèncer-lo que vagi de segon, i ell, com que no ho veu prou clar, reuneix els notables de les JERC, la veritable guàrdia pretoriana de K: Josep Vall, David Minoves, Albert Pereira, ara director general d'Administració Local, i Daniel Condeminas, l'etern cap de premsa d'ERC. Tots junts van decidir que K anés de segon. Fou una campanya dura. De vegades, hi havia locals d'ERC en què ni tan sols el deixaven entrar perquè bastants militants estaven contra Reguant, i K, com que era el segon, pagava els plats trencats. Tot i això, van passar de sis diputats a onze. I clarament ERC va començar a ser, de nou, un partit respectable.

EL LLAST DE COLOM

L'al·legat independentista no semblava que produís cap nosa entre aquells convergents que s'emportaven el Parlament sencer i que sabien o intuïen que Colom no faria oposició perquè l'Àngel sempre va tenir un arquebisbe, o un capellà rural, que li marcava l'agenda, el renyava, li estirava les orelles o simplement li regalava caramels. I aquest no era altre que Jordi Pujol. La impossibilitat congènita de Colom per encarar-se al líder suprem era gairebé com la d'un seminarista davant el seu professor de teologia. I la seva carrera posterior ha demostrat que Convergència l'ha acollit entre els seus perquè mai no va deixar de ser-ho. Com a producte del consens antifranquista i del montserratisme assembleari d'aquells cristians protestataris, sempre arrambats als pares priors de Cuixà, Colom era un escolà visionari però incapaç de desfer-se d'una herència que el condicionava. Perquè els qui, com a líder d'ERC, ell hauria d'haver considerat els seus màxims adversaris –la maquinària convergent– no els podia considerar sinó germans de desgràcies comunes que afligien una Catalunya mítica que no estava, i mai no ho podria estar, en guerra contra ella mateixa.

Immensa desgràcia la de Colom, però en política cal lluitar, i guanyar. Ell era simplement un independentista sense més additius. Les idees progressistes tenien una mera projecció retòrica i romàntica i això no combinava gaire amb el pensament de tipus més esquerranós de les JERC i d'altres corrents d'opinió.

K, per començar, no va voler assumir l'àrea de joventut, que va passar a l'Ernest Benach, i es va dedicar a les seves dèries, com la indústria i els sectors productius. Economia, comerç, consum i turisme eren les qüestions que el preocupaven sempre amb l'obsessió de treure l'entrellat dels grans temes socials i econòmics, que fins llavors mai no havien preocupat l'independentisme. Per començar, PSC i CiU menystenien i ridiculitzaven ERC com una colla de torrats que no entenia un borrall d'estratègia parlamentària, i fins i tot Iniciativa per Catalunya, amb l'agre Ribó, tenia una agressivitat fora mida contra aquells nouvinguts. I de l'agressivitat, de mica en mica, es va passar a la conya, o la conyeta, tot i que K o Carod intentaven parar els peus als fatxendes del Parlament.

UN GRUP DESMANEGAT

La primera intervenció de K al Ple del Parlament fou una interpel·lació a Antoni Subirà, conseller d'Indústria. Aquest i Macià Alavedra, asseguts l'un al costat de l'altre, feien rialletes per mofar-se'n i posar-lo nerviós. Se'n va sortir sense perdre els papers i des de llavors el tracte ja va ser un altre, però certament, d'experiència parlamentària, només en tenien en Miquel Pueyo, diputat per Lleida, en Colom i en Carod. La majoria s'estrenaven: Jaume Rodri, un *freelance* pintoresc; Josep Maria Reguant, sempre sota sospita; Xavier Bosch, colomista fins al moll de l'os; Salvador Morera, regidor d'un poble d'Osona, resituat a CiU anys després, i l'Ernest Benach, ara president del Parlament. Per Tarragona, Miquel Pueyo, ara el segon de la Direcció General de Política Lingüística; Josep Bargalló, actual conseller en cap, i Jordi Portabella, tinent d'alcalde de Barcelona. Un grup que el mateix K (ell inclòs) qualifica d'inexpert, i amb un discurs oficial que incomodava cada cop més K. Colom intentava evitar sempre el xoc de trens amb CiU, especialment quan en aquella legislatura es va trobar amb casos greus de corrupció. Però Colom no volia ficar el dit a la nafra.

Els onze diputats d'ERC no formaven un grup compacte. Entre Colom i Carod cadascú tenia la seva capelleta, mentre dos personatges com Josep Maria Reguant i Jaume Rodri anaven completament a la seva, fins al punt que Reguant, sentint-se poc estimat per les bases, va passar-se al grup mixt. K, el diputat més jove, s'encarrega de temes d'indústria, però l'harmonia del partit es va esquerdant progressivament. El cas Planasdemunt, que té certes comparacions –pel que fa a l'encobriment des de l'Administració– amb el cas Gescartera, del qual parlarem més endavant, va servir a K per fer les seves primeres caceres parlamentàries en comissió, en aquest cas contra Alavedra, perquè ell havia permès que Jordi Planasdemunt compatibilitzés el seu càrrec de director de l'Institut Català de Finances amb la presidència d'una financera que va fer fallida. A més a més, la Generalitat no havia supervisat aquella agència de valors –BFP–, que n'havia fet de tots colors. Fou una compareixença molt dura –heus aquí els antecedents de Gescartera–, on K tenia Alavedra a menys d'un metre de distància i li va dir: «Aquí poden passar dues coses. O el conseller de la Generalitat és un mentider, intel·ligent però un mentider, o tothom l'enganya. Jo, la veritat, prefereixo la primera opció. Perquè si no l'ha enganyat el Planasdemunt, l'ha enganyat el De la Rosa, l'ha enganyat el Folchi... Vostè creu que és seriós, això?»

I així va iniciar-se K en la comissió d'Indústria del Parlament de Catalunya, amb un llistat de temes que ha seguit practicant a Madrid.

LA BÈSTIA NEGRA

Les enganxades sobre els incendis produïts per les línies d'alta tensió i l'enganxada fenomenal, ja en la seva segona legislatura, amb el cosí de Pujol, Joaquim Pujol i Figa, que era, abans de tenir l'alt càrrec a la conselleria d'Indústria, empleat distingit d'Hidruña i Fecsa-Endesa i després de ser portaveu a la comissió d'Indústria i Energia del Parlament, membre del consell regional del monopoli, les enganxades deia, van ser glorioses. I no cal dir que K va trobar la seva bèstia negra en el conseller d'Indústria, Antoni Subirà. Per a K era un enginyer tèxtil, format al IESE, que va estar-se molts anys als EUA, emparentat amb Pujol i un home lligat als interessos de la patronal catalana. Ben vist pel Fomento del Trabajo Nacional, era incapaç de sancionar cap empresa elèctrica o no, amb un servei deficient. Un home, segons K, profundament reaccionari. El testaferro del capitalisme ben entès que a més tendia a ridiculitzar els seus oponents. Però K li pot estar agraït. Es va fer gran a base d'haver-se-les amb en Subirà cada dos per tres. I en Subirà feia les típiques jugades del sector negocis de CiU. Lamentables però legals. La CARIC, l'antecessora de l'Institut Català de Finances, va donar crèdits a baix interès a dues empreses de les quals era accionista Subirà i, un cop sanejat el forat econòmic, se les va vendre amb uns guanys notables que diuen molt sobre l'ètica d'aquest antic escolta.

El veritable escàndol de Subirà, segons K, eren les seves flagrants omissions. No actuava com a govern. No controlava la seguretat industrial, que era competència seva. Ni les elèctriques, ni les polítiques d'inversió a Catalunya, i estava lligat de mans i peus als interessos empresarials tant de Madrid com de Barcelona. Sense visió estratègica, al servei de les multinacionals, i desaprofitant l'oportunitat de les grans privatitzacions dels noranta, hauria pogut actuar amb agressivitat i exigir a Endesa més inversió a Catalunya a canvi del vot convergent a Madrid.

K es va fer un fart d'asseure's en comissions. Indústria, comerç, consum i turisme, i energia i economia van servir-li per començar a llegir els números i les trampes comptables i els crèdits emboirats i tot un llenguatge que servia per emmascarar una política social i econòmica que segons K afectava, letalment, els interessos de Catalunya. Però aquella primera legislatura el partit no estava encara en disposició de fer un discurs que anés més enllà de l'independentisme retòric. I aquesta rèmora es deia Colom.

La marxa de Reguant havia deixat sense responsable d'economia i pressupostos el grup parlamentari i el mateix K va preguntar a Colom qui se'n faria càrrec, però al secretari general aquest tema no li importava. Eren assumptes en els quals Colom frivolitzava absolutament i deia que d'això ja se n'encarregaria ell mateix. Van passar els dies i no feia res. Mentrestant s'acostava el debat de pressupostos i ERC presentava una esmena a la totalitat que algú havia de defensar. Vint-i-quatre hores abans de la cita parlamentària, la secretària de Colom truca a K i li diu que Colom està malalt i que li passa el patracol a ell. I amb 26 anys, K es va enfrontar a aquell primer gran debat. Es va estar tota una nit preparant-s'ho juntament amb Daniel Condeminas. Sense formació acadèmica en matèria econòmica, se'n va sortir amb un aprovat alt.

De fet, el que diguessin al Parlament importava ben poc perquè l'opinió pública prescindia olímpicament del que es debatia en aquell hemicicle. Només va començar a veure periodistes quan van iniciar-se les sessions de control al Govern –abans Pujol hi anava un cop l'any– i s'hi deixava caure cada dimecres a la tarda. I no serà fins a la seva segona legislatura que K pren una certa volada als diaris. Perquè, de moment, entre el 1992 i el 1995, pocs parlamentaris d'ERC sabien comptar i portar debats de pressupostos o investigacions sobre finances. K sabia posar de manifest les febleses del pressupost anual. L'agitprop, l'aparell de propaganda del govern, era brutal. Hi havia un excés de despeses en infraestructures que no eren necessàries i dèficits brutals en qüestions com ensenyament i política social. I tot això depenia de les prioritats pressupostàries d'un govern que, encara, no havia descobert ni les famílies ni la protecció als nounats ni els complements de pensió ni tots aquests tocs de socialdemocràcia que Artur Mas va apuntar quan el pujolisme ja anava a mal borràs.

Dins el partit, Josep Huguet, un dels últims de l'Entesa dels Nacionalistes d'Esquerra que es va incorporar a ERC, es converteix en el teòric de Colom i predica un liberalisme de mercat lliure, lliure, però, d'oligopolis, mentre que les Joventuts tendeixen més cap a una socialdemocràcia radical. Josep Huguet, coneixedor indiscutible de l'espoliació fiscal sobre Catalunya, conflueix de mica en mica amb les posicions de les JERC. S'acosta l'hora que ERC presenti un projecte global de país que vagi més enllà de la utopia independentista.

EL MESSIES I LA PEIXATERA

A partir de 1993, Colom s'aïlla més i més en el partit i tendeix a crear una guàrdia de corps integrada per devots lleials i missaires que diuen sí a tot. I ha aconseguit, gràcies als contactes d'alt nivell amb el ministeri de l'Interior, la desactivació completa de Terra Lliure, obviant, per cert, el paper fonamental del PSC i de CiU en la jugada. I es considera encara un ungit al qual tots deuen tantes coses que és realment insubstituïble. Però els desastres s'acumulen un darrere l'altre. Arribats en aquest punt, Colom descobreix Pilar Rahola. Aquella fundadora d'Acta, el pol intel·lectual de Pujol, que parlava com una peixatera i tenia un deix de barruda que li permetia dir qualsevol barbaritat, aquella senyora es va convertir en la darrera carta de Colom. I el 6 de juny de 1993, Pilar Rahola ocupava el seu escó a Madrid i demostrava, en qüestió de pocs anys, que la seva veritable vocació era la premsa rosa i l'astracanada marciana. Ni es va plantejar una tasca parlamentària digna –no tenia temps amb tantes tertúlies– ni va dignificar l'escó d'ERC, perquè si un dia hi havia una interpel·lació sobre la línia Barcelona-Puigcerdà, amb tot de dades concloents, ella no apareixia perquè estava de tertúlia matinal en algun programa de televisió.

RAHOLA O COM REBLAR EL CLAU

A Pilar Rahola, dins el partit, no la van prendre mai per independentista. Per a molts dels militants només era una dona petulant i cridanera que es va fer addicta al show mediàtic madrileny, on va ser molt ben rebuda perquè no es ficava en assumptes d'Estat, excepte el cas Roldán, i deia prou bestieses per fer riure l'audiència. La veien com una catalana extravagant que només es posava seriosa en els seus articles a l'*Avui*, sobretot si tocava defensar la causa sionista. El mal que va fer Pilar Rahola a un grup mixt on hi havia una veritable representació de Galeuzka és que mai no va tenir en compte ningú. Les seves interpel·lacions semblaven paròdies per divertir el personal i, al final, tot el Congrés la va arraconar com un detritus mediàtic al qual era millor no donar gaire importància. I a sobre, el fitxatge de la Rahola va precipitar l'ambient de desconcert paradoxal, ja que dos anys abans, el 1991, K encara recorda una abrandada discussió a la Universitat Catalana d'Estiu entre ell i la Pilar, en la qual aquesta li deia que Colom era un sectari. Una brega verbal que va durar fins a altes hores de la matinada. I després, qui ens ho havia de dir, Colom i Rahola es converteixen en parella de fet.

Que Colom havia perdut el nord ja era evident l'any 1994. K sabia que estava tan perdut que si li haguessin ficat un micro a la boca i li haguessin dit «L'està escoltant tot Catalunya, què els vol dir, als catalans?», s'hauria quedat mut. I de cop apareix una d'aquestes onades cícliques d'incendis forestals de gran magnitud, en aquest cas al Vallès, que arrasen de mica en mica el país. Si bé el tema era clarament polític, ja que els veïns i la mateixa Guàrdia Civil de Sant Feliu de Codines consideraven la caiguda i l'espurneig de les línies d'alta tensió com la causa dels incendis, i per tant Fecsa com a responsable, a Colom se li va despertar la vena altruista i va exigir que tots els diputats i els càrrecs d'ERC anessin a apagar foc per donar exemple cívic. K, quan li va trucar el secretari de Colom, el va engegar literalment a la merda: «Mira, nen, digues a en Colom que allò que ha de fer és preparar-se un bon discurs per quan vagi al Parlament i no fer el ridícul llogant helicòpters per anar a apagar focs.»

El setembre del 1994 es va produir el debat sobre aquells incendis i Colom, simplement, va fer llàstima. No s'ho havia preparat. S'exaltava i cridava contra Pujol i la Generalitat. I resulta que en aquesta mena de debats monogràfics, l'endemà té lloc el debat de resolucions. Cada partit presenta una sèrie de propostes a partir del debat que s'han de votar al Ple. I ja és entrada la nit quan, mentre als despatxos s'estaven discutint les resolucions que ja havien pactat PSC i IC, en les quals demanaven la reprovació del conseller d'Agricultura, del de Governació i del mateix Pujol, K rep una telefonada de Jordi Portabella:

–Diu l'Àngel que com veuries no votar la reprovació del Govern i a canvi Convergència accepta totes les nostres propostes.

–A mi em sembla impresentable que després del que ha passat i del que hem dit, ara, una vegada més, salvem Convergència.

–Bé, doncs, ja ho diré a l'Àngel.

Al cap de no res li truca Colom:

–Ets l'únic que vol la reprovació a Convergència.

–Doncs molt bé. Si no hem de donar suport a la reprovació, jo demà no vinc al Parlament.

–I tant que vindràs!

–Jo no vinc a fer el ridícul, ni ganes.

I és que K ja n'estava fins al capdamunt, de la lloca pujolista i els pollets republicans, i se sentia a punt de trencar la disciplina de partit. Però al cap d'un minut, Carod li telefona i li diu:

–Tu també estàs en contra de donar suport a la reprovació?

–Jo? Jo no, això tu.

–No, no, perdona, ni jo, ni el Pueyo, ni tu, ni el Rodri. Tots volem donar suport a la reprovació.

Així que l'endemà al matí el grup parlamentari es va autoconvocar al despatx del parc de la Ciutadella i van posar-se d'acord per dir clarament que no estaven disposats a votar a favor de Convergència. I de sobte arriba Colom i els pregunta:

–Què hi feu tots aquí?

I K li replica:

–Això que dius que vols votar en benefici de Convergència...

–Jo no ho he dit mai, això. Vinga, va, al Ple.

Acorralat per l'evidència, Colom va negar-ho tot i el grup d'ERC va votar a favor de la reprovació col·lectiva. Deu anys després l'Audiència de Barcelona condemnava Fecsa-Endesa a pagar 200.000 euros als propietaris de tres finques afectades pels incendis de 1994, ja que el tribunal va considerar «inequívoc» que la causa del foc van ser els cables que estaven connectats a la xarxa: «Tots els testimonis van coincidir unànimement a afirmar l'existència d'espurnes en la línia i que la seva caiguda va desencadenar l'incendi.» No cal dir que les multes de la Generalitat contra les elèctriques han estat ridícules i que en vint-i-tres anys de pujolisme, Fecsa no ha hagut de patir cap represàlia seriosa per tots els incendis que ha provocat. Per tant, diria K, deixem de fer de Mare Teresa de Calcuta i anem a l'origen real del problema: responsabilitats polítiques i econòmiques.

Així de cartesià era K, que estava fins als nassos d'aquestes i altres magarrufes que Colom dedicava al president i que començaven a emprenyar molta gent del partit. Cada vegada que K s'abraonava sobre l'Alavedra, al cap d'una estona l'Àngel l'anava a veure amb la cantarella del «no et passis tant amb l'Alavedra, home». K entenia perfectament que no es podia seguir la línia de Rafael Ribó, el líder irritable dels excomunistes, que s'ho carregava tot i no donava mai respostes a res, però sempre hi havia, i així ho percebia K, la sensació que ERC salvava la cara d'en Pujol. I això anava cremant per dintre els diputats que de debò volien fer oposició, lleial i constructiva, però oposició al cap i a la fi.

INTERESSOS COMUNS

I així anava el partit. El grup parlamentari es trobava coartat per les directives de Colom de no enfrontar-se amb CiU. Però K i Carod coincideixen en un viatge als EUA –un d'aquests viatges que el Departament d'Estat paga a qualsevol partit per cantar les excel·lències del model americà i investigar, de passada, què tenen de subversius grups com ERC–, i tot parlant acosten posicions i arriben a les mateixes conclusions sobre el duet Colom-Rahola. Que ERC havia de tenir polítiques socials, plantejaments econòmics i un programa d'esquerres eren coses que K tenia clar i Carod, que al capdavall procedia del marxisme eclèctic, no hi estava en desacord. L'entrellat de com va anar degenerant el virregnat del duet Colom-Rahola es pot treure, ben extensament, del ja esmentat *Saltar la paret*, però K veia que el partit havia perdut el nord i que calia redreçar-lo. Ell, refugiat a Girona, desnonat per Colom, no podia pagar les factures de la llum de la seu de l'Onyar perquè la claca de Colom li feia el buit.

Per no fatigar el lector, que ja sap que les trifulgues del partit esperonen l'avorriment còsmic, cal dir que al final tot això es va arreglar amb un «cop d'estat» la Setmana Santa de 1996. Tres homes d'en Carod i tres homes de K van decidir posar fi a la columbofília. De fet, però, l'origen d'aquesta conspiració prové de l'afer Bonet, és a dir, del professor universitari Carles Bonet, republicà de conviccions, que en principi havia de ser el cap de llista a les municipals de Barcelona que s'havien de celebrar el maig de 1995. Però al febrer de 1995, algú filtra a *La Vanguardia* que Rahola encapçalarà la llista per Barcelona. Fou un trasbals considerable. Bonet havia estat escollit per la Federació de Barcelona com a candidat feia més d'un any i ja s'havia fet una campanya per donar-lo a conèixer. Fou l'última «colomada», la que realment va fer vessar el got. Colom no estava segur que amb Bonet com a cap de llista entressin a l'Ajuntament i va voler imposar el crack mediàtic del moment, l'ínclita Rahola, però per fer-ho va haver de forçar un Congrés de la Federació de Barcelona que, per la mínima, i enmig d'una gran tensió, va donar llum verda a la nova candidata. El cost, però, fou altíssim.

I Bonet va passar a l'ofensiva. Al Congrés d'ERC, celebrat a Manlleu el juliol de 1995, va encapçalar una candidatura alternativa a Colom que va obtenir un 30% dels vots, i així es va investir «líder» de l'oposició. A partir de llavors va decidir-se a criticar obertament tot allò que li semblava nefast de la gestió de Colom. Eren unes crítiques legítimes, que molts compartien dins el partit, però que van fer que el secretari general i Pilar Rahola presentessin un expedient contra Bonet i contra Jaume Rodri, un altre díscol.

El marasme era impressionant, els deutes creixien exponencialment, i les coses s'havien de redreçar. L'expedient va posar fi a la paciència de tots. La conspiració, doncs, es resol fent que Carod-Rovira assumeixi, plenament, el lideratge i sigui el fibló que esperoni la lluita final. 229 quadres del partit s'ajunten per demanar un canvi de rumb polític, i redacten un document que Colom va rebre personalment a casa i en estat de xoc. La Rahola, sulfurada, va començar a demanar caps i més caps.

I a la fi Xavier Vendrell, l'actual secretari d'organització i germà bessó de K, va organitzar un dinar combatiu al poliesportiu de Martorell, on va reunir 800 militants. Colom es va assabentar del dinar un cop fet i li va quedar clar que si intentava presentar-se una altra vegada com a secretari general ho tenia més aviat cru. I aleshores se'n va anar al Marroc de vacances; una terra feliç on la gent no es deixa trepitjar. En tornar, ell i la Rahola munten el PI, el Partit per la Independència, el novembre de 1996, amb quatre fidels que li quedaven, però amb tot el suport mediàtic de la CCRTV i del diari *Avui.* Un suport que K, ja expert en maniobres de contraintel·ligència, va saber avortar a temps.

COM CONVÈNCER BALTASAR PORCEL

I en aquella segona legislatura, com a comissionat de la comissió de Control de la Corporació Catalana de Ràdio i Televisió, K mostrava cada dos per tres les xifres inflades de la presència del PI als telenotícies fins que, gràcies a la seva insistència, van rebaixar les informacions pinaires. Per entendre una mica més la personalitat vindicativa del nostre il·lustre K, que anava aprenent les arts parlamentàries i la política de garrotada, només cal recordar l'emprenyada que li produïen les contínues lloances de Baltasar Porcel a la quinta del PI i els maleficis constants contra ERC. I va dir-se: «D'això me'n cuido jo.» Un dia es presenta a l'Institut Català de la Mediterrània, la canongia de Porcel, i demana els comptes, ja que, com a diputat, hi tenia tot el dret, però li diuen que no pot ser. L'endemà s'hi presenta amb un notari i aixeca acta del fet que no li havien facilitat cap document.

Ho porta a la mesa del Parlament i el merder ja està organitzat. *El País* comença a investigar i, de cop, un diputat de CiU, Francesc Codina, li diu si no voldria parlar directament amb en Porcel. I se'n van a dinar al restaurant La Dama, un lloc no precisament barat. Després de fotre's un arròs amb llamàntols, en Porcel se li va queixar que per culpa seva els d'*El País* l'apretaven. L'assumpte no va anar més enllà, però l'efecte reclam va funcionar. Al cap de pocs dies, Porcel publicava una columna on es deia que els d'ERC eren collonuts. K, un jove amb ganes d'aprendre a mesurar rivals i enemics, va començar a tocar ressorts i a ajudar els companys de la premsa. Curiositats de la vida, un dels impulsors de la propaganda pro-PI va ser Pere Esteve, delegat especialment per Pujol.

Però el partit no estava ni de bon tros pacificat, sinó que quedava lacerat per una campanya que presentava Colom com un gran líder o estadista, amb les constants i sonades aparicions de la Rahola, ara regidora a l'Ajuntament de Barcelona, i amb corrents interns encara enfrontats. EL XXI Congrés del partit, el 1996, va convertir definitivament ERC en un partit ortodox. Pacte de cúpula i direcció col·legiada on s'integraven totes les sensibilitats sobre la base; estructura seriosa que passava per la Secretaria d'Organització encarregada a un *apparatxic* de total confiança, Xavier Vendrell. Les exclamacions dels perdedors, magníficament recompensats amb càrrecs executius, van ser fortes, i els esgarips contra K, a qui ja titllaven de Lenin, van acabar de compondre la llegenda d'aquell ripollenc que des de les trinxeres gironines i juvenils havia acabat per aconseguir una part substancial de les regnes del partit.

Vingueren tres anys d'economia de guerra. Es va augmentar la quota dels militants i la quota dels diputats del partit del 8% al 16% perquè Colom s'havia venut la seu nacional de Villarroel per pagar deutes. Hom va haver de renegociar i de mica en mica es va anar fent un patrimoni. Es van comprar vint locals i es va crear la Fundació Josep Irla per fer entrar donacions legals i clares al partit. K es vantava del fet que ERC era l'únic partit parlamentari de l'Estat que generava el 20% dels seus ingressos gràcies a la militància.

LA RECULADA DEL PUJOLISME I LA FI DEL COLOMISME

A les eleccions de 1995, abans de la desbandada definitiva del duet Colom-Rahola, K ja va encapçalar les llistes per Girona i va fitxar un segon de luxe, l'exsenador perpetu Francesc Ferrer i Gironès, a qui el PSC s'havia tret de sobre i que, naturalment, tenia el seu lloc a ERC. Colom s'hi resistia, però va acabar acceptant que el millor per al partit era tenir un croat de la llengua com Ferrer. I el partit va treure tretze diputats i 305.000 vots, més per desgast natural dels altres que per la seva pròpia força. Així va entrar, malgrat tot, gent preparada com Josep Huguet o Joan Ridao, i futurs trànsfugues com Benet Tugues, que se'n va anar amb el PI per acabar a CiU. Dos a Girona, dos a Lleida, dos a Tarragona i set a Barcelona. Aquella fou la primera legislatura en què Pujol va perdre, per poc, la majoria absoluta i significà també la borratxera de gironisme místic que arrossegava el candidat socialista Joaquim Nadal. I Colom, que ja estava amb un peu fora del partit, va intentar el pacte amb CiU davant la indignació de tota la cúpula d'ERC, cosa que, de fet, tampoc no interessava a Pujol, que simplement va passar dels republicans.

Aquella legislatura va començar amb el famós quatre contra un: tots contra Convergència per fer president del Parlament Joan Raventós, un acord que prometia –amb el gran Alejo Vidal-Quadras disposat a fotre canya i aliar-se amb el diable– un vendaval anticonvergent. Però les eleccions generals, i l'ajustada victòria del PP, amb el consegüent Pacte del Majestic, van desfer el suflé. Vidal-Quadras va passar a la reserva i els populars es van moure amb una docilitat pròpia dels ànecs, esparverats perquè CiU no els engegués a pastar fang. ERC, evidentment, ja no feia falta i Pujol, com sempre, no va deixar de considerar-los un partit de festa major, cosa que, al cap dels anys, li ha costat, certament, car.

Una de les coses que incloïa el quatre contra un era el nomenament d'un senador d'ERC, i com que K, el 1996, ja tenia ganes de trepitjar Madrid, es va postular ell mateix per al càrrec. Ell volia veure Espanya des de dintre. Però Colom li anava donant allargues perquè, segons deia, hi havia altres candidats, quan certament no n'hi havia cap. Fins que al final Colom li va confessar la veritat: hi volia anar ell, de senador, amb una coartada ben poc creïble: «Em vull enfrontar amb en Pujol, si cal, a Madrid», malgrat que Pujol no era precisament procliu a presentar-se mai al Senat. Però era la dèria del cap: acumular càrrecs d'upa i bitllets d'avió gratis. K es va emprenyar i força. Total, Colom es va presentar només a un parell de plens i no va destacar absolutament per res.

A Colom, cada cop més erràtic, l'havia salvat la campanya electoral on, almenys, amb el seu famós helicòpter, se sobreposava a si mateix i s'enardia tot sol, però ja al final de la legislatura 1992-1995, la sensació que Colom perdia els papers era percebuda per massa gent. En quatre anys, Colom era un home cremat, perquè no sabia què fer ni què dir. Ni es preparava els discursos, que els primers anys li redactava el mateix K. Però la distància ja s'evidencia del tot el 1994, quan nomenen K president de la Federació Regional de Girona. Aleshores deixa la Secretaria General de les JERC (1987-1994) i pren, cal remarcar-ho, la decisió d'anar-se'n a viure a Banyoles, on un grup consolidat –format bàsicament per antics militants de l'MDT, com l'actual alcalde Pere Bosch, Jaume Sitjà, Josep Frigola o el *pare* de tots plegats, Tomàs Cortada– estén el partit a tota la província. I des d'allà s'adona de com n'està, de desmanegat, el partit: les executives locals i regionals estan desemparades i sense un duro, i els projectes cada cop són més estrambòtics i irreals, com ara les marxes per la independència que volien imitar la Marxa per la Llibertat.

Els quatre diputats trànsfugues d'ERC al PI, Tugues, Morera, Bosch i Colom, deixen ERC amb nou diputats, però s'anul·len completament i badallen al grup mixt sense fotre brot. A ERC ara són menys, doncs, però més cohesionats. A partir d'aquí comença una distribució racional de papers i, com ja hem dit abans, K passa a ocupar-se de la comissió de Control de la CCRTV, on Colom mai no l'havia deixat entrar. S'ho va passar de conya. En aquell moment el director del conglomerat era el futur conseller de Cultura, Jordi Vilajoana, i K els va clavar un discurs al qual no estaven acostumats. L'espanyolització permanent de TV3. Espanyolització del discurs, espanyolització dels temes, espanyolització de la llengua, espanyolització, en definitva, de l'imaginari col·lectiu de TV3, aspectes més o menys compatibles amb l'estil Buenafuente & Otero. I furga en la gestió de TV3. I es fica amb la poca pluralitat de La Teva, que esborra del mapa ERC, com si ja no existís, i dóna respiració assistida als zombis del PI. Durant uns quants anys s'ho va passar francament bé fent allò que tant practicarà a Madrid: carregar serenament contra algú. Aquí, les elèctriques i les polítiques industrials i de comerç de la Generalitat, i a Madrid, els oligopolis.

I si ja no suportava Subirà, s'hi va haver d'encarar més quan la conselleria d'Indústria va assumir comerç i turisme, un tema, aquest darrer, en el qual Subirà era un negat. K reconeix, quasi penedit, que mai no va disfrutar tant repartint canya. I els periodistes d'investigació, com Félix Martínez, d'*El Mundo*, ja li fan cas, el consulten o hi dinen i el citen als seus llibres perquè, com diu ell mateix, «jo ja m'havia especialitzat a emprenyar als poderosos».

Sense el fre de Colom, la línia política del partit canvia radicalment i el discurs socioeconòmic, que és la preocupació de K i de Josep Huguet, passa al davant. Huguet, com a nou diputat, agafa els temes d'economia i comença la seva croada contra l'espoliació fiscal, que ja és una part integral del discurs d'ERC a Barcelona i a Madrid. K s'adona perfectament que sense discurs socioeconòmic no hi ha nous votants ni projecte viable a mitjà i a llarg termini, i que Esquerra s'ha de situar on li pertoca segons el seu nom: a l'esquerra, que és el seu terreny natural. L'independentisme en ell mateix, sense més idees, allò que va representar Colom, els portaria de pet a la ruïna. I aquesta fou la reacció dels quadres i els militants d'ERC que, entre el seguidisme de Pujol i la boira llunyana de la independència, temien que les coses acabarien bastant malament: com una flor que no fa estiu o una moda per a futurs votants de Convergència, cosa que ja els va passar el 1980.

K I EL GIRONISME

K, al cap de dues legislatures, va fer bons amics entre alguns socialistes, com ara Santi Riera, diputat socialista de Sabadell, ja retirat, i també amb certs elements d'Iniciativa, com ara Quim Novella, catedràtic d'Economia. Però no es dedicava gaire a la vida social. El més curiós de tot, però, és la seva estranya relació amb Quim Nadal. Durant tota la primera legislatura de K al Parlament, tot i que tots dos venien de Girona, no es van ni saludar. És a dir, que oficialment no es coneixien. Nadal era l'amo de Girona i el nadalisme era l'estel d'orient que dominava la Universitat –Josep Maria Nadal–, la Federació Socialista de Girona –Manel Nadal– i la premsa independent que més socialistejava: *El Punt*. Pràcticament des de la seva fundació, aquest diari es va erigir en bandera i penó del nadalisme universal, i va convertir Girona en la Florència de Catalunya i Nadal, en l'alcalde més perfecte que hagi parit mai la humanitat.

K era un intrús de la perifèria gironina, un ripollenc que desembarcava amb una opció, ERC, que tots els macos de Girona consideraven ja desterrada. I a sobre se'n va a viure a Banyoles, on es fa fort i no es deixa seduir pels cants de sirena del nadalisme que amarava la capital provincial. Fins i tot hi havia un bar, el Nummulit, que va reunir durant uns anys tota la crème de la gauche gironina, periodistes, catedràtics, escriptors –el llavors carter i ara excel·lent crític literari Ponç Puigdevall, l'escriptor Javier Cercas o la diva cultural d'*El Punt*, Imma Merino–, que s'ho passaven bé fent safareig fins que el Pim, amo i senyor del local, feia fora, a les sis del matí, els últims clients.

K es matenia sempre en segona línia i deixava fer. Si li tocava participar en la vida social de la capital, com en el Premi Just Casero, ell hi anava quasi dissimulant. No comprava els llibres a la 22, que és on tothom que vol vestir-se d'intel·lectual cerca les darreres novetats i els bons llibres que l'habilíssim Guillem Terribes exposa a l'aparador. És a dir, K no feia gironisme, ja que ho considerava un ambient tancat, entre clànic i clònic. Perquè si bé Girona, cau dels selectes florentins, és molt important, no s'ha d'oblidar que és un maquillatge per encobrir el record de la seva incúria històrica, quan Figueres era la gran capital del liberalisme i el federalisme i no pas la reclosa Girona, tal com recorda Pla –total només són uns 80.000 habitants–. I a sobre, ERC, aquest 2004, gairebé arracona els socialistes a la tercera força i el nadalisme ja no té aquella aurèola màgica que ha anat perdent així que el germà va plegar de rector de la UdG i *El Punt* va descobrir que per créixer havia de sortir de la somnolència comarcal. El Nummulit, avui, no és altra cosa que un bar de copes sense més. I K, que no ha tingut mai pressa, ha gaudit d'allò més de la fi de l'imperi nadalista. Però no tenia cap altra opció. Posar-se a ser més gironí que els gironins de soca-rel és una cosa que els de la capital no perdonen. I el seu introductor no era altre que Ferrer i Gironès, que no tenia res a veure amb aquest ambient selecte.

Fins que un dia el periodista Ramon Barnils va anar a Girona a presentar un llibre amb Oriol Castanys, exdirector d'*El Temps*, seductor vocacional i avui alt directiu de RBA, a l'altra joia de Girona, el centre cultural d'Isaac el Cec. Mentre K i Barnils xerraven –tots dos tenien amics i enemics en la mateixa quantitat, però els coneixien tots– va passar en Nadal i aquest va xerrar una estona amb l'articulista i se'n va anar:

–Que no us saludeu? –va dir Barnils a K.

–No ens han presentat mai.

I se'n va anar a buscar l'alcalde. K i Nadal es van presentar oficialment i des d'aquell dia van parlar-se. Nadal sabia molt bé que K era l'únic de Girona que n'havia fotut de grosses contra el nadalisme, perquè a Girona feia falta una mica de mobilitat social i ja n'hi havia prou que una família ho controlés tot, amb parents i cunyats a la Diputació i amb ramificacions incloses a Barcelona –amb Rafael Nadal de tot-terreny a *El Periódico*, ara a l'editorial de Blanca Rosa Roca–. El 1995, Nadal és ungit com a futur lehendakari per a les autonòmiques i tot Girona revifa de pensar en el seu gloriós desembarcament a Barcelona, i fins i tot semblava que a la ciutat de l'Onyar només existia el gran Joaquim. Es van tornar literalment bojos pel Quim. I tots van caure a les xarxes del nadalisme, inclòs el mestre moral dels catalans, l'il·lustre Josep Maria Terricabras.

Després de l'honrosa derrota, Nadal es va anar resituant. Baixar a Barcelona a fer de portaveu, deixar l'alcaldia i descobrir que els barons de Barcelona pintaven, en el partit, molt més que ell, el va fer més afable. Ara s'ha refet amb una conselleria forta –Política Territorial i Obres Públiques–, on tampoc no s'ha descuidat de ficar-hi el germà perquè, de fet, no hi ha res com els de casa.

El partit, malgrat els borinots del PI, va remuntar: el 1999 treu dos regidors a Barcelona, amb Portabella al capdavant i un ridícul 0,96% de vots per a la Rahola, la diva caiguda. El 17 d'octubre d'aquell mateix any, en aquelles autonòmiques on Maragall va guanyar en vots però CiU en diputats, com ara, ERC va mantenir-se ferma i només va perdre un diputat –271.173 vots–, i es va oferir a pactar des de bases clares i fermes amb CiU. I el que hauria pogut ser un pacte amb Convergència es va decantar per l'entesa CiU-PP, que va convertir per primer cop Esquerra en una veritable força d'oposició, amb coratjosos parlamentaris com Joan Ridao. Els joves que un dia van entrar amb Colom ja estaven preparats per al salt endavant.

K s'havia proposat un repte personal. Anar-se'n a Madrid per veure la cara de l'enemic i descobrir si era un pobre provincià mesell o un home de caràcter, tal com sempre havia somniat Carles Muñoz Espinalt, fundador de la psicoestètica però tot i això un home amb talent. Per a K, doncs, havia arribat l'hora de la política en majúscules.

Deixava un partit cohesionat, els seus homes en punts clau i, a més, no se n'anava a les Espanyes perquè no li quedés altra opció, sinó perquè la primera cosa que ERC ha de tenir al cap és governar la Generalitat, però la segona és tenir presència i força a Madrid i saber què s'hi cou. K s'hi veia, a les Corts. I com que ningú no li va posar cap inconvenient, així va ser. Tot i que va ser reelegit al Parlament de Catalunya en les eleccions del novembre de 1999, va plegar al cap de tres mesos per presentar-se com a cap de llista a les generals. Per dir-ho clar: simplement tenia ganes de guerra i volia començar-la com més aviat millor.

Petita història de la Villa y Corte

I què sabia K, el jove aprenent, de Madrid? Havia passat tantes temporades a Euskadi mimetitzant-se en l'ambient abertzale, els zuritos, les tapes i les llargues converses sobre la política i la guerra, que no havia trobat el moment d'acostar-se algun dia al centre de tot plegat. Allò que sabia de Madrid és allò que sabem tots els catalans més o menys emprenyats: que gràcies al nostre dèficit fiscal i a l'espoliació dels guanys dels catalans, van bastir una capital monopolística i orgànica on funcionaris, banquers, policies i jutges feien i desfeien a la seva voluntat. Madrid, associat a l'imperi franquista, era la clau de tots els mals. Allà s'hi atrinxerava el búnquer, la vella guàrdia, l'Opus Dei, els falangistes i tots els tecnòcrates que procuraven somriure mentre Franco dictava penes de mort.

Hi havia el vell tòpic del Madrid xuclasang que desfeia o entorpia l'esforç productiu de Catalunya. I el record dels fets d'armes contra els castellans el 1640 i contra els Borbons el 1714. Les requises, les violacions, els homicidis perpetrats per soldats tant francesos com castellans van ser recordats durant molts anys. Madrid era la cúspide de la monarquia i la monarquia representava la subjugació de Catalunya a la voluntat d'uns reis que mai no van considerar-la altra cosa que un problema d'ordre públic. I el segle XIX, els catalans, dividits entre liberals i carlins, es van matar sobretot per decidir si d'una vegada per totes s'imposava un Estat central fort però solvent, com a França, o es tornava a la monarquia absoluta. És cert que molts dels liberals eren federals, però ho eren perquè no es fiaven gaire que aquell Estat decadent i caduc, i menys la seva capital, pogués fer res de bo sense la saba dels catalans.

Tot el segle XIX, fins a la Restauració, els catalans van intentar salvar Espanya d'ella mateixa fent propostes d'innovació, d'administració del bé comú, de fórmules parlamentàries i de liberalisme doctrinari, proteccionista això sí, mentre que els liberals madrilenys gaudien dels avantatges del lliure comerç. El cansament dels catalans i la incúria dels castellans en aquell segle clau explica que avui no siguem uns espanyols orgullosos de ser-ho, com passa als rossellonesos, perfectament afrancesats. Era espanyol, deia el refrany de Cánovas, qui no podia ser altra cosa. I l'ensulsiada final de l'imperi d'ultramar va acabar de convèncer molts catalans que Madrid era la capital dels tarambanes, dels hidalgos trastocats, dels vividors del pressupost públic, del patrioters demagògics i de la vulgaritat absoluta. Un lloc que hauria de ser eradicat del mapa perquè no era ni tan sols una ciutat sinó una invenció absolutista. L'embranzida del catalanisme, a finals del segle XIX i la seva derrota última el 1939, no s'explica sense el desamor i la ràbia que provocava la ineficàcia d'un Estat que no servia ni protegia el poble i que obligava la gent a organitzar-se a la defensiva per, almenys, aturar els peus a la burocràcia madrilenya.

El desamor, l'odi larvat però permanent contra aquest *Madrit* excloent i exclusiu era una marca de molts catalans que tenien al cap aquelles horribles dispeses, glaçades a l'hivern, tòrrides a l'estiu, on havien d'estudiar per guanyar les oposicions a qualsevol cosa, justament com ara –les tradicions no es perden, es retroben– que el PP obligarà a fer oposicions a càtedra només a la gran capital. La influència de Madrid com a referent, com a moda, com a manera de viure, deixava freds els catalans. Prescindien, no com avui dia, de tot el cerimonial grotesc de la monarquia i observaven amb immens orgull que Madrid només consumia les forces puixants dels pobles subsidiaris –bascos i catalans– i no ens deixava ni un tall de cansalada.

TÒPIC CONTRA TÒPIC

Els tòpics, sempre revestits de veritat, eren lacerants. Pel cantó madrileny, allò que «los catalanes son muy suyos», en cas que es defensin, i «no parece catalán», en cas que facin el llepa, continua vigent. L'amenaça catalana ha fet sempre més por que el desafiament basc, perquè a Madrid sempre s'han imaginat allò que Tarradellas preconitzava en el buit: que els catalans units en un programa de mínims podien fer quadrar Espanya. La por a aquesta revolta subjacent dels impositors catalans que un dia es tornarien bojos i es declararien independents, no era cosa que es prenguessin a conya des de Madrid. Franco, expressió de tots i de ningú, creia amb tota seguretat que el separatisme l'havia obligat a castigar les regions dissidents perquè no es podia ni imaginar el fet de renunciar a la sagrada unitat de la pàtria. Que els catalans fossin en bona mesura gent una mica o bastant nacionalista, però enquadrable en un esquema autonòmic o federal, no era una cosa que els militars i la reacció entenguessin, i els pocs que ho van entreveure, com Manuel Azaña, no n'estaven tampoc del tot segurs, com demostren les seves memòries de guerra.

El tòpic té la força incontestable del lloc comú, però, parlant de Madrid, convé, si em permeteu, enfilar certes digressions històriques que expliquin la complexitat d'una capital on no tan sols hi havia chulapas i tonadilleras. I el primer que cal dir és que d'altiplà tibetà, res de res. El que ara és territori de la Comunitat Autònoma de Madrid existia demogràficament molt abans que els Àustries la convertissin en la seva capital imperial. Allò era un conglomerat de territoris sotmesos a diverses jurisdiccions, una terra de pas cap a la reconquesta final, ja que cal dir que Madrid havia estat una fortalesa morisca. Quan Felip II instaura la capitalitat única del regne no ho fa només en funció de la seva centralitat com a encreuament de camins entre Castella i el món.

MADRID O EL PARADÍS DELS ÀUSTRIES

La veritat és que fou una qüestió de bon gust. Madrid ja era llavors una petita ciutat que no podia rivalitzar amb Toledo, però que mantenia una vida artesana i comercial prou notable. El centre de Madrid s'assemblava més a un decorat renaixentista que no pas a l'altiplà ressec i inhumà que ens imaginem els catalans. «Era la comarca de Madrid fértil, casi un paraíso (...) huertos, bosques, prados, fuentes, un cielo azul y un clima delicioso. Los frutos de la tierra y de la caza eran sobrados para mantener la población.» Emparats per la Sierra, les comarques de Madrid eren perfectes vedats de caça, l'aigua fluïa arreu –enlloc és tan bona, tot sigui dit– i la petita ciutat medieval envoltada de senyors feudals exigia les llibertats o els furs que li pertocaven. Es podia caçar fins als territoris per on avui pasa la Gran Vía, cosa que demostra que hi havia abundància pertot arreu. Les cases senyorials forjades en la sang de la reconquesta havien anat instal·lant *mayorazgos* al voltant de les ciutats, com van fer els Mendoza o els Luna, però Madrid es defensava dels abusos feudals en la tradició que després va provocar la revolta dels *comuneros* i el final tràgic de la sobirania ciutadana davant l'Estat absolutista.

Artesans, petits comerciants, oficials i aprenents, horta pels voltants i petites comunitats jueves, expulsades el 1492, i morisques formaven Madrid al començament del segle XVI. Però el seu camí cap a la futura capitalitat de les Espanyes comença quan Enric III, sobre un territori en disputa amb la ciutat, el Real Sitio del Pardo, decideix convertir aquest terreny en residència i vedat de caça, fent que d'aquesta manera els monarques successius tinguessin certa tendència a passar llargues temporades a la vila. Les Corts es feien tot sovint a Madrid, a l'Alcázar, en principi un edifici defensiu que va acabar convertint-se en el Palau Reial. Seria Felip II, l'ànima més negra i funesta d'aquest imperi del mal on mai no es ponia el sol, qui va decidir el 7 de maig de 1561 que Madrid fos capital del regne.

Les raons són diverses: no era una vila amb pretensions i era dòcil als designis reials, mentre que a Toledo, la mitra arquebisbal controlava gairebé tota la població. I, d'altra banda, la centralitat entre tots els territoris de la península li permetria convertir-se en un important nus de comunicacions. De la lànguida existència d'una petita ciutat castellana, Madrid va passar a convertir-se en capital imperial, però cal ressaltar un fet. Així com Londres, aprofitant l'incendi de 1666, va saber reconstruir la ciutat en clau monumental i dissenyar-la al servei de l'aristocràcia i la burgesia, així com Viena ja es definia com una capital perquè obria grans avingudes i dissenyava la ciutat al voltant de la monarquia, Madrid no va ser traçada ni definida ni reinventada. El monument més perenne dels Àustries, la seva obra màxima, no és altre que El Escorial, als afores de Madrid. Pla (*Madrid, 1921*) va descriure molt bé quin efecte produïa:

«Una ciutat és una cristal·lització d'un procés imperial. París, Viena, Constantinopla, Londres són estilitzacions arquitectòniques nacionals d'un esforç històric.

»Si no fos que és veritat, us arribaríeu a pensar que allò que s'anomena imperi espanyol és un somni imprecís i llunyà. I això se sent sobretot a El Escorial. El Escorial és una prometença de Felip II, el penediment d'haver donat una batalla el dia de Sant Llorenç. Encara que això no se sabés, es veuria clar. El monestir és un Leviatan de granit posat a El Escorial per un simple caprici personal. Traslladat a mil quilòmetres més al sud o més al nord, faria un efecte semblant. L'edifici no té cap arrel, no té cap lligam social, no té cap relació amb la vida humana dels voltants. És com un gran vaixell naufragat per l'atzar de les forces còsmiques en el lloc on ha naufragat. El vent, en els angles de granit, hi passa tallant i inhòspit, com per la proa d'un vaixell mig enfonsat.

»D'aspecte exterior sembla una caserna sublim, una caserna de l'altre món. Una paret lateral és això: un pa enorme de pedra amb ratlles paral·leles de finestres mecàniques, insignificants.» I l'església «és nua i freda, insignificant: rodejada de pedres com és, sembla una tomba pesant». Després de veure el *pudridero*, o sigui les tombes reials, sortir de El Escorial «sembla que acabeu de sortir d'una malaltia mortal».

No té res d'estrany, creguin-me, que a pocs quilòmetres de San Lorenzo de El Escorial hi hagi el Valle de los Caídos, el seu propi i ampul·lós monument a la destrucció de la dignitat humana que el Caudillo va erigir amb la fredor característica d'un èmul de Felip II. Completament excavada a la roca, amb pedra de granit, negra i lluent, és una catedral que sembla una estació del metro de Moscou i on les tombes de José Antonio i de Francisco Franco reposen sota la cúpula central. L'efecte de desesperació, d'abatiment davant tanta aberració arquitectònica i emocional deixa l'espectador estupefacte, però recorda que el general gallec tenia el projecte de ser emperador i d'esclavitzar la insubmisa raça ibèrica.

MISERABLES I PODEROSOS

Ciutat sense mar ni riu conductor de mercaderies, el Madrid de l'antic règim es va convertir en depredador de Castella, que es va veure subordinada als interessos de subsistència de la població de Madrid, en un procés de degradació de la vida rural que no va deixar d'empobrir-se mentre la capital creixia. Artesans, fabricants, joiers i candidats a cavaller feien la bossa i anaven a Madrid a fer vida de busca-raons, ja que el poble baix, sense ocupació fixa, i el servei domèstic eren la base d'una cúpula social que s'aguantava o es rebel·lava en funció de l'abastiment del pa, un dels temes recurrents de les revoltes madrilenyes. Ciutat estancada en castes: grans propietaris de terra, latifundistes arrelats a Madrid que vivien de les rendes senyorials i una nova classe emergent d'origen nobiliari que a partir de la passa de la Il·lustració comença a adquirir funcions de govern i a crear l'administració centralitzada que tan delitosament volien copiar de França.

El poble, simplement, festejava els aniversaris de la família reial i rebia, si n'hi havia, les sobres del menú. Al segle XVIII Madrid comença a ser un París de segona divisió. Es restauren els grans palaus, augmenten les despeses sumptuàries i es desenvolupa un estil versallesc, o borbònic. Però, parlant en termes marxistes, una ínfima minoria de senyors controlava el 58,94% de la renda total de la ciutat. I si voleu xifres encara més escandaloses, la primera empresa de Madrid, que ocupava el 30,60% dels madrilenys, era el servei domèstic: criades, majordoms, ajudants, cuineres, maquilladores, un exèrcit que només aconseguia el 7,80% de la renda total. Allò que es diu una misèria estructural sense límits.

La beneficència, sempre caritativa, de l'església i els nobles pal·liava les possibles ires d'aquest lumpenproletariat. Entremig, a penes una casta que es va anar renovant i acreixent, els comerciants, agrupats primer en els Cinco Gremios Mayores dedicats a la llana i a l'intercanvi amb Amèrica. I es produí la primera irrupció d'asturians i bascos intramurs de Madrid. Les diferències socials eren tan clares que la gent o bé vivia en *corralas* o bé en palaus, però Carles III, anomenat popularment l'alcalde de Madrid, va fer allò que era propi dels absolutistes: una infraestructura de sanejament, clavegueres i empedrat de carrers; tot amb l'objectiu que els nobles que es feien palaus com el de Liria, Villahermosa o Buenavista no haguessin de flairar gaire la merda dels barris populars. I seguint la moda francesa, naixien institucions d'anomenada, com la rècula de Reales Academias que donaven prestigi als fills ociosos de la noblesa madrilenya, els quals malparlaven sempre d'aquesta cort alternativa de pidolaires i rodamons, de *pícaros* encara, que desfeien l'encant cortesà de Madrid.

IMMIGRANTS A LA FORÇA

Però l'encant del proletariat tard o d'hora havia d'arribar a la Villa y Corte. I després de les successives desamortitzacions, que no van fer altra cosa sinó enriquir la burgesia i fer-la rendista, milers de desplaçats van fer via cap a Madrid i van trobar feina en la primera cosa que ja es podia considerar moderna. Entre 1855 i 1866, la construcció dels ferrocarrils va donar feina a milers de treballadors, però el còlera i els índexs de mortalitat a causa de la subalimentació, l'absència d'infraestructures i la superpoblació feien estralls en una ciutat que, el 1900, ja s'acostava al mig milió d'habitants. Però l'afluència massiva d'immigrants no crea l'entorn adequat per a la industrialització. No hi ha, ni es fa, una revolució industrial que necessita una infinitat de mà d'obra, ans al contrari. Madrid actua com un catalitzador de recursos. La borsa pren dimensions importants, els bons del Tresor són la bicoca dels rendistes i Madrid s'ofereix com la ciutat de l'intercanvi comercial i financer. L'elit econòmica madrilenya, que ja procedeix de totes les províncies, traspassa una part dels recursos aconseguits en negocis de la capital a les seves regions d'origen, de manera que s'afavoreix la siderúrgia basca, o el marquès de Mudela, que converteix els excedents de vi manxec en valors borsaris segurs.

LA CAPITAL DE TOT

Madrid és el lloc de la presa de decisions polítiques i, per tant, el lloc on es produeix el mercadeig entre oligarques, nobles i burgesos amb els seus representants polítics. Aquesta serà la norma de la Restauració, una norma que propicia una mena de personal que no es diferencia gaire dels corredors de borsa, els inversors i els especuladors que avui es mouen al voltant del PP de la mateixa manera que ahir rondaven el PSOE. Però ara hi ha més confiança, ja que la dreta sempre et dóna un cop de mà. En aquells temps els escàndols immobiliaris no s'entenien així perquè simplement es compraven terrenys desamortitzats a preu regalat o s'aprofitava la decadència de certa noblesa amb massa terreny inservible. I com en aquests temps d'avui, tots se n'aprofiten...

I tant que s'especulava, però ningú no se'n preocupava i, a més, els capitals fluïen cap a Madrid des de les Antilles. I sobretot entre 1844 i 1885 les províncies d'Espanya transfereixen els seus béns i les seves rendes cap a Madrid per a tot tipus d'operacions que els asseguressin rendibilitat i seguretat. És a dir, que després d'arrasar Castella, submergida en la intrahistòria, la resta de la península oferia els seus diners perquè la maquinària financera de Madrid funcionés al 100%. Els magatzemistes, els corredors de borsa, els agents de negocis, els prestamistes ja eren els reis d'un Madrid que es transvestia de capital moderna.

Després, és clar, teníem la classe mitjana, la que inclou des dels empleats públics fins als professionals liberals. A la segona meitat del segle XIX, 15.000 funcionaris –ara ja en són 400.000– vivien gràcies a l'Estat i a tots els nivells de l'Administració. Això demostra que els tòpics no deixen de ser certs, però com que no era fàcil pujar en l'escala social, molts d'ells es van refugiar en l'apoliticisme de la Restauració, que deixava fer a tothom la seva vida privada mentre no emprenyés gaire. Però la monarquia encara definia allò que era Madrid. Així ho transmet Pla:

«A la llarga vaig veure que al centre d'Espanya només hi ha una força política activa que és la monarquia i la casa reial. Els republicans que vaig tractar, més tard, a Madrid, em feren l'efecte d'uns monàrquics desenganyats però enyoradissos, que s'havien fet republicans perquè el rei no els havia somrigut en passar o perquè alguna persona de la família havia perdut les oposicions de la carrera de cavalleria o de sobreestant. Hi havia potser una excepció: els republicans que havien viscut fora d'Espanya. Aquests eren els més coriacis.

»Madrid és una cort i es compon de dues coses: hi ha primer els de dalt i després el públic que bada. Aquest públic és el que va als enterraments seriosos i els funerals importants, el que contempla encisat les comitives i les festes de l'Estat; el que dóna escalf i rodeja d'un ambient de xafarderia vital la parada daurada i perpètua de les altes personalitats.»

El 1900, amb una certa millora de la qualitat de vida, el poble baix de Madrid, prop de 120.000 persones, va poder mantenir una condició menestral i artesanal que semblava més pròpia de l'antic règim que del nou segle. Una democràcia artesanal, com deia Santos Julià. Una raça d'impressors, d'on sorgí Pablo Iglesias, empleat de Rivadavia, i una immensitat de petits negocis familiars –el 55% del total del comerç de Madrid– formats pels botiguers i els expenedors al detall d'articles de menjar, beure o vestir. Les úniques grans indústries de Madrid eren d'un tal López, fabricant de xocolata, ja que no podia faltar la tassa de xocolata amb xurros, i un impressor també anomenat López. Madrid proporcionava serveis mercantils i polítics, i les províncies li donaven, en contrapartida, productes industrials i agrícoles.

Però convé aclarir-nos. El Madrid popular, de xotis i chulapas, encara estava perfectament antiquat. Era el món dels oficis, dels jornalers i de les criades: 27.913 per ser exactes. 2.605 porters, 1.793 cotxers i tot un munt de mestres, oficials i aprenents, a banda dels eventuals de la construcció. Res a veure amb les 400 famílies que componien l'elit de Madrid. Motins de subsistència i revoltes contra les quintes eren els inevitables espasmes d'un Madrid encara poc proletaritzat però on la penetració del mite republicà, que també era a la seva manera una democràcia d'artesans, es va posar de manifest durant el sexenni liberal, quan molts madrilenys van deixar de creure en el paternalisme reial i van començar a reclamar la seva condició de ciutadans. Tanmateix, encara el 1921, aquest Madrid, artesanal i popular, no havia desaparegut del tot:

«És un món barrejat», deia Pla. «Hi veieu el petit poble que fa encara tuf d'Edat Mitjana i parla com a les sarsueles, que fa marxar un petit comerç miserable, i obrers de vestit blau. A les tavernes apareix el gallet de cada *casa de vecindad*, una mica pàl·lid, amb una esquena dibuixada amb tiralínies, un mocador de seda blanca al coll, admirablement prisat, amb l'agulla de robí de tres rals que amaga el primer tumor blanc. El gallet juga la carta suada amb el camús de la cantonada, el geperut del veïnat i l'ataconador gras del sainet popular. Sempre hi ha una noia que l'espera a la cantonada. Passant pels carrers, entre un anar i venir de gent vaga i oliosa, de grups que es fan i es desfan, el manubri que toca destrempat, la carreta de bous lents que passa amb dificultat i enmig d'uns crits infernals sentiu de vegades una veu terrible de dona que us crida a l'orella d'una manera gratuïta i histèrica: Juanitaaaa!»

L'ATRACCIÓ DE MADRID

Però Madrid atreia, i amb quina força, l'intel·lectual perifèric ja des de l'època dels Àustries: Quevedo, Lope de Vega o Góngora s'hi van aficionar ràpidament mentre pintors de renom com Velázquez retrataven la vida cortesana. Potser fou Goya el qui més va derivar cap a l'estampa popular i va escenificar les monstruositats de l'Espanya negra sense deixar de fer encàrrecs reials. A més, des de 1857, hi havia la Universitat Central, i tothom que volia fer carrera de despatx o d'influència havia de sortir-ne amb el títol de llicenciat en dret, medicina o topografia. Però aquella universitat era tan carregosa i atrotinada, tan estripada i absurda, que el 1876 neix la Institución Libre de Enseñanza, impulsada per Francisco Giner de los Ríos i que tanta influència va tenir a Barcelona, on va servir per promoure, anys després, projectes de renovació pedagògica. L'Institut-Escola de la Generalitat no serà sinó una còpia ben feta de la Institución, creat a Alba el 1918. I el renom de Madrid també provenia de la Residencia de Estudiantes, on els alumnes podien ser díscols i brillants. I aquest teixit arribava a l'*escuela nueva* adreçada als obrers i artesans de Madrid, en un procés paral·lel a la creació d'ateneus populars a Barcelona. L'osmosi, que convindria estudiar més a fons, entre aquesta revitalització de l'ensenyament i la progressiva penetració de la la ideologia esquerrana va anar sempre de bracet entre Madrid i Catalunya.

I llavors, és clar, hi havia l'Ateneo de Madrid, forjat el 1836 i anorreat un segle després. Entre dissertacions científiques, erudició acadèmica i reflexió política, aquella institució es va anar convertint en una plataforma republicana i liberal que va servir durant la secretaria d'Azaña, entre 1912 i 1921, per esdevenir una àgora de dissidències, tal com, malèvolament, Eugeni d'Ors es va encarregar de recordar en l'obertura de l'any inaugural de 1948, quan de l'esperit liberal de l'Ateneo només en quedaven les pedres.

Perquè, en aquell Madrid d'entre 1900 i 1939, existia per fi un corrent europeu, de gust afrancesat, que aspirava a fer d'Espanya un Estat de dret. Com deia Pla: «El país està governat per l'esperit i els mètodes de l'Ateneu (...) L'ateneista de Madrid sol ésser un senyor una mica pedant que té la tendència a creure que el centre del món, i a més forta raó el centre del país, és la docta corporació del carrer del Prado». I tenen la «comoditat mental» de les coses fetes com el centralisme que els és natural.

I tanmateix no deixa de ser cert que Madrid esdevé en tertúlies, càtedres, conferències i columnes d'opinió, el generador de les modes culturals de la península, només mitigat pel pes creixent de la intel·lectualitat catalana, que n'és el contrapès. La nòmina d'escriptors que s'instal·len a Madrid fa feredat: Azorín, Valle-Inclán, Unamuno, Benito Pérez Galdós, Pío Baroja, Ortega y Gasset... La regeneració d'Espanya –aquesta profunda barreja d'odi a la Castella miserable i inquisitorial i la fascinació pel poder d'un imperi on no es ponia el sol– era la clau de volta de tots els intel·lectuals. I de tertúlia en tertúlia la política prenia cos i els pensadors de la cosa pública van arribar a creure que per posar fi al sistema corrupte de la Restauració i amb Primo de Rivera calia fins i tot crear un partit de la intel·lectualitat, com va ser l'Alianza al servicio de la República, creada el 10 de febrer de 1931.

Després, excepte potser Unamuno, que va morir abans que l'afusellessin, els intel·lectuals o es van limitar a fer de propagandistes o van tocar el dos lluny d'Espanya. La nova generació de joves feixistes, Ramiro Ledesma Ramos, José Antonio Primo de Rivera, Onésimo Redondo, Jiménez Caballero i el pare de tots ells, Ramiro de Maeztu, convers del liberalisme al nacionalcatolicisme, eren la saba nova que volia controlar l'Ateneo, on anaven a estudiar, els divendres a la tarda, els clàssics que un dia voldrien destruir.

La vergonya posterior dels grans pensadors la descriu molt bé Gregorio Morán al seu llibre sobre Ortega y Gasset, però hi ha un fragment de Gaziel sobre la conferència de l'il·lustre mestre al Círculo de la Unión Mercantil que narra l'assistència a l'acte de liberals inconcebibles com Serrano Suñer, exlectores d'*El Sol,* marqueses, comtesses, burgeses i actrius, tot plegat sota un gran quadre de Franco. I descriu com Ortega treia papallones del barret amb una retòrica empolainada que per Gaziel no el feien sinó «un interessantíssim monstre de supèrbia, un vanitós fenomenal».

LA GUERRA FINAL

La qüestió essencial, doncs, d'aquell Madrid tocat de senyorial que obria la Gran Vía i s'adelitava contemplant els palauets de la Castellana és el que va succeir durant la Guerra Civil. Allò que Franco i els seus generals tenien clar és que no trigarien gaire a prendre's el seu cafè amb llet al carrer d'Alcalá. I va ocórrer justament el contrari. Els revoltats del Cuartel de la Montaña, el 18 de juliol de 1936, van ser reduïts per una tropa de guàrdies, i militars i civils armats i altres focus de resistència es van rendir. Per als revoltats, més encara que la salvació de Barcelona, ciutat maleïda que ja cauria en el seu moment, l'impacte de la pèrdua de Madrid va ser, literalment, un xoc psicosomàtic.

La glorificació del Madrid en armes és cosa de Rafael Alberti i de la Pasionaria des d'Unión Radio Madrid. I Madrid redescobreix la imatgeria de 1808, goyesca, del parc de Monleón. I els nacionals s'han d'inventar capitals alternatives com Burgos, Salamanca, Sevilla o Sant Sebastià. I tota la guerra és un circumloqui per no deixar o per no prendre Madrid: les batalles de la carretera de la Corunya, el Jarama, Belchite, Guadalajara i fins la batalla de l'Ebre.

Madrid esdevé, amb tota seguretat, l'epicentre de la guerra. Quan es produeix l'ofensiva de novembre de

1936, sembla que les coses quedaran aclarides en quatre dies. Les tropes legionàries i regulars vingudes de Cadis avancen cap al sud de Madrid davant d'un exèrcit republicà que ha estat dissolt i amb l'única cobertura del Quinto Regimiento. Els feixistes arriben fins a les riberes del Manzanares i a les portes de la Casa de Campo el 5 de novembre. La derrota sembla imminent. Els milicians, incapaços de lluitar a camp obert, es trobaven enfront d'un exèrcit disciplinat i ferotge. En aquells dies es va encendre la frase mítica, el *No pasarán*, que s'ha convertit ja en una frase global de qualsevol resistència. Els ministres van córrer desesperats cap a València i el govern va deixar Madrid a la intempèrie, però així es va constituir la Junta de Defensa de Madrid, amb membres de totes les organitzacions polítiques, encarregada de reorganitzar la vida ciutadana i de perseguir aquella quintacolumna que havia de desfer les trinxeres republicanes des de l'interior de Madrid. Un cop ocupat el Cerro de los Ángeles, un lloc gloriós per a la mitologia nacionalcatòlica, ja que allà es conserva el monument al Sagrat Cor de Jesús i és el punt central d'Espanya, el veritable quilòmetre zero, les tropes franquistes es van trobar atrapades en l'eix de la Casa de Campo-Ciutat Universitària-Moncloa.

Van arribar, a més, brigadistes internacionals i els anarquistes de Durruti, però la veritable defensa va correspondre precisament al poble menut: els obrers, els artesans, els botiguers, els jornalers i la classe mitjana filoliberal van sortir al carrer i amb quatre nocions de tècnica militar van aturar l'avanç feixista. Fou potser el primer i l'últim cop que Madrid es va rebel·lar contra els mateixos que l'havien creat i que n'havien fet el seu *cortijo* particular. Contra el desdeny de la monarquia, contra la hipocresia dels nobles, contra la suficiència dels nous rics, contra les fanfarronades de l'estament militar. La gent va dir no, i es pot dir que aquell cop l'Espanya republicana va decidir que no es deixaria esclafar com si res. Tres intents més de penetrar a Madrid, amb l'última ofensiva a Guadalajara, el 8 de març de 1937, on els rojos van derrotar la combinatòria hispanoitaliana, van forçar Franco a reconèixer que el seu somni punitiu i ràpid s'havia quedat en no res. Des de llavors Franco va renunciar definitivament a prendre Madrid fins que no vinguessin temps millors.

Madrid es va convertir en una ciutat desproveïda, amb la gana que campava arreu. La moral tampoc no era molt alta perquè els repetits triomfs de les forces feixistes indicaven que cada cop seria més difícil conservar la ciutat. Però aquella fou també una guerra cultural. Els voluntaris internacionals, els poetes, els comissaris polítics, els instructors, els companys de viatge, tots van bolcar-se a fer de Madrid el símbol d'un numantisme que mantenia la flama de la república. Antonio Machado, José Bergamín, que va morir en la lluita abertzale anys després, León Felipe i Miguel Hernández creaven furor poètic, i els estrangers hi afegien, com André Malraux, l'èpica de la resistència o les vivències d'un reporter en zona nacional, com fou el cas d'A. Koestler.

Madrid, una ciutat d'un milió d'habitants, no es podia abastir del seu entorn. Sense el blat de Castella, el peix de l'Atlàntic o el carbó asturià, la vida es va fer rònega i miserable i l'evacuació de milers de civils va ser una manera d'evitar que es morissin literalment de gana. Molts van venir a Catalunya, però les relacions no foren especialment brillants. Els catalans els acusaven d'acaparar els cupons d'alimentació i de no deixar-ne per als d'aquí, i els madrilenys se sentien atacats per la seva condició de refugiats molestos.

LA FRACTURA INTERIOR

Però la fractura, el trauma i el tabú d'aquella guerra i d'aquell front fou la guerra civil dins la Guerra Civil. Aquell 5 i 6 de març de 1939, quan Barcelona ja feia dies que havia caigut i on tot s'agafava ja amb pinces, una anomenada Junta de Defensa Nacional, encapçalada pel general Miaja i pel coronel Segismundo Casado, es rebel·la contra el govern de Negrín. Cipriano Mera, fill d'un paleta, en fou l'executor. La seva carrera va ser tan meteòrica que va acabar de cap del IV Cos de l'Exèrcit, però la constant infiltració estalinista el van decidir a dur a terme un cop de força que ell mateix va anunciar a través de la ràdio, el 5 de març, per «una paz honrosa, basada en los postulados de justicia y hermandad». En realitat, els neorevoltats volien una rendició en condicions, digna, que permetés als soldats tornar a casa sense que es produïssin represàlies polítiques. Consideraven que després de la fallida batalla de l'Ebre, les forces republicanes estaven esgotades, escampades i desmotivades i que calia, contra la seva pròpia consciència, un acord de pau amb els rebels.

Si els fets de maig de 1937 van destruir el mite de la unitat antifeixista, els fets de març de 1939 no van fer altra cosa sinó confirmar que totes les forces d'esquerra ja no sabien si preferien una rendició honrosa o continuar a mans d'una comandància i d'uns polítics que seguien els dictats de l'única potència que s'havia dignat a ajudar Espanya, l'URSS. En termes parapsicològics, fou la victòria interna que els anarquistes devien als comunistes des del maig de 1937, però el 1939 no va ser el mateix. Tres dies de batalles ferotges entre columnes rivals van acabar amb milers de morts. Cipriano Mera va aconseguir el control de Madrid i va expulsar les tropes d'obediència comunista. Fins i tot el temible Campesino es va haver d'afaitar la barba i sortir d'incògnit de la capital. Besteiro, un dels puntals de la junta, Miaja i Casado havien aconseguit, sense proposar-s'ho, la derrota final de la República.

El socialista Negrín ja no podia fer empassar el seu discurs, allò de resistir costi el que costi quan gairebé no queden opcions, a una massa de combatents i refugiats que vivien de les escasses llenties del seu doctor Negrín. Però Franco no era un adversari lleial en una guerra neta. Era l'enemic personificat i no va admetre cap clàusula que no fos la rendició incondicional. Els rebels de la Junta, menys l'expresident de les Corts, Julián Besteiro, van fugir cap a València i els que es van quedar foren internats, afusellats o apallissats. Però Franco sabia una cosa que li devia corroir l'ànima. No havia ocupat Madrid, l'hi havien regalat. Tots les seves operacions per fer caure la capital van fallar una rere l'altra. Però les esquerres, a penes unides per un logo, el Front Popular, que ja no significava res, van caure en el caïnisme polític i en certa manera, com ja es va entreveure el maig del 37, pretenien guanyar la guerra i controlar la rereguarda al preu que fos. L'impacte moral del pronunciament de Miaja i Casado va deixar les forces populars orfes fins i tot de l'únic que semblava viable: una unitat per sobre de totes les febleses i de totes les putades. Però res d'això fou possible i al cap de tres anys de guerra i de desnutrició, les forces republicanes només podien esperar una mica més d'agonia. La revolta de Madrid va accelerar el final i Franco féu la seva entrada triomfal.

ELS ANYS FOSCOS

La història de la llarga postguerra madrilenya no és gaire diferent a la de Barcelona, excepte pel fet que entre nosaltres calia parlar en cristià i se'ns tractava de separatistes amb un punt més de ressentiment i ràbia, ja que érem la causa de la guerra per busca-raons i torracollons. *Madregilda* retrata prou bé aquell Madrid llòbrec, sinistre i paramilitar. Tabac de picadura, porto flip (oporto, clara d'ou i avellanes) a les boîtes i folklòriques a tot drap: Lola Flores, Carmen Sevilla i Paquita Rico. No es deia cames sinó *extremidades* per evitar la lascívia popular. I tot el que era real havia desaparegut: els matrimonis civils, amb efecte retroactiu, i el divorci des del 26 de novembre de 1939, amb la qual cosa les parelles ja no tenien forma legal i simplement no existien, com ja no existien ni les pessetes ni els comptes corrents ni els títols expedits per la República. I si calia s'esborrava fins i tot la partida de naixement. El xotis *Ya hemos pasado* fou el més cèlebre de Celia Gámez.

Però els nazis van perdre la guerra, Serrano Suñer, el *cuñadísimo*, breu ministre d'Afers Exteriors, se'n va tornar a fer d'advocat per excés de nazifilia, la salutació feixista es va perdre d'un dia per l'altre i Franco entregava Pierre Laval a les autoritats franceses perquè l'afusellessin. Començava la guerra freda i aquells que esperaven que el tancament de fronteres seria el primer pas cap al final del règim es van quedar garratibats.

Madrid, com Catalunya, va perdre la guerra, però Franco, home d'idees fixes, tenia clar que calia convertir la ciutat en la capital industrial d'Espanya perquè els obrers bascos i catalans eren la causa del mal. Començava una nova època i, com els expresidents de la Comunitat Autònoma de Madrid reconeixien, va ser precisament Franco qui va canviar per sempre més la cara de la ciutat. L'èxit havia d'arribar perquè així ho volia el Caudillo i el Caudillo no s'equivocava mai.

La postguerra va ser tan dura com a tot arreu. A Vallecas, el 1942, la desnutrició era tan generalitzada que allò podia ser perfectament el Tercer Món. Quedaven, això sí, els victoriosos. Aquell 44% de madrilenys que van votar les dretes el febrer de 1936 i que tornaven amb regalies de tota mena: ordenances, porters, taxistes, estanquers, benziners i tota mena de càrrecs en el nou règim que sabia ser generós amb els seus. Però aquell règim tenia un problema difícil de resoldre: l'aplicació constant de la garrotada feia que la gent no hi fos precisament molt addicta i de tant en tant succeïen fets similars a les vagues de tramvies de Barcelona i Madrid, que van tenir un seguiment esclatant. I els catòlics, que pràcticament havien obtingut el control de l'aparell exterior amb Martín Artajo i l'Asociación Católica Nacional de Propagandistas, anaven laminant el furor nacionalsocialista de la Falange, que es quedava amb la imatge d'un esperit rebel, d'un *ausente* i d'una estructura de poder que donava caps de turc al Frente de Juventudes, als campaments escoltes del Movimiento i al Sindicato Español Universitario.

Eren temps d'apologia nacionalcatòlica, però el padre Llanos, que fins i tot feia exercicis espirituals amb el Caudillo, havia de sentir com aquest li deia: «Padre, se quejan de mí y yo no lo comprendo porque los cuido como un padre a sus hijos.» I el tal Llanos va decidir anar a viure al Pozo del Tío Raimundo, un infecte barri de barraques al sud-est de Madrid, a muntar-s'ho d'ONG i purgar així els seus pecats totalitaris.

Però la Falange, sempre autèntica i disposada a redimir els espanyols a base de pal i pastanaga, encara creia en la nacionalització de la banca i la reforma agrària, mentre que els deixebles del règim estudiaven a la universitat i es feien passar pel que mai no havien estat. Eren, o pretenien ser, els reconstructors de la grandesa d'Espanya i en això es van avançar al PSOE i al PP, els dos motors que finalment van assolir la desitjada modernització ibèrica. Amarats de retòrica redemptorista, els joves falangistes que no havien fet la guerra clamaven «pan y justicia». Els vençuts encara feien vida de tertúlia i es fotien de la grandiloqüència del règim. De política activa, poca se'n podia fer. El Madrid popular no estava mort del tot, però ja vivia gràcies a la respiració assistida. Al Cafetín Zahara, a la Chocolatería de San Bernardo, al Gijón, al Teide, o fins i tot a la cafeteria de Las Cuevas del Sésamo, fundada el 1950 per un exaviador republicà, s'hi reunien les velles generacions d'esquerres i els joves que no sabien res de la guerra però que estaven delerosos per sentir una versió que finalment fos certa.

Com sempre, els primers a rebel·lar-se contra l'ordre franquista van ser els fills dels vencedors. Alumnes d'universitat que als cineclubs del SEU veien el *Cuirassat Potemkin* i que ja passaven de la cada vegada menys *cool* Falange oficial, però que estudiaven amb veritable obsessió per arribar a formar part d'algun dels cossos administratius que l'Estat permetia cobrir per la baixa involuntària del funcionariat republicà. La trama d'estudiants de dret de la generació dels cinquanta incloïa peces clau que després tindrien rellevància absoluta: Enrique Múgica, defensor del poble, Ramón Tamames, l'economista del PCE, Javier Pradera, columnista d'*El País*, Clemente Auger, futur president de l'Audiencia Nacional, Ángel Rojo, que acabaria al Banco de España, o Joaquín Garrigues, a la fi director del Banc de Crèdit Industrial. I l'efímer Landelino Lavilla, enterrador de la UCD.

El procés de secularització franquista va iniciar-se precisament amb aquell incipient moviment estudiantil dels cinquanta que desafiava el Sindicato Español Universitario, únic i obligatori, i que a base de cinefòrums i lectures criptomarxistes descobria que el Padre Padrone del Pardo no era el que s'imaginaven. Perquè fins i tot quan sortien a manifestar-se pel *Gibraltar Español*, com va succeir el 1954, la policia els atonyinava. I la cosa va acabar molt pitjor durant la clàssica celebració de la mort de Matías Montero, màrtir i precursor del SEU, el 9 de febrer de 1956, quan falangistes de bigotet clàssic, amb porres i pistoles, van carregar contra grups d'estudiants que sortien de la vella universitat. Als falangistes s'hi van afegir forces de la policia armada i, al final, un jove anomenat Miguel Álvarez Pérez, membre de la Centuria Sotomayor de les Falanges Juveniles de Franco, va quedar estès a terra d'un tret mortal. Allò fou la cúspide del martiri del falangista espanyol. La Guàrdia de Franco va fer rotllana al voltant de la taca de sang perquè ningú no l'esborrés, i tota l'estructura del règim va quedar en un estat de ràbia colèrica. Els falangistes de Madrid ja pensaven en una nit de ganivets llargs. Es va tancar la universitat, es va decretar l'Estat d'excepció, es va detenir des de liberals fins a comunistes i Ruiz Giménez i Fernández Cuesta foren cessats. Un any després, l'Opus Dei entrava al govern amb ministres de categoria i començava l'obra de convertir Madrid en la ciutat sagrada del franquisme. Així s'intentava relegar l'oposició als llimbs amb una nova política econòmica que posaria fi al perill proletari.

MADRID, CIUTADELLA INDUSTRIAL

Però els plans per canviar Madrid ja havien començat el 1951 amb el ministre Arburúa, que des del ministeri de Comerç va establir les bases de la llarga marxa cap al Plan de Estabilización de 1959. Als anys quaranta ja s'havia creat l'INI i s'havien construït o modernitzat diverses empreses paraestatals, com ara Adaro, Elcano, Casa, Pegaso. Madrid ja podia lluir indústria pesada i lleugera, i, sota l'empara de l'Estat, empreses del sector de la maquinària, de l'automoció, dels electrodomèstics i dels transformats metàl·lics van començar a establir-se a la capital. Aleshores l'afluència d'immigrants va esdevenir històrica. L'idea del Gran Madrid, que volia superar d'una vegada per totes Barcelona en nombre d'habitants, va funcionar gràcies a l'agregació d'Aravaca, Barajas, Canillas, Canillejas, Carabanchel, Chamartín de la Rosa, Fuencarral, Hortaleza, El Pardo, Vallecas i Vicálvaro. Milers de nous madrilenys van passar a formar part del disseny d'una megaciutat amb un gran Pla General d'Ordenació que preveia ja l'eix nord-sud, les anelles verdes i les grans avingudes. Meres requisitòries de funcionaris altius, perquè el creixement de Madrid ja funcionava a tota marxa.

L'especulació del sòl va adquirir un caràcter cancerigen, i la deixadesa de les autoritats municipals era absoluta, fins al punt que 50.000 barraques, on vivien treballadors, no miserables, campaven per tota la perifèria de Madrid. En mans dels promotors, tots els plantejaments urbanístics van acabar desenvolupant una ciutat perfectament burgesa: unes zones residencials amb habitatges de luxe al nord de Madrid, altres de mitjana qualitat aptes per a la classe mitjana a zones com la Concepción o Banús i una nova perifèria de barriades estatals amb casetes d'obra vista i barraques.

El 28 de setembre de 1964 es crea l'àrea metropolitana de Madrid, que abraça 22 municipis des de Pozuelo de Alarcón fins a Getafe. I en aquesta ambició descomunal per ser la primera àrea industrial d'Espanya es crea un eix de descentralització industrial entre el sud i l'est que arriba pràcticament fins a Guadalajara. Madrid tenia 3.792.600 habitants el 1970. Xuclant de les dues Castelles, Extremadura i Andalusia, la capital ja desafiava, en clau imperial, la perifèria infeliç. La construcció, que ara és una cosa molt normal, serà el motor d'aquest moviment macroeconòmic que va dissociar per sempre més la capital històrica, on vivien la classe mitjana o alta, de les fàbriques dels voltants de la capital, on s'assentaven els nouvinguts que buscaven feina; i així es produïa el clàssic fenomen de la suburbialització. Les grans ciutats-dormitori, situades entre la carretera de Barcelona, d'Andalusia i de Toledo, desfan municipis històrics i converteixen en ruscos espectaculars un entorn degradat per un urbanisme caníbal.

El *desarrollismo* ha triomfat i Madrid ja és la capital industrial d'Espanya. D'altra banda, tota l'administració se centralitza a Madrid i els catalans han de recórrer al tràfic d'influències –estil Sazatornil a *La escopeta nacional*– o al confessor particular del general Franco, el pare Josep Maria Bulart, sempre disposat a fer un favor als compatriotes. La venjança madrilenya arriba a l'extrem de situar les oficines centrals de la SEAT a Madrid a canvi de concedir a Barcelona la fabricació del Seat 600. López Rodó es converteix, segurament, en el català més influent del segle XX, perquè d'ell depenia que l'economia catalana rosegués algunes molles del pastís espanyol. I és també l'època que Madrid s'omple d'autosuficiència. Vint-i-cinc anys de pau han aconseguit a la fi el miracle de la conversió dels espanyols al neofranquisme, al general patriarcal que vol que tots ens fem rics i no emprenyem gaire, cosa sempre possible com es pot veure a la sèrie *Cuéntame cómo pasó*. Aquesta meravellosa família Alcántara que aprèn a sobreviure i a prosperar gràcies a un règim tolerant i afable encara que una mica bròfec. Madrid és ja una cosa superior. Un mite, un somni que ha de ser venerat perquè allà hi és tot, com diu Antonio Burgos:

«Madrid no es una ciudad. Madrid no es un sistema político centralista. Madrid no es un-pueblo-llano-y-honrado-que-no-tiene-que-ver-con-nada. Madrid es un complejo de superioridad, un pecado de soberbia, mirar al resto de España por encima del hombro, desafiar al mundo, a las tropas de Napoleón. Por eso Madrid es lugar dado a que el Poder Central se ejerza por dictadores; es lugar dado a organizar pucherazos para toda España, a amañar leyes y reyes en una continua tutoría de edad de esos menores de edad, saber y gobierno que no tienen la inmensa suerte y ventura de vivir en Madrid, que malviven y malmueren en los territorios oscuros, mediocres y distantes llamados provincias.»

Fins i tot Pla, abans que Madrid fos sideral, ja va observar aquest fet recurrent. Madrid era un regal de Déu i com a tal havia de ser venerat.

«Per a viure bé a Madrid, hom s'ha de compenetrar amb el localisme frenètic de la ciutat. Hom ha d'estar convençut que no hi ha res com Madrid; que enlloc no es menja tan bé com aquí; que al teatre no hi ha rival; que a cada moment la política no pot anar millor i que els polítics són genials; que les qualitats són preponderants; que els defectes tenen molta gràcia. És una ciutat susceptible, d'un gran amor propi, que exigeix una certa diplomàcia. Al meu entendre, aquestes reaccions són la conseqüència d'un clima que dóna sovint –sobretot a les persones artrítiques– una sensació de benestar. Madrid és la ciutat d'Europa en què hi ha el més gran nombre de persones que poden viure i anar tirant, treballant menys i amb menys mals-de-cap. Això crea una espècie d'il·lusió de cucanya, la sensació que Madrid posseeix una pedra filosofal. És clar que la posseeix: és l'Estat.»

L'Estat es va fer matèria, objecte real i percepció simbòlica amb l'impuls que li va donar el franquisme, i Madrid va concentrar tots els òrgans que regien la impossible vida pública. Per entendre'ns, fer oposició a Madrid era una mica més difícil que a Barcelona o a Bilbao. La proporció de vencedors col·locats i enxufats que conservaven la pistola a casa, les condecoracions de guerra i que grimpaven pels ministerios o per la Dirección General de Seguridad era tan elevada que es feia bastant difícil que l'oposició resistís seriosament els embats del règim. L'orgull castís que Madrid era la capital de les Espanyes i Franco el seu Déu es prolongava a través de la propaganda oficial, amb mestres principals com Fraga Iribarne. I l'Opus Dei va contribuir a mantenir els principis catòlics de la Cruzada a canvi de seduir una majoria amorfa i desinteressada amb hipoteques accessibles i lletres per pagar el cotxe, la rentadora, el televisor...

Mentre que a Madrid, on es feia el cinema, la cosa anava de realisme social i la gent maca no tenia tanta tendència orgiàstica, Barcelona es convertia en la capital del desvetllament cultural, on aterraven persones com García Márquez i Vargas Llosa, i on ja es cardava amb la pastilla i tota la tramoia de la Gauche Divine es passejava per la ciutat. I on, d'altra banda, l'oposició assajava formes de ser detinguda en massa i de provocar escàndols internacionals. Els referents eren tan catalans que els progres madrilenys s'entusiasmaven amb Raimon o amb Lluís Llach, a més de Víctor Jara i Víctor Manuel, i enyoraven aquesta unitat d'acció «psuquero-monserratina» que tantes vegades hem explicat.

Perquè, de moment, Madrid dormia el son dels justos. És clar que als barris obrers, com Vallecas, sorgien associacions de veïns, és clar que es muntava Comissions Obreres a l'empara de l'Església i és clar que la gent progressista llegia Luckács, però Madrid apareixia com una ciutat dominada, assetjada permanentment per una guàrdia de Franco i per uns rituals a la Plaza de Oriente que deixaven clar que la majoria social era addicta al règim. I és cert, Madrid, sota l'aixopluc del franquisme, progressava. Totes les xifres macroeconòmiques d'entre 1960 i 1985 destaquen l'espectacular augment d'habitants, de la renda, del nivell d'ingressos, de la instal·lació d'indústries. Només en habitatges es va passsar de 670.000 el 1960 a 1.712.000 el 1980.

La transició, certament, va permetre moments emocionants de retrobada entre aquella gent cridanera, encara que estaven a dos nivells molt diferents. Les estructures de partit s'associaven en la Junta Democrática y la Plataforma Democrática, fusionades després en la Platajunta, on estaven representats tots el partits d'oposició, però políticament aconseguien un resultat nul. Sense poder aturar o condicionar el referèndum de la reforma política impulsada per Suárez i que va guanyar folgadament la tardor de 1976, hi havia, tanmateix, un corrent veïnal i obrer que va aconseguir algunes fites prou rellevants, com ara la vaga general de Madrid el gener de 1976, en ple govern Arias, que va paralitzar la ciutat i va provocar la primera gran crisi del govern neofranquista.

I també hi havia la lluita per posar fi al barraquisme. Al final es va aconseguir que el govern de la UCD remodelés certs barris de Madrid amb la construcció de 39.000 habitatges per aproximadament 150.000 persones que no tenien casa fixa. També fou a Madrid on hi va haver la matança dels advocats laboralistes d'Atocha, el gener de 1977, cosa que va produir una important mobilització cívica que a penes va aturar el procés camaleònic del PCE, el qual, per tal de ser acceptat a les futures eleccions de juny de 1977, va renunciar al republicanisme d'un dia per l'altre.

De fet, el famós *desencanto* és un producte de primera collita madrilenya. La idealització de la joventut era una foguerada a punt d'entrar en fase terminal a mesura que la conversió del franquisme en democràcia vertical va forçar els partits d'esquerres a dissoldre, desmobilitzar i apaivagar les tendències revolucionàries que pul·lulaven al seu entorn. L'última gran feta de les esquerres, abans del 28 d'octubre de 1982, fou l'elecció d'Enrique Tierno Galván per a l'alcaldia de Madrid a les municipals de 1979.

I curiosament aquesta és la història d'un farsant que va inventar-se la seva pròpia biografia de combatent republicà reclòs en un camp de concentració quan, de fet, als anys quaranta ja feia oposicions. Un demolidor assaig de César Alonso de los Ríos, *La verdad sobre Tierno Galván*, ens demostra que del seu brillant passat res de res. No era un sorià d'alt llinatge, sinó un modest xaval d'un barri popular de Madrid. I el seu republicanisme a prova de bombes es desfà quan, en realitat, va ser sempre un monàrquic, tot i que joanista, que va desestimar el socialisme republicà com a culpable de la «situació» i el triomf de Franco. Fins i tot es va haver d'afiliar al PSOE perquè, si no, la seva calculada imatge social, un punt més esquerranista, es convertia en una cosa merament testimonial. Professor privilegiat pel franquisme, va passar d'escalador social a resistent polític i, a sobre, va pretendre erigir-se en el portaveu dels vençuts.

Aquest era Tierno Galván. L'exhaustiva investigació de César Alonso de los Ríos sobre el *Viejo Profesor* reconeix, però, que l'alcaldia de Madrid va ser la seva consagració definitiva. Amb un 40% d'abstenció i el candidat de la UCD situat en primer lloc, es forja un pacte d'esquerres amb futures primeres espases, com ara Juan Barranco, Joaquín Leguina o José Barrionuevo. Però la feina de Tierno va consistir a exorcitzar el passat de *Madriz*. I l'aposta li va sortir bé. Mentre els energúmens de la Movida practicaven el nihilisme càustic amb Alaska i Almodóvar com a agitadors culturals, l'Ajuntament feia una reafirmació de Madrid com a ciutat lliure, lliure de la por que els havia paralitzat durant quaranta anys. Desinfectats de franquisme, semblava que aquest havia quedat volatilitzat, però, en realitat, no era així perquè les esquerres van guanyar ben poques vegades les eleccions municipals i autonòmiques per majoria absoluta. Es fan gestos de cara a la galeria, s'instaura el costum dels *bandos* liberals de l'alcalde i aquest flota sobre una superfície d'agraïment d'un poble madrileny que sembla recuperar el castissisme revestit de postmodernitat. Es retorna als carnavals, a les festes majors i Tierno viatja pel món, sempre amb intèrpret, ell que havia traduït Wittgenstein, i es fa fotos amb polítics famosos i desfà el temor reverencial de les dretes al contuberni comunista-socialista. Tierno és l'avi afable dels madrilenys i fins i tot la seva mort a causa del càncer el 19 de gener de 1986 colpeix els catòlics, ja que ell, com a agnòstic, no nega l'existència de Déu i el seu enterrament serà definit com el d'un emperador.

Les conseqüències de l'acció política i personal de Tierno Galván, juntament amb l'arribada al poder del PSOE, van canviar sinuosament les perspectives que la perifèria tenia de la capital. Les esquerres reconvertides en socialdemòcrates i modernes portaven *El País* sota el braç i parlaven de la regeneració del país. I Madrid, de cop, torna a ser la capital on s'emmirallen tots els provincians. Ja han començat a sobresortir les fires de Madrid i l'Estat decideix que, malgrat les autonomies, la capital ha de ser un pol d'atracció del nou món que està arribant. Són aquells anys desmanegats i inútils durant els quals, mentre es discutia si Barcelona era el Titànic i Madrid Florència, ningú no es va parar a pensar que la capital d'Espanya estava preparant-se per convertir-se de nou en el centre, en el nucli, en l'argamassa que collaria tota l'anella perifèrica i crearia una megapolis intractable. Només la decadència de la Fira de Barcelona, ciclonitzada per la de Madrid i per la mateixa ineficàcia de la Cambra de Comerç, assenyalava uns canvis profunds que llavors ningú no es podia imaginar. Sota la capa d'una estèril discussió culturalista, els catalans vam pensar que Madrid potser ens faria el salt en exposicions i congressos, però no que nosaltres acabaríem essent una capital més de províncies, menyspreada finalment pel gran Madrid, que ja no té rivals possibles. Ha hagut d'arribar el PP perquè al final tothom en prengui consciència.

El diputat senyor K

Mans lliures. Potser hi havia altres lemes però aquest –així ho creien– era perfecte. Dibuixava el perfil de la campanya que K tenia *in mente*. Sense compromisos, sense trampes, sense dobles lectures. Això s'ho va inventar Josep Huguet, que es va incorporar al petit equip de campanya on també col·laborava Ramon Barnils, un d'aquests periodistes iconoclastes que va morir massa jove i que es va dedicar a assessorar K en temes de comunicació. De fet, el lema més clar hauria estat *Mans buides*, perquè sortien de la campanya autonòmica i no hi havia ni un duro a la caixa. Tot i que acabaven de passar l'època Rahola i els efectes de l'escissió del PI colomí ja estaven superats amb uns bons resultats a les autonòmiques de 1999, que van confirmar Carod com el líder emergent i inqüestionable d'ERC, K sabia que no es podia tirar la casa per la finestra.

En realitat, tenia encara més clar que la conjuntura, aquest cop, no faria miracles, perquè si com era habitual tot l'electorat català, en qüestió de representacions a Madrid, apostava sempre pel PSC o per CiU, en les transcendentals eleccions del 2000 corria la brama que si el PP treia majoria absoluta, el desastre podria ser absolut i, per tant, fins i tot votants independentistes es van decantar per la teoria del mal menor votant per Narcís Serra, mentre que altres ho feien per Xavier Trias. Tothom confiava que les dues forces, cada una per la seva banda, o en conjunt, pararien els peus a allò que ja es preveia que seria l'ofensiva neoespanyolista més fabulosa dels populars. Per tant, no calia fer-se moltes il·lusions. ERC no era vista com un instrument primordial a Madrid i, a sobre, el pas del Congrés a la salsa rosa protagonitzat per la incombustible Rahola encara havia enfonsat més el possible prestigi del partit en unes eleccions on, per norma, no comptaven per res. K tenia clar que amb tota seguretat només sortiria ell.

La campanya es va basar en un equip petit, unes cinc persones, però almenys era el primer cop que tenia una infraestructura, ja que les campanyes de diputat a Girona per les autonòmiques se les havia cuinat ell tot sol. Ja se sap que ser cap de cartell fora de Barcelona et converteix en un perfecte secundari. Però aquest cop era l'estrella. Cada dia a les nou del matí es reunia amb l'equip i preparaven la jornada; es passaven les consignes amb els altres caps de demarcació i es perfilava el tema del dia. K, que s'havia treballat les comarques i que també havia exercit de diputat durant dues legislatures, ja era un home prou conegut als cercles polítics de Barcelona.

Tot i que de vegades sembla que els diputats catalans només els coneixen els uixers, els cambrers i la tropa de parlamentaris que com tu va darrere els líders que claven la frase, K s'anava fent certa fama de batallador, gairebé de franctirador, i la premsa ja el tenia calat. I d'altra banda K, recordem-ho, era un home d'aparell que, quan calia, s'enfrontava a les querelles internes i sovint feia el paper de dolent de la pel·lícula. Com que aquesta feina ja l'havia feta, i els carodians i altres sectors li respectaven l'estatus, podia anar-se'n a Madrid a doctorar-se en política, ja que per això, a banda de filosofia, va estudiar ciències polítiques a l'Autònoma.

K, EN CAMPANYA

Així doncs, amb un campanya austera –ni tan sols van recórrer a Bassat, que els havia organitzat les anteriors–, van arribar els quinze dies de marató. La cosa es va centrar, i força, en el manlleu de recursos a Catalunya, en els dèficits d'infraestructures, en els peatges, en el sistema d'impostos, en el dèficit fiscal i en les inspeccions fiscals que doblaven les que es feien a Madrid. Temes quotidians i tractats directament amb la gent del carrer, ja que cada dia feien quatre actes simultanis a Barcelona amb un toc especial. I com a punt crucial del seu pensament polític, K ha tingut sempre una obsessió, que no es va confirmar fins a les darreres municipals del maig del 2003, amb l'entrada a ajuntaments tan inaccessibles com el de l'Hospitalet, Viladecans, Canovelles o Sant Boi.

El cinturó de Barcelona és l'àmbit natural d'expansió d'ERC: aquest dogma de fe és, per K, intocable. La meca de tots els esforços, la mina que, tard o d'hora, donarà tots els fruits és aquest espai que una certa majoria de catalans ha considerat, almenys fins ara, com a terra ignota. Per K, els fills de la immigració, i si cal els seus pares, han arrelat a Catalunya i són tan catalans com un manresà, però a banda d'aquesta obvietat, seran els néts de la immigració els futurs independentistes del demà, perquè davant d'una oferta sobiranista que els proposi un sistema de vida més digne i racional, no dubtaran a votar per l'esquerra independentista. Sempre amb un ull fixat en la política social del PNB al govern basc, K recorda la causa dels transvasaments de vots dels barris obrers de la riba esquerra del Nerbion: el govern basc ha arribat a l'extrem de considerar que si una família de pocs recursos no tenia accés a una rentadora, el govern els l'havia de fornir. I si la política social basca és un model a tot Europa, per què quedar-se amb Espanya? Eficàcia i dignificació de les condicions de vida són deures fonamentals d'un partit que aspiri al poder i a la independència, perquè aquesta només serà viable si la gent es creu que servirà per viure millor.

No cal discutir-ho. Així pensa K i així va començar a actuar en la campanya del 1999, en la qual estaven considerablement aixafats per l'evidència, en la qual van baixar un diputat però van conservar els mobles. A les eleccions autonòmiques del 1995, ERC havia obtingut tretze diputats i havia arrelat al segon cinturó de Barcelona, però el temor a la majoria absoluta d'un PP que ja s'anava descobrint la cotilla espanyolista faria, ja ho hem dit abans, que un de cada tres votants d'ERC juguessin a la carta de Xavier Trias o de Narcís Serra. La fuga de vots, per tant, havia de ser contrarestada amb una campanya seriosa, amb assumptes de rerefons damunt la taula i amb explicacions plausibles i no demagògiques. Josep Lluís Carod-Rovira va cobrir els flancs principals i va fer sempre tàndem amb K, i en general el discurs va quallar fins i tot en el debat televisiu, on només Joan Saura va estar per sobre de K.

A LA RECERCA DEL CONGRÉS

Al final les coses van anar com van anar: 189.235 vots. Per uns quants milers de vots no van treure el segon diputat però, malgrat tot, van obrir el xampany a la Sala Apolo i van conjurar-se per temps millors. Fos com fos, K seria diputat a Corts. I el primer que va fer precisament fou anar a Madrid. I calia que algú l'assessorés. Begoña Lasagabaster, diputada d'Eusko Alkartasuna, li va fer la llista de coses útils. Que recollís la carta credencial de diputat, que guardés el bitllet d'avió, que així li'n reemborsarien l'import, i que res era massa complicat. També Joan Saura, que ja portava una legislatura a sobre, el va aconsellar. Saura era un tipus en qui K confiava perquè confirmava un cop més la seva teoria: val més un fill d'anarquista de l'Hospitalet, com en Saura, que un nét cambonià-repel·lent de Sant Gervasi, com en Ribó.

Al final, doncs, va decidir emprendre el vol. I així que arriba a l'aeroport de Barajas agafa un taxi i diu tot segur «a las Cortes, carrera de San Jerónimo», i ja s'imaginava un tour turístic que li costaria un ull de la cara. Però, en fi, arriben i el taxista li pregunta: «¿Le va bien aquí?», i el deixa davant de les escales de l'edifici neoclàssic amb els dos lleons fets gràcies als canons fosos dels enemics a les guerres d'Àfrica, i K queda convençut que allò deu ser realment el Congrés de Diputats. Puja les escales a gambades i l'atura un policia armat: «¿Adónde va usted?» «Al congreso, coño, que he salido diputado», i l'altre diu: «No, tiene que ir por la reja de abajo.»

–¿Y por aquí quién entra?

–Los reyes un día al año.

–Ah!, pensaba que era por lo de republicano...

Així que baixa les escales i des del mòbil truca a la secretària d'Eusko Alkartasuna, l'Ana.

–Estoy aquí al lado del león, bájame a buscar.

–No te muevas, no te muevas, que ahora vengo.

I així va entrar per la porta ordinària que separa el vell Congrés de les noves instal·lacions i va començar a notar les diferències. La litúrgia del poder, vaja. Arribes, dónes el nom i el número de DNI, i et cedeixen un número de diputat, el 249; agafes una carpeta de cuir, amb l'escut del Congrés i d'Espanya, que conté tot el patracol de la declaració de béns que has de fer, tot ben ordenat, amb els passos corresponents i l'afiliació a la Seguretat Social en cas que vulguis una pòlissa d'assegurança de vida; un fotògraf oficial t'immortalitza, digitalitzen la foto i tot arreglat. El problema, com sempre, fou lletrejar el cognom català del diputat senyor K. Tots el miraven com una cosa rara però, què s'hi podia fer? Era un foraster en terra estranya, i aprofitant la situació, de la mà de l'Ana, se'n va anar a fer una volta per les instal·lacions, i allà va començar a veure els diputats del PP que es movien com si fossin a casa seva: «Tú eres el hijo de tal, me han hablado muy bien de ti, hombre, cuánto tiempo sin vernos.» Una capa freàtica d'homes encorbatats i militaritzats ocupava aquell Congrés que no fou seu fins al 1996. Però ara ja no els en treia ningú.

K ja no va tornar fins al dia de la constitució de la mesa i l'elecció del president de les Corts. La cosa tenia el seu ritual: quan eren cridats, els diputats baixaven dels escons, un darrere l'altre, i dipositaven el sobre en una urna. Va ser el seu primer vot i va ser en blanc. Per cert, a causa del seu esperit republicà, va agafar l'avió a Barcelona el mateix dia de l'elecció, ja que K tenia la mentalitat de commenys-temps-a-Madrid-millor. L'avió es va endarrerir i, per anar més ràpid, K va decidir d'agafar el metro en lloc d'un taxi, sense ni tan sols saber a quina estació havia de baixar. Un caos absolut que el va fer arribar a les Corts just quan s'estava a punt de votar.

COSES DE LA BUROCRÀCIA

I poc abans del Ple de la investidura de José Mari, K va descobrir el despatx del grup mixt, l'original i autèntic, a la calle de las Cortes. Eren unes oficines tronades que havien llogat per foragitar els malvats batasunos que entre 1993 i 1996 encara assistien als plens: ses senyories no els volien dins l'edifici del Congrés. Com a despatxos eren completament esotèrics: una moqueta que tenia vida per ella mateixa, mobles antics, un policia a la porta que més aviat els vigilava a ells i una infraestructura –arxivadors i taules– que semblava les restes atrotinades del que sobrava als grups importants de diputats. I un lavabo on Almodóvar hauria pogut rodar pel·lícules transgressores de la seva primera època, amb rajoles antigues i una pudor indecent que es filtrava per tot l'edifici. Hi havia dos despatxos abandonats, el de José María Chiquillo, d'Unió Valenciana, on encara hi havia una blavera penjada enmig del no res, i el de Pilar Rahola, amb un pot d'esmalt d'ungles i unes mitges llençades de qualsevol manera.

L'ordinador de la Rahola estava buit, tot s'havia esborrat, i va caldre programar-lo de nou. I arribava el debat d'investidura i K no s'havia preparat res. Una hora abans es va inventar el discurs, però aquell mateix dia Begoña Lasagabaster va preguntar-li si ja havia entrat alguna cosa al registre, frase completament insondable perquè K no sabia de què li parlava. I és que un cop constituïda la mesa s'obre el registre, i aleshores tots els grups que tenen un grapat de proposicions no de llei, de preguntes i de compareixences, les entren totes de cop i esperen a veure qui serà el primer, perquè qui entra primer pregunta primer. Joan Saura ja es coneixia el truc des de la passada legislatura. I K no tenia literalment res. Això significava que si no entrava cap esmena o proposició s'estaria els tres primers mesos sense poder intervenir. Sense dir, de fet, ni una paraula.

Quan unes setmanes després van passar els diputats del mixt a les oficines adjacents al Congrés, noves i modernes, K encara va estar-se unes setmanes sense ordinador, cosa que l'obligava a formular les preguntes a mà. A còpia de queixar-se li van posar un ordinador nou de trinca, però aleshores no trobava secretari perquè cap dels militants de Catalunya volia anar-se'n a viure a Madrid. Buscant arreu encara va trobar un redactor del *Diari de Girona*, Josep Pastells, que s'havia separat de la dona i volia canviar d'aires. I amb en Pastells com a encarregat de les feines tècniques, tot just va començar a situar-se una mica. Després el van substituir per un militant de la pedrera del cinturó, Ramon Soldan, de Santa Coloma de Gramenet.

Aquell primer trimestre va ser infernal. K no es parlava amb ningú, la Begoña no hi era sempre i la gent l'esperava amb les ungles a fora: la supèrbia de la Rahola els tenia a tots sulfurats i no estaven per gaires benvingudes cordials. De 1993 al 2000 havia deixat un llegat de malentesos més que considerables. Monopolitzava el cotxe del grup mixt i el xofer n'estava fins als daixonses. No consultava res amb ningú, acaparava els torns de paraula i anava de diputada diva amb la consegüent emprenyada dels companys de grup. No acudia mai a les comissions, excepte en les mediàtiques de la temporada agònica del PSOE, com la del cas Roldán, i de mica en mica es van perdre fins i tot les formes. La cortesia parlamentària de defensar, en tràmit de comissió, les esmenes d'un altre membre del grup mixt quan aquest no hi podia ser present es va acabar, i ningú no defensava les qüestions de la Rahola. No perquè fos independentista sinó perquè la tenien literalment per allò que en castellà en diuen una *borde*. K, tot i això, reconeix que la Pilar Rahola escriu força bé. I al Congrés –sobretot de 1993 a 1995–, va agafar la veta que corresponia a la moda de l'època: la corrupció del PSOE. Feia gala d'una certa catalanitat, però no es declarava formalment independentista: res de rupturismes, d'espoliació fiscal, de catalans i d'espanyols. Com va dir en una entrevista a *El País*, ella volia «caure bé a Madrid», la cosa que precisament menys preocupa K.

Sense ser-ne del tot conscient, els primers anys a les Corts Pilar Rahola va jugar la carta del PP: fer la pinça contra González. Eren les tres erres, els tres genets de l'apocalipsi que anaven enfonsant els socialistes en la seva pròpia merda: Romero per IU, Rahola per ERC, i Ramallo pel PP. Les Tres R que en la comissió del cas Roldán van gaudir de les escorrialles dels socialistes, que ja no sabien on amagar-se de tanta pressió mediàtica. Però aquesta actitud no es compartia des d'ERC, a Catalunya, ja que, sense tractar de salvar el PSOE, hi havia la sensació que s'estava alimentant una altra bèstia que no trigaria a fer-se present. I a més se sospitava que, a banda dels epitafis contra els zombis socialistes, absolutament acorralats, Pilar Rahola no tenia un discurs socioeconòmic ben trenat.

És a dir que, a banda de fer escàndol, no donava per a més.

Quan es fuga amb Colom i tots dos planten el PI, el Partit per la Independència, el 1996, Rahola compatibilitza l'escó amb el càrrec de regidora a l'Ajuntament de Barcelona, on desplega una intensa vida social per atraure un vot més o menys populista. Però només el 0,96% dels votants la segueixen en aquesta aventura suïcida que ja hem exposat. I al cap de pocs dies tenia lloc a Madrid el debat del *estado de la nación* i es comentava que la Rahola no tan sols deixaria d'anar-hi, sinó que, a més, dimitiria. Aquell debat fou el seu enterrament solemne. Va sortir a l'estrada gairebé somicant i va parlar de l'amargor de la derrota, i fins i tot va commoure José María Aznar, que la va consolar amb paraules amables. Un final vergonyós per aquella que havia de ser la Mariana Pineda de l'independentisme català i que havia acabat convertint-se en una fera més dels programes escombraries a tot tipus de televisions, sense oblidar-se, és clar, de l'única cosa que semblava indignar-la: la crítica contra el desgraciat Estat d'Israel, realment tan propi d'aquell sionisme catalanista que la Fundació Acta encarnava a la perfecció.

PROBLEMES D'ALLOTJAMENT

El cas és que després del tifó Rahola i de les seves conseqüències, K es va haver de buscar la vida tot sol. Primer calia trobar una habitació, i va descobrir l'Hotel Regina i després un de més barat encara, l'Hotel Inglés, fins que va topar amb l'overbooking. Una nit vinga intentar reservar i no trobava plaça enlloc. Hi havia fira a Madrid i tot estava ple. Es feia de nit, però ell encara no sabia que hi ha un vol Madrid-Barcelona a les onze de la nit, l'últim del pont aeri, i va tenir sort de localitzar els qui havien estat els seus monitors a l'agrupament escolta de Ripoll, i els va telefonar. I a partir d'aquí va trobar un racó per no quedar-se penjat en una mala nit. I quan buscava companyia humana se n'anava a casa seva.

A més, la solitud es va fer més evident amb relació als catalans de CiU, aquella quinzena de diputats que havien estat els senyorassos de l'anterior legislatura, però que mai no li van dir per anar a prendre ni tan sols un cafè. El van tenir absolutament marginat, cosa que podia ser conseqüència del corcó que K havia estat al Parlament de Catalunya contra els honorables consellers de la Generalitat, els quals el trobaven summament desagradable. Que un català d'esquerres, sol i penjat, no rebés ni un tracte de companyonia patriòtica per part d'aquells diputats del grup parlamentari català li va servir per confirmar que ni tan sols tenien educació o bones maneres, ja que, en cas contrari –fossin quinze d'ERC i un de Convergència–, el primer que hauria fet K hauria estat convidar-lo a sopar i orientar-lo al Congrés.

De mica en mica, afluixades les males vibracions del fantasma raholià, va fer amics amb gent del grup mixt. A banda de la Begoña, la seva cicerone particular, va conèixer gent com José Núñez, tot un líder del Partit Andalusista que va arribar al Congrés amb dues secretàries. Però la rutina d'aquells primers temps no deixava de ser dura. Molts dies dinava sol i res de sopars amb amics. Així es va acostumar a anar al cinema i a llegir. Quan ja va tenir el despatx consolidat –secretari, ordinador i telèfon–, s'hi va dedicar més de ple i moltes vegades s'hi quedava fins ben entrada la nit, ja que el Congrés té l'avantatge que està obert tota la nit. Tanmateix, el súmmum de la solitud i la desemparança es produí una nit que buscava pensió pel vell Madrid. I en va trobar una al carrer Huertas, però va haver de compartir el pis amb un escola de viatge de fi de curs. La porta no tancava i, per acabar-ho d'adobar, K era al·lèrgic als àcars i, és clar, va agafar un atac que quasi no podia respirar, i ja es veia a urgències. D'aquella nit que gairebé agafa una depressió, i al cap de dos dies, retornat a Catalunya, va armar un sarau al partit i va dir que no tornava a Madrid. O que lloguessin un pis o una habitació fixa d'hotel per tot l'any, però ell no podia anar-se ofegant a causa dels atacs d'asma.

Mentrestant, els seus assessors àulics es queixaven que la seva presència a Madrid no es notava. Hi ha la sensació que en aquells primers tres o quatre mesos –recordem els seus problemes amb el registre– K s'havia difuminat i perdut en aquell estrèpit parlamentari. No se'l veu, no apareix, no dóna joc. Entre l'abril i el setembre del 2000 és com si no hi fos, i entre rodamón per Madrid i que estava sol com un mussol, K s'ho veu negre per encarrilar la seva carrera política. Res a veure amb el Parlament de Catalunya. La mala hòstia, així, sense eufemismes, rondava aquell Congrés de prepotents, dèspotes i cabrejats.

I a més hi havia la qüestió de la llengua. Des que va entrar a La Crida, i en coherència amb el seu ideari, K va deixar de parlar en castellà a Catalunya, una anomalia que si fos més practicada hauria canviat els hàbits servicials dels catalans davant la llengua socialment preponderant. I com tots els catalanoparlants, K tenia un bon castellà passiu, però no actiu; és a dir, ni fluid ni discursiu. Com que K ha mantingut sempre unes relacions excel·lents amb els bascos i anava sovint per Euskadi, al començament, en el Congrés el prenien per una mena de protobasc, ja que hi posava un cert accent bilbaí. I encara algú li preguntava si era de Zumarraga. Li va costar força entrar en l'oratòria parlamentària i al principi els discursos els portava escrits i els llegia perquè no tenia prou valor per despenjar-se en castellà. Tot va ser, però, una qüestió de temps. Amb l'avantatge que tots els lectors tenim inconscientment la retòrica castellana a la sang –ciscar, zaherir, lacerante– i gràcies a la conversa amb uns quants parlamentaris i a alguns viatges, K va fer una immersió lingüística que li va permetre perdre la por, i ara surt amb floritures de *castellano viejo* que esparveren el més pintat.

LES MISÈRIES DEL MIXT

Però cal dir que en aquest purgatori del 2000, hi influeix també el mecanisme parlamentari. A un debat tipus *estado de la nación*, cada partit té quaranta minuts per parlar, però al grup mixt hi ha sis partits: el Bloque Nacionalista Galego, el Partit Andalusista, ERC, IC, Eusko Alkartasuna i Chunta Aragonesista, i toca dividir quaranta minuts entre sis partits: sis minuts per a cada un i deu per al BNG, que tenia tres diputats. Era sortir a l'estrada, posar el comptador i esperar que la taxativa presidenta et donés cinc minuts justos i un de gràcia, cosa que resultava certament indignant ja que, a banda d'Aznar, que perquè és el cap té temps il·limitat, a Zapatero li han arribat a donar vint minuts de més. Per tant, s'imposava la tàctica de guerrilla. Disparar morters a mansalva, amb la màxima rapidesa i eficàcia. D'interpel·lacions, al grup mixt, se'n poden fer, però tot va per repartiment. A cada Ple hi ha tres interpel·lacions. Al PP li'n toca una, al PSOE una altra i les altres són rotatòries: ara CiU, ara IU, una per als canaris, una per al PNB i, de rebot, una per al grup mixt. Una interpel·lació del grup mixt, comptat i debatut, cada quatre mesos a repartir entre sis. Però per sort els grups principals de la cambra sovint no fan ús de les seves interpel·lacions i n'acabes fent una cada tres mesos, perquè fins i tot hi ha gent del mixt que passa de fer-ne. Això sí, el govern contesta les preguntes oralment o per escrit. D'altra banda, també es poden entrar proposicions no de llei en comissió, però poca cosa més.

Les Corts espanyoles, curiosament, impressionen des de baix, des de la tribuna, on la mitja volta ascendent provoca una sensació de grandesa i un cert mareig. En canvi, des de les llotges altes, les dels convidats, semblen més aviat una funció del Romea. A K, en aquell primer debat d'investidura, pujar els graons de la tribuna, estossegar una mica i entrellucar les cares dels peperos als quals havia de fustigar en tan poc temps, li va produir una certa por escènica. Els homes del govern, i en especial Aznar, el miraven com hienes famolenques i ell s'hi va emmotllar: «Se agradece señor Aznar la sinceridad. A ser Franco no le gana nadie.» I vinga crits i esbufecs i comentaris en veu alta, tota un novetat venint d'un Parlament com el català, silenciós, quasi un cementiri, on, per norma, ningú no increpava mai ningú. Aquell primer discurs l'havia hagut d'improvisar en mitja hora a l'antic despatx de la Rahola. Però encara no aixecava el cap del paper perquè tenia por de quedar-se en blanc.

La tesi que va exposar K en aquell primer debat fou breu però explícita. La democràcia s'havia acabat el 23 de febrer de 1981 i des de llavors, tant des del PSOE com sobretot des del PP, comença la involució que en aquesta nova legislatura volia anar enrere. El «payaso, cállate» des de les files peperes, diguem que el va sorprendre, igual que el va sorprendre la gent que picava de peus i bramava, però almenys va buidar el pap. Això sí, res d'aplaudiments. Encara poc preparat per al debat dialèctic, K tendia a llegir, però el seu equip de campanya li exigia més contundència. Com ja sabem, aquells primers mesos no tenia ni secretari, el castellà se li emborbollava i tenia la dona i els dos nens al pis de Sants mentre ell s'estava sol a Madrid.

SOBRE L'ESPANYOLITAT

Un cop establert, les coses van començar a anar millor. Els van traslladar a les noves oficines del Congrés, i el desembre del 2000 va fer la seva primera immersió seriosa en el món del parlamentarisme. Per anar aprenent-ne, es va inscriure en diverses comissions, com ara Economia i Finances i Cooperació Internacional, i també li va tocar fiscalitzar el Tribunal de Cuentas del Reino. De mica en mica, K s'anava escalfant i entrava en combat, i fins i tot va fer la prova de l'espanyolitat arran d'un discurs que va acabar amb un «ustedes, los españoles», tal com li havia recomanat que fes algun dia Ramon Barnils, i que va exaltar els ànims del Congrés, sobretot els populars, i va provocar el tall immediat de la presidenta Fernanda Rudi, segons la qual la Constitució el feia legalment espanyol. Cada vegada més descarat, amb amics i còmplices del mixt i dels socialistes, no pas amb els convergents, K, tanmateix, havia de passar la prova de foc que el convertiria en un bon diputat o en un foc d'encenalls.

Aquesta prova de foc fou el cas Gescartera, que va servir-li per dues coses. D'una banda, per refrescar la memòria i reaprendre a treballar en comissió, és a dir, començar de nou, posar-se al dia en tot allò que feia referència al treball en comissió i que tan bé havia desenvolupat a Barcelona en diverses comissions d'investigació parlamentària: aplicar savis interrogatoris, qüestionar versions oficials, posar de manifest les contradiccions, empènyer i esbrinar, i, al final, apropar-se a la veritat. I de l'altra, li va servir per descobrir, altrament, que Madrid era una societat estamental on el poder polític i el poder econòmic compartien i es repartien totes les prebendes des de feia ja massa temps.

Gescartera serà, per K, la caiguda definitiva del cavall camí de Damasc, ja que, per un atzar del destí, ell estava a la comissió d'Economia i Finances, i el grup mixt va decidir que anés a la comissió sobre Gescartera en representació seva. No era *peccata minuta*. Feia mesos que el tema surava en l'opinió pública i els parlamentaris estaven escalfats. El PP es va veure forçat a organitzar una comissió d'investigació d'un xiringuito financer que n'havia fetes de l'alçada d'un campanar, però en les quals el PP creia que no es veuria implicat. Així que, en teoria, va deixar fer.

Durant tot l'estiu del 2001 havia saltat a la llum pública l'evaporació de 15.000 milions de pessetes confiades per 1.300 inversos, particulars i orgànics, a una entitat, Gescartera Holding, que el 15 de juny d'aquell mateix any va ser intervinguda per la Comisión Nacional del Mercado de Valores (CNMV), ja que es va considerar que hi havia indicis racionals per pensar que la situació era «excepcionalment greu». Gescartera havia estat ascendida a agència de valors sense que el ministeri d'Economia bloquegés l'operació i, per tant, estava inscrita en el registre oficial de la CNMV. El 17 de juliol, el major accionista de l'entitat, Antonio Camacho, ingressava a la presó. Dos dies després dimitia Enrique Giménez-Reyna, secretari d'Estat i número dos d'Hisenda, per la relació familiar amb Pilar Giménez-Reyna, presidenta de Gescartera. El 19 de setembre del 2001 era Pilar Valiente, la presidenta de la CNMV, qui dimitia «per no causar més danys a l'entitat». Però els fets es van complicar amb la troballa d'un diari personal de Pilar Giménez-Reyna que narrava les relacions de Gescartera amb la CNMV i els clients especials, posant en evidència el seu germà, el secretari d'Estat, com a interlocutor entre membres dels dos organismes.

Per embolicar encara més la troca, la premsa va descobrir que l'antic diputat del PP Luís Ramallo, exvicepresident de la CNMV i fuet incisiu de la corrupció socialista, havia acceptat regals multimilionaris de Camacho i que va treballar com a notari per a l'entitat quan ja se sabia que aquesta havia estat sancionada per l'òrgan regulador del mercat. El PP no va prendre cap mesura contra ell. Per augmentar el seu negoci, Gescartera havia captat diners de les forces armades, d'entitats religioses i d'empreses públiques sobre les quals es basava la confiança de la consultoria, però ho havia fet per mitjà d'unes operacions tan arriscades que eren del tot injustificables. I el cas, exposat dia rere dia a l'opinió pública, va obligar el PP a promoure una comissió d'investigació en ple remolí, i aquí és on el diputat K va asseure's en representació de tots els partits del grup mixt.

Si hem de ser rigorosos, cal dir que el cas tenia per a K un cert aire de família, ja que a Catalunya, sempre a escala casolana, s'havia produït el setembre de 1992 el cas Planasdemunt, quan dos-cents inversors privats van denunciar els artífexs de la financera BFP –Jordi Planasdemunt, llavors director general de l'Institut Català de Finances i exconseller d'Economia, Salvador Forcadell, de Finques Forcadell, i Joan Bassols, relacionat amb la borsa de Barcelona– per l'evaporació dels seus estalvis, més de 5.000 milions de pessetes; uns fons que un cop captats passaven a empreses amb préstecs de gairebé un 30% d'interès, dels quals l'inversor rebia un 15% dels beneficis. Com que només recorrien a aquest sistema tan opac aquelles empreses amb problemes de liquiditat, tot funcionava a base de pagarés que no es pagaven al seu venciment. I el rumor i la por que els diners dels inversors s'haguessin esfumat pel camí, van encendre totes les alarmes. Fins llavors la sagrada posició de Planasdemunt, director del l'ICF, la banca de la Generalitat, donava legitimitat i confiança als burgesos de la Bonanova i ell deixava el seu nom –és a dir, feia de prestanoms– a Bassols, que s'encarregava de l'enginyeria financera. El càrrec públic de Planasdemunt era incompatible amb qualsevol tasca privada i, tanmateix, va donar cobertura a les operacions de Bassols, de les quals Pasqual Estevill, jutge estrella, va assumir el cas i el va instruir en un temps rècord, però la cosa va arribar al Parlament i K, com ja hem explicat, va ser un dels qui més va incidir en aquella perversa aliança entre càrrecs públics i barraquetes financeres.

Per tant, tot i les diferències, Gescartera no li venia de nou. Alts càrrecs de l'administració en conxorxa amb pelacanyes inflats jugant amb els diners del respectable. I es va posar mans a l'obra. La primera cosa que va descobrir és que aquelles frases de pel·lícula –«M'acullo a la cinquena esmena per no declarar»– tenien una versió espanyola. La comissió, reunida a la sala Cánovas del Congrés de Diputats, es va obrir en fals. El primer inculpat, Antonio Camacho, enfundat en un elegant vestit gris d'Armani (potser un dels centenars que tenia al guarda-roba), es va negar fins a sis vegades a declarar davant la comissió tot i que prenia notes de les preguntes. Ja era ben bé igual. No estava disposat a cantar la traviata als parlamentaris, i els recordava el seu dret constitucional de no testificar. Només se li van sentir aquelles paraules: «Yo no soy político.» Però després va arribar la presidenta de Gescartera, Pilar Giménez-Reyna, que es va limitar a llegir una declaració on es remetia a les seves declaracions davant del jutge, en les quals deia que per més que en teoria ella manava, mai no va tenir facultats de decisió i no va participar en cap maniobra de distracció comptable. Com una mestressa de casa enganxada en un mal dia, només patia per si la jutgessa Teresa Palacios l'enviava a la presó, cosa que va acabar fent.

Tant K com la resta de parlamentaristes es van fer un tip de fer preguntes en el buit. I només hi va haver una resposta, que era la maquiavèl·lica venjança, només insinuada, dels populars: quan el portaveu popular va preguntar-li sobre la relació Gescartera-Prisa, ella sí que va recordar que dos dels seus inversors que gairebé no coneixia de res eren també accionistes de Prisa, l'editora d'*El País*. Va ser un d'aquells temes que pràcticament només va interessar K, i del qual el PP no va fer ús en un honorable pacte de silenci entre tots els comissionats. Tanmateix, K dóna per fet que persones de l'entorn de Polanco van participar en accions creuades i operacions diverses amb Camacho a través de l'empresa Radiotrónica. Però això és el que precisament ningú no ha volgut investigar per motius obvis: els socialistes, sense *El País* i la SER, semblarien la Lliga Trotskista. Quatre marginals que no sortirien a la premsa. I els negocis de Polanco amb Telefónica per la fusió dels dos canals digitals han propiciat la pax aznariana malgrat el furor del sindicat del crim i els seus portaveus, com Jiménez Losantos, que acusaven el líder d'haver-los traït. El fruit final d'aquest pacte d'Estat per acabar amb la premsa lliure serà l'ascens, fins a cert punt sorprenent, de Martín Villa a la presidència de Sogecable, cosa que certifica que almenys en el camp digital tot quedarà *atado y bien atado*.

Si aquest va ser el començament de la comissió d'investigació, la continuació no podia ser millor. «Aquí todos son floreros», li va etzibar K al presumpte cantant melòdic Jaime Morey, que va ser dos mesos director general de Gescartera i segons sembla no es va assabentar de res. Aquí K va xalar com mai. I que si havia arribat tan amunt és perquè la seva filla havia sortit durant un temps amb Camacho. I K insistia:

–Si usted era el director general, ¿dirigía o qué hacía desde las nueve de la mañana?

–Me tomaba unos cafés.

–¿Y qué más?

–Yo no miraba ningún documento. El señor Camacho

me contaba lo que pasaba y después me iba a leer el *ABC* y el *Marca*.

–¿Y ya está? ¿Cobraba 700.000 pesetas por hacer esto?

–Sí, claro.

–¡Vaya chollo!, ¿no?

I tothom vinga a riure. Però Morey, que havia entrat *chulapas*, va sortir més aviat demacrat. I entremig de tanta buidor, apareixien personatges singulars que aportaven llum sobre unes ombres més que fosques. Javier Valenzuela Seoane, exdelegat de Gescartera a Valladolid, no era un perfecte desconegut. Simple empleat de banca, Aznar el va fer director general d'Economia al seu govern de Castella-Lleó, on va ser sentenciat per prevaricador en el cas d'unes ajudes a la mineria. De nou al sector privat va aconseguir que l'arquebisbat de Valladolid li confiés 1.100 milions per a Gescartera i que José María Pichel, director general de la Fundación ONCE, comencés una llarga amistat comercial amb Antonio Camacho. Per defectes de forma, Valenzuela va marxar de l'empresa a temps d'avisar l'arquebisbat perquè retirés els seus fons de Gescartera. Molts li estan agraïts, però en aquella comissió pocs foren els valents que van parlar amb franquesa, entre els quals van destacar David Vives, català, exdirector general de supervisió de la CNMV, i el seu col·laborador més directe, Luís Peigneux, que van intentar la intervenció de Gescartera en contra dels seus superiors, Valiente i Ramallo, i contra una minoria de bloqueig que va comptar amb l'ajuda d'Antonio Alonso Ureba, llavors secretari de la CNMV i avui conseller de Telefónica.

Quan Ureba va comparèixer a la comissió, K el va anar encerclant perquè justifiqués, amb arguments solvents, la negativa a investigar Gescartera, però aquell tauró de les finances a penes va balbotejar frases inconnexes, sobretot quan K va insistir que li expliqués com havia arribat, de tan ineficaç, a conseller de Telefónica, cosa que ni tan sols va saber raonar. Va sortir gairebé plorant de la sessió i ningú no es va creure que fos un beneit, sinó un aprofitat d'altura al servei de qui més paga.

Feia dos anys i mig que els indicis de frau eren raonables i gairebé segurs, però el desfalc havia pujat de 4.500 a 18.000 milions. Peigneux va intentar resumir, almenys, què se n'havia fet, de tots aquells diners evaporats: «Una gran parte del dinero es posible que se haya gastado, a causa de los altos gastos de Gescartera, sus elevadas pérdidas en las inversiones realizadas y el alto nivel de vida de sus responsables. Y también es posible que algunas cantidades se hayan depositado en algún lugar que no conocemos.»

Diners perduts per sempre en paradisos fiscals i molta enginyeria comptable d'on no es treia res clar. I naturalment, Pilar Valiente va negar a la comissió que s'hagués impedit investigar Gescartera, però K la va cargolar fort perquè la considerava una «mentidera patològica», ja que la imatge era gràfica. Perquè el 16 d'abril de 1999, els consellers de la CNMV més propers a Rato –Valiente, Ramallo i Roldán– s'havien oposat radicalment a qualsevol investigació. El regal d'un fastuós rellotge de dos milions de pessetes a Ramallo per part de Camacho minava també la seva credibilitat pública, però ja no venia d'aquí. Camacho s'havia gastat més de 150 milions de pessetes en regals sumptuosos, tots per als bons amics de la casa. I cal recordar que Ramallo fou aquell diputat que va martiritzar Pilar Miró perquè s'havia comprat vestits massa cars gràcies a l'erari públic. Però en la seva compareixença en la comissió del Congrés, Ramallo, més cregut que mai, també va negar-se a dir absolutament res, convençut que ell era un intocable.

DESFILADA DE MODELS

Davant dels ulls atònits de K es passejaven una sèrie de personatges que ell mai no havia conegut abans. Un Madrid nou, o potser clàssic, apareixia davant dels seus nassos. Directius de l'ONCE, portaveus de la Conferencia Episcopal Española dient que tenir els seus «ahorrillos» no és fer-ne mal ús. Un director general del Mercat de Valors que el febrer del 2001 inscriu Gescartera com a societat de valors tot i els indicis de frau absolut. Un general, subdirector de la Guàrdia Civil, Antonio Blanes, que posa a fons perdut 400 milions que ja no veurà mai més. Un futur governador del Banco de España que llavors era director general del Tresor i que, a banda d'afirmar que no hi havia res per investigar, informa el món que el HSBC –Hong Kong Shanghai Banking Corporation– té a Madrid 138 comptes xifrats i opacs amb un saldo de 12.000 milions de pessetes... i es queda tan tranquil. Però resultava a més que l'HSBC, aquest banc negre i espès com el quitrà, va donar un crèdit de 525 milions de pessetes a Muinmo, empresa familiar dels Rato que perdia calers a manta.

I tenim giracasaques com José María Ruiz de la Serna que, de fer informes duríssims contra Gescartera des de la CNMV, passa a convertir-se en apoderat del seu Consell d'Administradors i esdevé el número dos. I per acabar-ho d'adobar, un policia poca-solta entrega 1.500 milions de la Mutualidad de Previsión Social de la Policia a

Camacho i no els torna a veure, com va passar amb els 300 milions del Servicio de Seguridad Social de la Armada que Federico Trillo va permetre col·locar a Gescartera.

En volen més? Tot un administrador d'obres i missions pontifícies, acomiadat per «gestions comptables incorrectes», convertit en cap comercial de Gescartera. La llista de llumeneres, d'aprofitats, de murris, de barjaules, de mentiders i d'amnèsics és inacabable i forma una veritable comèdia d'embolics. Però hi ha una diferència: això és Madrid. I Madrid en ple, el veritable coixí del neofranquisme, que és la barreja de l'hidalgo enriquit i ennoblit i de l'hortera que juga a inversionista. I tots van passar, compenetrar, ajudar, amagar o viure d'un xiringuito financer que en altres circumstàncies no hauria durat quatre dies. I va durar perquè representava –i així ho va entendre K– l'essència del poder madrileny. La casta i els nous rics units en la depredació, en tot un sistema de prebendes i favors, d'encaixades i conspiracions, on la nova elit del PP, que mai no va deixar de fer negocis, es va emmirallar per fer el gran salt endavant de la conquesta econòmica d'Espanya. I perquè en el sainet no hi manqués res, les velles institucions que defensen la sacrosanta unitat d'Espanya –l'Església, la Guàrdia Civil i l'Exèrcit– també invertien alegrement convençuts que en la gran rifa de la borsa tots en traurien profit.

Però per K tot això significava molt més. Tot el que ja sabia dels negocis bruts a escala catalana, era poca cosa comparat amb la teranyina de coparticipants de Gescartera. En conclusió, que la putrefacció de l'Estat és la connivència entre els interessos públics i els privats i la desaparició o submissió dels mecanismes de control que garanteixen, almenys, l'aparença democràtica de les coses. Allà K va reforçar el seu pensament separatista. Es trobava, per fi, cara a cara amb els mecanismes del poder clientelar i els arranjaments entre les castes familiars i els organismes de control. El Madrid de sempre, casta rere casta, cobrint-se les espatlles els uns als altres.

Que Camacho era un vividor, un fanfarró, amb els seus deu cotxes de luxe i un xalet a La Moraleja valorat en 500 milions, a banda de vuit guardaespatlles, i el fet que tingués una retòrica fantàstica per entabanar tothom a base de regals i regalies, el converteix, sens dubte, en un clàssic estafador; però per les seves mans van passar 30.000 milions de pessetes amb les quals va comprar favors de la CNMV i de tots els clients especials que eren, en general, gent d'ordre. I la gent d'ordre, els qui precisament legitimaven el xiringuito de Camacho, era personal de l'stablishment madrileny.

Era el cas evident dels Giménez-Reyna, una família emparentada amb l'administració que tenia fins i tot secretari d'Estat, Enrique, que s'encarregava de fer el pont entre l'administració i el bluf de Camacho. Amb el secretari d'Estat d'Hisenda, K va estar especialment sarcàstic. Aquell era el senyor que s'havia passat una legislatura dient a les comissions d'hisenda que s'havia de combatre el frau andorrà, i el primer que tenia llacunes sobre el frau que es produïa davant dels seus nassos era ell mateix.

–No me dirá ahora usted que su trabajo de asesoramiento gratis y voluntarista a Gescartera responde a un favor a su hermana, que era la presidenta.

I Enrique Giménez-Reyna ho va negar, com de costum, tot: que hagués pressionat algú de l'Agencia Tributaria per parar expedients i fins on havia arribat el seu assessorament. Però la part més divertida d'aquella peculiar família era un germà seu, un coronel de la Guàrdia Civil, José, que va assistir a la final de la Champions League a París, el 2000, de forma totalment gratis, amb un jet privat pagat per Camacho, i que va ser decisiu a l'hora d'invertir 400 milions dels orfes de la Benemérita. Un tema i un personatge sobre el qual K va ser més que incisiu:

–¿A usted le pagan un viaje tan lujoso y nadie pregunta quién paga esto? Lo primero que preguntaría un catalán es quién lo paga. ¿Usted no preguntó quién pagaba aquel avión?

–No.

–¿No preguntó nunca quién pagaba el hotel?

–No.

–¿Y eso es normal en Madrid, que la gente se vaya a París en un avión privado, hotel de lujo, entradas a una final y no pregunte quién paga?

Murmuris de reprovació a la sala Cánovas entre els mateixos diputats, perquè subliminalment K feia referència a allò que els catalans treballen i no saben, o no volen, tenir res a veure amb aquest submón dels favors i els regals. I entremig, tota una presidenta de Gescartera, Pilar Giménez-Reyna, que ja havia fet gestions per Javier de la Rosa i que, malgrat les seves protestes d'ingenuïtat, es treballava a fons el departament comercial, captava clients especials; i encara va deixar el seu famós dietari, on quedaven clares les implicacions de la seva família amb els encobridors del negoci, Pilar Valiente i Luís Ramallo. Però, per a més inri, i això no ho sabia ni K, tots els Giménez-Reyna eren fills d'un brutal coronel de la Guàrdia Civil de Màlaga, amic del pare d'Aznar, i cap d'operacions contra els maquis que els vells encara recorden com a veritables caceres humanes. Les coses lliguen quan han de lligar. Els vencedors de la Guerra Civil fan negocis amb total impunitat, d'avis a fills. K coneixia la vella cançó i li repugnava.

Aquella comissió d'investigació, maratoniana, esgotadora, va convertir K en un polític aguilenc. Les conclusions de la comissió, que van redactar a parts iguals el PP i CiU, eren un cúmul de malentesos sense culpables on el govern, simplement, ni sabia ni contestava.

EL DISCURS DECISIU

I fou en el debat a les Corts, i en representació de tot el grup mixt, que K va tenir si més no l'oportunitat de brillar amb llum pròpia. Va pujar a l'estrada com aquell qui passeja per la Rambla i va deixar-les anar: el govern havia dit primer que tot plegat no era altra cosa sinó un delicte comú i, quan ja no van poder encobrir l'escàndol, van muntar un comissió on van escamotejar tota la informació possible. Van deixar els comissionats pràcticament amb allò que deien els diaris i amb uns compareixents dels quals els parlamentaris no sabien res perquè el govern no els va passar cap dossier i perquè es volia evitar el motiu clau d'aquella comissió: la detecció de responsabilitats polítiques. Es va protegir i «bunqueritzar» els declarants perquè ningú no se sortís del guió de sempre: «que aquí no havia passat res». I aquí és on K va ficar la banya: quin sentit té una comissió amb un govern de majoria absoluta? Encobrir i desinformar.

I K ho va deixar clar: el govern del PP és el responsable polític del cas Gescartera i qui va nomenar els càrrecs de la CNMV i els seus supervisors: incapacitat, negligència i tracte de favor cap a un estafador d'altura. Impotència de supervisió perquè durant cinc anys no es va fer res davant un munt d'evidències. I, a més, tracte de favor basat en el «puenteo» o obstaculització i erosió dels supervisors de la CNMV per part dels alts càrrecs que han de vetllar per l'acompliment de les normes. I la negligència de no fer un nou expedient contra Gescartera permet a Camacho sobreviure. I la incompetència per detectar la falsificació bancària que es repeteix tres vegades com a mínim. I sobretot la indolència, l'abúlia que permet ampliar i augmentar l'estafa. I K reitera la importància del tracte de favor, dels estómacs agraïts que converteixen Gescartera en una societat de valors aprofitant-se dels diners que els ha deixat la Fundació ONCE sense, però, cap compromís escrit. L'essencial és que Gescartera va poder enganyar i estafar perquè exhibia el segell de legalitat que li donava la CNMV, que és com picaven els incauts.

Per tant, K, en nom del grup mixt, demana la dimissió del responsable últim de la CNMV, el ministre d'Economia Rodrigo Rato, però en segon terme també el govern és responsable del funcionament de l'Agencia Tributaria, i aquesta no va detectar la insolvència de Gescartera Holding, cosa que implica una incapacitat manifesta de fer la feina que precisament se'ls encomana. Ni van buscar informació, ni van creuar dades, ni van fer res.

I, per tant, el màxim responsable del descontrol i la inseguretat provocada pel cas Gescartera és també Jaime Caruana, del qual exigeix la dimissió, ja que abans de governador del BE va ser membre de la CNMV. I el govern, ressalta K, també és responsable de no detectar, o ni tan sols intentar-ho, el paper de Giménez-Reyna: «Media, negocia, presiona, recaba información, asesora e influye a favor de Gescartera.» I Rato i Montoro el defensen, diu K, perquè, en un altre símil cinematogràfic, «es uno de los nuestros». Fins que no els queda més remei que abominar dels vells amics. I el govern també és responsable del que cada cop pensa més gent: que a Espanya les auditories fiscals es fan a la carta i que la ONCE, per més pública que sigui, mou els diners com li dóna la gana. Però hi ha més coses. Per K, aquesta és una mostra d'on ha arribat el model de capitalisme popular: «Una defensa del liberalismo y la libre competencia que no aparece por ningún lado. Tenemos un mercado tutelado por reguladores designados por el mismo gobierno. Un gobierno bajo permanente sospecha por mezclar el interés público con los privados. Telefónica y el compañero de pupitre del señor Aznar fue un anticipo, o como los avales que las empresas del vicepresidente segundo del gobierno, señor Don Rodrigo Rato, tiene de bancos poco transparentes y con avales del todo inexplicables. ¿Cómo un gobierno que presume de liberalismo permanentemente puede tolerar tales muestras de amiguismo y trato de favor?» Amiguisme i endogàmia, com en el cas de la senyora Valiente o de Luis Ramallo, sempre sorneguer, que no va acceptar la canongia de Transmediterránea, atorgada al trànsfuga del roquisme Josep Maria Trias de Bes, però sí la de la comissió del Mercat de Valors «porque no quería acabar de aprietabotones en el Congreso».

I, en definitiva, allò remarcable és que durant cinc anys com a mínim es va donar tracte de favor a una empresa apadrinada i assessorada pel secretari d'Estat d'Hisenda, «un hombre de entera confianza de José María Aznar». La pregunta clau no podia ser una altra: «¿Quién vigila pues a los vigilantes?» I destacava el fet que aquest govern havia perdut la seva virginitat pública respecte a la corrupció. Sense el recolzament d'Enrique Giménez-Reyna, Gescartera, un secret de domini públic, no hauria arribat fins al juny del 2001. Però el PP va preferir optar per la teoria del caos o de la fatalitat. Es van aparcar, qui sap com, actuacions de l'Agencia Tributaria, i el Banco de España simplement no se n'assabenta: «Si eso fuera verdad, aún sería peor. ¿Cuántas Gescarteras andan sueltas por ahí en la Agencia Tributaria o en la Comisión del Mercado de Valores?»

Les solucions passen, assegurava K, per crear reguladors independents escollits per una majoria qualificada del Congrés: «Esto es fundamental. Un regulador no lo puede elegir el gobierno. Y una muestra es esta comisión de investigación y las conclusiones a las que ha llegado.» I proposava, en clau catalanista, allunyar les seus dels reguladors del centre on es prenen les decisions polítiques i econòmiques, perquè això milloraria la independència i evitaria interferències, deia K remetent-se a un informe del mateix Círculo de Economia de Barcelona, poc amic, sens dubte, dels republicans. I argumentava que els països amb tradició federal, d'Estat compost i plural com la República Federal Alemanya, ho fan així. «Un Banco de España independiente, inflexible y volcado a sus tareas actuales, a la inspección, sin interferencias ni recomendaciones, y esto implica, señores de la mayoría, poner en su sitio a algunos directivos de la banca española, y esto un gobierno que no tiene ni independencia ni manos libres no está en condiciones de hacerlo. De ahí la abulia del Banco de España, la relajación del Banco de España ante la fuga de divisas y el blanqueo de dinero. Una agencia tributaria que acabe con la sensación de que sólo las clases medias y trabajadoras tienen obligaciones fiscales. Éstos pagan y las grandes fortunas y las grandes rentas pactan. Ésta es una sensación creciente con el gobierno del Partido Popular.»

I aquesta és la sensació que transmet el cas Gescartera. I si hom creia que el cas Huguet i Aguiar era el màxim del descrèdit del sistema tributari, «la cosa se está superando». I pregunta davant unes Corts mig buides perquè els parlamentaris, com deia Ramallo, només apreten botons: «¿Con qué legitimidad piensa afrontar las actuaciones fiscales el gobierno con todos aquellos que no lucen ni apellido, ni contactos, ni protección por parte de miembros del gobierno?» Aquesta, aclareix, és la conseqüència de Gescartera. «Descrédito e inseguridad.» S'ha perdut la credibilitat, l'objectivitat i la seguretat del sistema. I tot això per part d'un govern que en lloc de prendre decisions i accelerar dimissions, s'escuda en la fatalitat. «Aquí la única fatalidad es la de las 1.300 víctimas que han perdido el dinero y de muchas sociedades y agencias de valores excelentes que han visto mermada su credibilidad.»

Responsabilitat d'un govern que hauria de córrer a explicar-los quina credibilitat els queda encara. I conclou: «Esta comisión cerrada en falso ha determinado que hay responsabilidades políticas. El rodillo de la mayoría absoluta refugiado en su búnker va a votar que no. Nosotros creemos que sí. Hay pruebas objetivas. Hay elementos claros e indicios. Negligencia, trato de favor, amiguismo.» I com deia K, el mateix Cuevas, el president de la CEOE, ho havia definit a la perfecció: «compadreo». I acaba demanant el cessament de Rodrigo Rato, de Cristóbal Montoro i la dimissió de Jaime Caruana com a governador del Banco de España: «El sistema ha quedado tocado. La credibilidad del gobierno también. El capitalismo popular, menos intervención, menos gobierno, que repetía el señor Aznar, han quedado igualmente tocados. No hay las mismas reglas de juego para todos. Hay apellidos y están los demás.»

LA TORNA D'IBERDROLA

Fou la intervenció més llarga i la més aplaudida pels pocs diputats de l'oposició que hi havia a l'hemicicle, però K havia après la lliçó en sis mesos. Madrid és un món a part i les seves manifestacions sobre la falsa regulació independent, sobre el domini absolut dels oligopolis, sobre un govern que ven empreses i compra voluntats es posarà de manifest, gens paradoxalment, en la denegació, per raons profundament tècniques, de l'OPA de Gas Natural sobre l'empresa basca Iberdrola. Era el gran projecte del president de Gas Natural, Antoni Brufau, per convertir-se en el primer grup d'electricitat i de gas de l'Estat amb doble seu a Barcelona i a Bilbao. No els movien raons nacionalistes, només faltaria, però sí una visió de mercat que els permetria conjuminar dos dels sectors de major creixement. I La Caixa, en contra de Repsol, l'altre accionista majoritari de Gas Natural, es va llançar a l'operació esperant fer golejada amb un assessor d'or que forma part de la *catalan connection* a Madrid.

El despatx de Miquel Roca, a través sobretot d'un empleat seu, Miquel Nadal, un home que havia fet carrera a l'administració central, darrere sempre de Josep Piqué, s'encarrega de preparar el terreny, ja que l'operació havia de ser política perquè els famosos òrgans reguladors eren i són polítics. La Comisión Nacional de la Energía és una rèplica exacta de la CNMV. Presumptes tècnics designats a dit pel govern central i Aznar, aquesta vegada personalment, es negaven en rodó a una operació que canviava en un gir de 180 graus la política de confluència radial de tot el poder econòmic a Madrid. Els tècnics van fer la feina alertant del risc d'oligopoli, cosa que a Endesa els faria riure bastant, i l'OPA, hostil, això sí, perquè no la volia Iberdrola, va acabar en no res a causa de la negativa d'una comissió que fins llavors havia permès qualsevol cosa en honor a l'estabilitat d'Espanya.

El 28 de maig del 2003, K va interpel·lar Rodrigo Rato sobre els criteris d'elecció dels càrrecs de la Comisión Nacional de Energía, ja que considerava que la decisió de frenar l'OPA de Gas Natural era clarament «partidista». La finalitat d'operacions com aquesta seria «el control de los grandes poderes económicos para continuar mandando desde la sombra cuando pierdan el gobierno», mitjançant allò que K denomina la Monopoly People, els nous rics de les privatitzacions compulsives i del cercle d'afinitats politicoeconòmiques de Madrid. Respecte a l'OPA, K va ser precís: «Se desatienden los informes técnicos de especialistas y se niega rotundamente la posibilidad de la OPA sin siquiera establecer unas condiciones para ello», diu recordant el greuge comparatiu «que sufren las empresas catalanas respecto al centro estatal, al no permitir el traslado de rentas de actividades reguladas a no reguladas com han hecho Telefónica, Repsol, Endesa».

En termes clars: «No hay fundamentos en los riesgos de los planes de inversiones, no existen transferencias demostrables a actividades reguladas o no reguladas, el análisis es parcial e incompleto sobre el desarrollo de la distribución de gas y electricidad, los riesgos no son significativos, y en consecuencia, lo que se debería haber hecho es imponer condiciones.» I no desestimar-la simplement perquè, com deia un dia un pepero exaltat, el mateix José Mari, «a los catalanes ni agua». A Rato el va fer emprenyar tant l'argumentació de K que li va dir que a veure què es creurà la gent, «ya que ERC sólo tiene aquí un diputado». K, partidari de la ironia, va contestar que no es preocupés que l'any que ve ja en serien més.

La indignació de Brufau i del personal de La Caixa era total perquè, a més, des de Repsol s'havia boicotejat l'operació i des de tot arreu els arribaven notícies que deien que la idea era desmantellar Gas Natural i repartir-lo entre diversos oligopolis. Fins al punt que al mateix Fefé Fernández-Tàpia, de qui ja parlarem més endavant, s'enllaminia tan sols de pensar que podia adquirir, com a armador que és, la flota de Gas Natural, tan potent i útil i que practica una de les especialitats menys conegudes de les transaccions internacionals, el *trading*. Fletar vaixells amb càrrega de gas per deixar-los en alta mar i segons canviï el preu del producte al mercat internacional dirigir-se a un port o a un altre. El tracte es tanca a alta mar i quan la mercaderia arriba a port pot haver doblat el seu valor. El mateix que es fa en el mercat del petroli.

Sigui com sigui, els reguladors independents de l'Estat no podien consentir la creació d'una multinacional bascocatalana per motius obvis. Els seus amos, els ministres que els regalaven la canongia, no en volien ni sentir a parlar. Qui controla els controladors? Qui vigila els vigilants? La gran pregunta que es feia K tenia la seva resposta en la trista història de l'OPA sobre Iberdrola, on es demostrava que fins i tot fent d'excels pilotes, els amos de l'economia catalana, ni tan sols pidolant, podien crear multinacionals pròpies perquè això, a Espanya, és competència de Madrid. I allà, senyors, no estan per bromes, que per això el *mando* és una paraula que perd duresa si es tradueix a qualsevol altra llengua.

El retorn del nacionalcatolicisme

Gescartera, ja ho hem dit, era la constatació que hi havia un Estat, una administració desplegada a base de castes. K, només de veure els noms d'arrel purament castissa o bascoespanyola que corrien per les Corts, ja s'adonava que comptat i debatut aquell hemicicle era la sala de jocs d'una classe política –el PP en particular– que tenia una idea monopolista de l'Estat. Tots els alts funcionaris tècnics, els advocats de l'Estat que després salten a la política, són part d'un sistema de relacions travades ja des de les facultats de dret de Madrid –també s'hi afegeixen els provincians–, i han fet totes les oposicions possibles per col·locar-se com el seu pare o el seu avi a l'aparell de l'Estat.

K sap perfectament que fins i tot són la mateixa gent que el PSOE va haver d'utilitzar per fer funcionar la maquinària de l'Estat i que amb l'arribada del PP s'han sentit com a casa, gent de contactes i agenda, de tuteig, que porta en ella mateixa l'essència del poder. Més discrets que alguns peperos de la perifèria, es passen uns quants anys, pocs, a l'administració i després se'n van a l'empresa privada, on els seus coneixements i la llista d'amics influents van sempre molt bé. Amb una sola trucada desfan malentesos i llimen asprors. Porten un tren de vida luxós, viuen plaers mundans i no se n'amaguen gaire. Tenen –això els encanta– un compte obert a Loewe i a la Joyería Suárez, que ara ha obert una sucursal a Barcelona, i compren cotxes d'importació, però viuen al marge del món de la nòmina, que és l'únic que Hisenda controla. Perquè Hisenda no molesta i passa de tot. Mentre que el 1998 les inspeccions fetes a Barcelona i les preceptives liquidacions a les empreses arribaven al 92%, a Madrid no passaven del 42%. I malgrat les diferències d'escala, hi ha tants inspectors a Madrid com a Barcelona, alguns dels quals, no tan sols Huguet i Aguiar, cauen tot sovint en la compassió fiscal i arreglen possibles insolvències de gent important.

AZNAR O EL SUPERVIVENT

Si abans hi havia la Beautiful People de Mariano Rubio, Carlos Solchaga o Enrique Sarazola, ara ens trobem amb la Monopoly People, terme ideat per K, que sempre té bones sortides, i amb uns nous clans que han arribat a Madrid gràcies a l'empenta vallisoletana d'Aznar. Cada nou govern ha significat un desplegament o un xàfec de nouvinguts que s'han apropiat dels ressorts del poder i l'han emprat no tan sols per enriquir-se sinó per buscar una posició, un reconeixement i un estatus a Madrid, ara que a més de ser la capital d'Espanya és també el Far de la Hispanitat. Però en tot això hi ha una marca, un lema, un símbol, un mite: José María Aznar. Sense ell no es pot entendre l'estratificació d'aquesta societat madrilenya que s'ha fet al voltant de la seva cort monclovita.

I com diu un dels seus propagandistes, Federico Jiménez Losantos, Aznar és un supervivent. Pertany a la raça dels màrtirs. Comencem per l'avi, periodista i exabertzale, que va ser empresonat en un txeca de Madrid d'on va sortir viu gràcies a un amic anarquista. Després va tornar a la zona nacional via Saragossa, on de nou van voler afusellar-lo per les vel·leïtats liberals quan feia de periodista a *El Sol*, terrible destí del qual el general Yagüe el va salvar ungint-lo d'una capa d'intocable. Això el va portar a ser el millor adulador de Franco, el periodista del règim a EFE i a *La Vanguardia*, i un home completament entregat a la propaganda franquista.

Però és que el pare de José Mari, un altre Manuel, va ser reclòs en una txeca, la de Siete Fuegos, d'on també va aconseguir fugir cap al bàndol nacional i va acabar, com tants futurs administradors, d'alferes provisional. I pel que fa al nostre «prota», evidentment, l'atemptat frustrat d'ETA contra el seu cotxe blindat el va convèncer, encara més, que l'Espanya *rojoseparatista* no s'havia resignat al pacte de la transició i que encara quedaven quatre derrapats que no volien la legitimació del neofranquisme que en ell era tan consubstancial, fins al punt que havia nascut al carrer Claudio Coello, on ETA va fer volar l'almirall Carrero Blanco. Aznar, a punt de morir fulminat pel diable, va adquirir una aurèola de supervivent i, als mítings, les dones se li acostaven a dir-li que resaven per ell o que l'havien posat sota la tutela d'algun sant local.

La santedat d'Aznar i la seva fermesa providencialista el van catapultar com l'Home-que-havia-d'arribar i que finalment acabaria amb el malefici de la dreta que, sempre segons Jiménez Losantos, havia quedat espantada pel ressentiment i la persecució que va viure durant la guerra. Per això es van limitar a la vida familiar i a la tradició moral religiosa, i van agafar una desconfiança quasi patològica envers la política, que veien com la causa de tots els mals. Només el sentiment nacional i la defensa de la propietat privada i del nucli familiar van sobreviure al terror que els va produir la guerra. Aznar, en aquest cas, seria només un franquista sociològic: neix al barri de Salamanca, és pura classe mitjana, s'educa en el rigor moral i estudia al selecte Colegio del Pilar, però ja és d'una generació nova que vol resoldre la tragèdia irracional de l'enfrontament entre les dues Espanyes.

Però la dreta espanyola, encara tocada d'una absurda mala consciència –quin mal havien fet ells?–, es veia complicada amb la hiperlegitimació pública dels vençuts del 1939 i amb un Fraga que tenia el seu punt feble en un passat impossible d'encobrir. L'*aggiornamento* de l'Església, que va passar d'íntima amiga del franquisme a repudiar-lo, encara va castrar més les bones expectatives dels joves dretans, que eren tots bons catòlics. I així van passar els setanta i els vuitanta. Ocupaven llocs de poder –no n'havien perdut cap, coses de la transició– i eren els que feien funcionar l'Estat, però el corrupte PSOE volia minimitzar la seva pròpia depravació apel·lant al monstre que vindria si Aznar triomfava. I així guanyen *in extremis* el 1993.

Però Aznar, senyors, ha fet el canvi. Abjura del pare i torna a la vella tradició de l'avi abans que es fes propagandista oficial del règim. José María Aznar és un liberal anticomunista perquè no podia ser d'altra manera, i fascinat pel liberalisme –no em facin riure– de Reagan i Thatcher, es torna centrista i ponderat. I fa allò que va fer Franco amb els seus: un decret d'unificació. Des del congrés de Sevilla de 1990, el liberalisme, el centrisme, la idea d'Espanya, la incorporació a Europa (i a la pax americana un pèl més tard) i la confiança en el futur han estat les hòsties beneïdes que el PP ha propagat, estimulat i aplicat des de 1996. Així ha acabat per sempre amb el proteccionisme i l'estatalisme, i ha fusionat en un sol cos AP i UCD, els dos vectors de la transició que ho van donar tot per Espanya.

UN PROJECTE PER A ESPANYA

I tot això contra una conspiració mediàtica, Prisa & Cia., aprofitats com Herrero de Miñón o Javier Tusell. El PP defensava a mort una societat lliure que no necessités ser tutelada per ningú, amb un Estat al servei dels ciutadans. Era la segona transició que intuiria Aznar el febrer de 1991 i que es va convertir en llibre gràcies a la Fundació FAES, que reclamava justament que els ciutadans no fossin hostatges dels escollits per governar-los. I per rematar-ho Aznar es definia hereu del canovisme, un simulacre de democràcia que no va funcionar del tot malament. I la jove classe mitjana urbana va creure en la tríada sagrada: la regeneració de les institucions democràtiques, un canvi de política econòmica i la recuperació de la idea d'Espanya davant de nacionalistes i terroristes.

Perdonin-me la insistència, però cal saber també per què el Partit Popular va pujar al poder el 1996 encara que fos en minoria. Perquè realment tenia un projecte que ha anat aplicant cada cop amb més contundència. I el diputat K sempre ha tingut força clar que el PP ha intentat, fins on ha pogut, aplicar aquest projecte, si bé només ha estat veritable en el sentit més prosaic de la paraula: crear un projecte nacional espanyol. Del capitalisme popular en parlarem, però ha estat una presa de pèl. I la il·legalització de partits polítics i el segrest del poder judicial són un bon exemple de la regeneració de les institucions democràtiques.

Però, qui eren tots aquest senyors del PP? D'on surten? D'on han vingut? Què volen realment? K els ha estudiat a fons, i des del seu escó els ha vist en èxtasi místic disposant a cor què vols d'una majoria absoluta que funciona a toc de xiulet.

EL FRANQUISME INVOLUNTARI

Per començar, la pertinença al franquisme sociològic és una falsedat. Molts d'ells són fills directes del franquisme governamental. El pare de José Mari, Manuel Aznar Acedo, fou director de la Red de Emisoras de RNE, subdirector general de radiodifusió i director de la Escuela Oficial de Radiodifusión y Televisión, tot això als anys seixanta. El qui fou portaveu del govern, Pío Cabanillas, és fill de l'ínclit Pío Cabanillas Gallas, procurador en Corts i després diputat de la UCD. Josep Piqué, il·lustre giracasaques, és fill del darrer alcalde franquista de Vilanova i la Geltrú, però era desobedient i militava al PSUC, cosa que no es pot dir de la majoria dels altres fills del règim, que ni tan sols es van fer un cert currículum d'oposició. Jesús Posadas, que fou ministre d'Administracions Públiques, és fill d'un que fou governador civil a Sòria en temps del Caudillo. I per mèrits propis, el rude ministre de Defensa Trillo és fill de Federico Trillo-Figueroa, que a més de jutge togat militar, fou alcalde de Cartagena, procurador en Corts i governador civil de Terol i Burgos.

En l'àmbit bascoespanyol, trobem l'inefable Jaime Mayor Oreja, el portaveu del PP al Parlament basc, que com el seu germà Carlos, exconseller d'Educació a la Comunidad de Madrid, són nebots del qui era director del gabinet tècnic del ministerio de Asuntos Exteriores i subsecretari del ministerio de Información y Turismo. Però aquí ja fem una primera escala a causa de les múltiples ramificacions del franquisme sociològic, ja que Don Marcelino ha acabat de president de Fomento de Construcciones y Contratas (FCC). Cal dir, però, que fins i tot el supercentrista Ruiz Gallardón està emparentat amb qui fou governador civil de Ciudad Real i de Sevilla, subsecretari de Treball i ministre d'Habitatge: José Utrera Molina, un sogre, doncs, amb pedigrí.

I el qui va ser delegat del govern per l'Estrangeria i la Immigració, Enrique Fernández-Miranda Lozana, és, ni més ni menys, fill del martell d'heretges Torcuato Fernández-Miranda y Hevia, ministre secretari general del Movimiento des de 1969. Un nebot seu, Alfonso Fernández-Miranda Campoamor, va ocupar la Direcció General d'Ensenyament Superior del primer govern Aznar. I per no ser menys, l'exministra de Justícia, Margarita Mariscal de Gante, és filla de tot un magistrat del Tribunal de Orden Público, antecedent moral de l'Audiencia Nacional, un tal Jaime Mariscal de Gante. En la llista no hi falta ningú: el secretari general de Empleo, Juan Chozas, té vincles familiars amb un dirigent del Sindicato Vertical, Chozas Bermúdez. O Gabriel Elorriaga Pisarik, secretari d'estat d'Organització Territorial, que és fill del governador civil de Santa Cruz i cap, el 1962, del gabinet tècnic del ministeri d'Informació i Turisme, el qual tenia millors fitxers sobre l'oposició antifranquista que la mateixa policia armada. I arribem al portaveu del PP a la comissió d'Afers Exteriors de les Corts, Gustavo de Arístegui San Román.

Aquest està relacionat amb el franquisme per part de pare –Pedro Arístegui, director adjunt de Difusió Informativa el 1967– i per part de tiet –Joaquín María, encarregat de la Direcció General de Política Exterior–. Però els noms tenen tast, estil, pòsit, com el del subsecretari del ministeri de Defensa, Víctor Torres de Silva y López de Letona, nét d'aquell intocable José María López de Letona, subcomissari del Plan de Desarrollo i ministre d'Indústria.

A Catalunya, Julia García-Valdecasas ja s'ha fet un fart de predicar que el seu pare, duríssim rector de la Universitat Central entre 1965 i 1969, era un tros de pa i que reprimia tan poc com podia i que, fins i tot, si no m'equivoco, tenia un tiet represaliat pel franquisme. Però els catalans són perepunyetes i la nova ministra d'Administracions Territorials arrossega amb pena aquesta tara amb la qual no paren de crucificar-la. La llista, ja em perdonaran, cansa, però és indicativa de la idea d'Espanya que pot fer-se una gent que ha mamat la grandesa imperial des que les mainaderes els cuidaven. I així tenim Carlos Fabra, president invicte de la Diputació de Castelló, amb un pare i un avi que ocupaven una posició local durant el franquisme, i que cultiva el vell sistema caciquista de cobrar-se els favors de Madrid quan els empresaris busquen una ajuda, com ha passat recentment.

Però també hi ha franquistes directes, a més del mateix Fraga, com l'exministre d'Afers Exteriors, Abel Matutes, que, com el seu pare, va ser l'alcalde-cacic d'Eivissa durant el vell règim. O el convers a l'empresa privada, l'exministre de Foment, Rafael Arias-Salgado, ara president de Carrefour España, que va tenir durant el franquisme un càrrec d'assumptes africans al ministeri d'Afers Exteriors i de director adjunt del gabinet tècnic del ministeri d'Educació i Ciència sota el mandat de Franco, el qual prenia encara en més consideració el pare, Gabriel Arias-Salgado, ministre d'Informació i Turisme entre 1951 i 1962. I encara un altre fill seu, Fernando, ambaixador d'Espanya al Marroc, va ser subdirector de Cooperació Internacional el 1972.

L'il·lustre i sobri president del govern de la UCD, Leopoldo Calvo-Sotelo, va ser durant el franquisme president del Consell d'Administració de RENFE, i encara va ser a temps d'exercir de ministre de Comerç el 1975, quan ja no feia falta esperar gaire. Els seus fills van trobar empara i comprensió en el primer govern Aznar: el gran, Leopoldo, com a subsecretari d'Estat del ministeri de l'Interior, i Víctor, el petit, en ocupacions similars al ministeri de Foment. Els noms, tots pomposos, nomenclaturistes i llepats, no s'acaben mai, i podrien adormir el lector més devot, però aquí tenim tot un plançó de poderós, Álvaro Rengifo Abad, fill del director general de l'Institut Espanyol d'Emigració (1964), de Promoció Social (1966), de Comerç Exterior (1969) i d'Exportació (1970). Un paio, doncs, de bona casta, que fou director general de Política Comercial i Inversions al govern Aznar.

I fins i tot la Mònica, aquella noia que semblava evanescent i que va durar tan poc com a directora general de Radio Televisión Española, era neboda de Félix Pastor Ridruejo, col·laborador el 1975 de l'àrea d'Agricultura del Gabinete de Orientación y Documentación (GODSA), el qual després va ser promogut per Fraga a presidir la comissió d'Agricultura del primer govern predemocràtic. I acabem ja la llista que va resseguir el setmanari *El Siglo* amb grans vins de tradició refinada com Nemesio Fernández-Cuesta, secretari d'estat d'Energia amb el primer govern Aznar i que ara és president executiu del diari *ABC*. L'avi de Nemesio fou fundador de la Falange i etern ministre secretari general del Movimiento, que va donar al seu fill, el pare del nostre actual demòcrata, el ministeri de Comerç el 1974.

L'embull d'amistats fundat sobre una sòlida convicció que l'Estat és la catapulta per col·locar-se o per promocionar-se, ha fet el miracle de crear un cort aznariana arrelada a molts nivells i en la qual tot és un entramat de còmplices que, si bé de tant en tant es degollen els uns als altres, han creat aquella estructura joseantoniana de «mitad monje, mitad soldado». EL PP és un partit blindat que ha superat fins i tot el possible trauma de la successió sense gaire terrabastall. Però, com és propi de qualsevol estructura de poder, hi ha diverses capes ben o mal sedimentades, i els primers que van entrar a la Moncloa són els de l'anomenat Clan de Valladolid.

ELS AMICS DE CASTELLA

Aznar era un nouvingut a Valladolid, la seu del govern regional de Castella i Lleó. El 1986, José Mari era un simple diputat per Àvila que el desaparegut Hernández Mancha, el secretari general de les hores més baixes del PP, va afavorir com a candidat per sobre de Martín Villa, que comptava amb el suport de la CEOE. L'actual president del govern central va guanyar les eleccions regionals per tot just 1.800 vots al socialista Juan José Laborda. Així que aquell *cunero* va arribar a la capital castellana sense amics ni parents coneguts. Però allà va fer el seu primer amic, un jove liberal anomenat Miguel Ángel Cortés, polític de saló, molt ben relacionat amb la bona societat de Valladolid i que gràcies als seus oportuns oficis va obrir les portes d'aquella gent sana i castellana que no veien amb gaire bons ulls aquell desconegut José Mari. Cortés, íntim de Botella, arribaria després molt lluny al govern de Madrid, però els enemics que es va fer pràcticament l'han retirat de la política activa. Ha arribat a ser secretari d'Estat de Cooperació Internacional, càrrec en el qual continua, i també és membre del Comitè Executiu Nacional i diputat per Valladolid, però el seu sonat divorci, regirat per *Interviú*, ha acabat ofuscant les ments catòliques del PP i el seu futur és més aviat cru. L'altre benefactor del Clan de Valladolid fou Carlos Aragonés, el seu veritable factòtum a l'ombra, el lampista de la Moncloa que des de 1996 és director del Gabinet de la Presidència, càrrec al qual probablement haurà de renunciar quan el seu padrí polític hagi plegat el març del 2004.

Aznar, madrileny com ell, li va confiar la Direcció General de Presidència de Castella i Lleó, i així va forjar l'equip del Clan de Valladolid i va anar pujant esglaons, amb una fidelitat personal a prova de bombes, de tal manera que fou escollit diputat per Madrid el juny de 1993. Amb rang de secretari d'Estat, va deixar les Corts per dedicar-se a la discreció professional dels grans assumptes d'Estat. Al clan també hi havia Ana Mato, José María Michavila, Guillermo Cortázar, Jesús Sepúlveda i Juan Carlos Aparicio, que fou conseller primer de la Presidència i després vicepresident i que sempre ha mostrat una fidelitat canina envers el seu protector. De fet, l'apoteòsica carrera d'Aznar cap a la Moncloa comença amb la reunió de Perbes el 1989. Federico Trillo, delfí de Fraga, i Juan José Lucas, que, des del seu domini castellà, Sòria, i essent secretari general de Castella i Lleó, acabava de ser nomenat secretari general adjunt d'AP, decideixen apostar per José Mari com a candidat a president del Govern espanyol. La fidelitat de Lucas es va veure recompensada amb el seu accés, després de la renúncia d'Aznar, a la presidència de la Comunitat Autònoma de Castella i Lleó, des d'on ha somniat o implorat un càrrec més brillant a Madrid, que és on tothom vol anar a fer política. Aquesta súplica ha estat escoltada i l'ha portat a presidir el Senat o el cementiri d'elefants de la democràcia orgànica. D'altres han destacat per una fe sense precedents en l'Estat de dret, com Michavila, ministre de Justícia, que ha organitzat la il·legalització d'Herri Batasuna.

EL PRESIDENT REGIONAL

Però entre tots aquests nous amics que Aznar va fer a Castella i Lleó, n'hi havia un de particular, Miguel Pérez Villar, que li va obrir les portes de la patronal lleonesa. Aznar en va quedar tan agraït que el va nomenar conseller d'Economia, amb la mala sort que a Pérez Villar no se li va acudir una altra cosa que concedir ajudes multimilionàries a antics confrares de la mineria: uns 150 milions a Renasa i a Minas Ventas. Però el Tribunal Suprem les va declarar nul·les i va acusar el conseller d'Economia i el seu director general, Javier Valenzuela, de prevaricació.

Entre els deliris de grandesa d'Aznar n'hi havia un d'especial: construir el seu propi Silicon Valley o Parque Tecnológico de Boecillo, als afores de Valladolid, per mitjà de l'empresa Crystaloid. La cosa va resultar tan ruïnosa que la Junta castellanolleonesa va acabar comprant l'empresa per una pesseta. 7.000 milions enterrats de pura incompetència. Tot ben amanit per un altre jove del Clan de Valladolid, l'advocat Tomás Villanueva, assessor jurídic del grup parlamentari popular i conseller d'Indústria amb Lucas. Entre tots ells, Miguel Ángel Cortés, Salvador Palop i l'expresident del Senat i membre de l'Opus Dei, Antonio Fontán, van organitzar Futuro Financiero, una empresa que pretenia crear un grup de poder politicoeconòmic dins del partit amb la col·laboració d'un altre bon amic d'Aznar, el notari sorià i exvicepresident del partit, Félix Pastor Ridruejo, que ja saben d'on venia...

I aquí sorgeixen noms vinculats a un dels escàndols més sonats del PP, el cas Naseiro, que, arran d'un banal assumpte de tràfic de drogues a petita escala i les successives escoltes telefòniques de Salvador Palop –com ja hem dit, un home d'Aznar–, va revelar la concessió de llicències a empreses constructores a canvi de comissions que servissin per al finançament del partit, que llavors estava dirigit per Rosendo Naseiro en l'apartat econòmic. Arturo Moreno Galcerán, que sortia a les escoltes telefòniques, ha seguit un tranquil·la i brillant trajectòria professional en el camp de l'urbanisme i la construcció, i actualment és el director general adjunt de Relacions Institucionals de Telefónica, S.A. Els amics de veritat no es deixen mai a l'estacada.

DE PETITS I MESQUINS ESCÀNDOLS

I és que Aznar, home de provada honradesa, no sabia que els seus amics del Clan de Valladolid i el mateix Zaplana, que en les cintes confessava que estava al món de la política per enriquir-se, li estaven organitzant la trama negra del partit, però si es feia a fi de bé, no li importava gaire. Aznar, com a president de la Junta, va fer tot el possible per salvar el corrupte José Ma. Peña, alcalde de Burgos primer per la UCD i després per Solución Independiente (SI), que es va dedicar a organitzar, el 1983, un Pla General d'Ordenament Urbanístic que afavoria els interessos del seu constructor i amic Antonio Miguel Méndez Pozo. Aquest estava vinculat amb la immobiliària Rio Vena i va convèncer José Mari de no presentar candidatura popular a Burgos per no dividir el vot amb el SI. De manera que, en compensació, molts empresaris apostarien fort per la campanya d'AP a les corts regionals. I la cosa li va sortir bé perquè Peña, diputat únic de Solución Independiente a les corts regionals, vota per Aznar i desfà l'empat en escons entre el PP i el PSOE. I així, d'agraïts ho som tots, nomena un delegat territorial de la Junta a Burgos, processat igual que Peña, mentre que José Mari no amaga l'amistat amb Méndez Pozo, que passa a controlar el *Diario de Burgos*, on té lloc oficialment la primera presentació de la candidatura d'Aznar a president del Govern espanyol.

Però el procés judicial segueix amb testimonis clau del Col·legi d'Arquitectes i amb evidències de favoritisme a Méndez Pozo per mitjà de requalificacions i altres variables; i fins i tot Aznar ha de declarar per escrit al tribunal. El PP, i José Mari, seguiran defensant la presumpció d'innocència de l'alcalde Peña fins que el maig de 1992 l'Audiència Provincial de Burgos condemna Peña i tres regidors més a inhabilitació i estableix una pena de set anys de presó per a Méndez. Però aquest ni tan sols passa per comissaria i encara compra una agència regional de notícies (CAL) que lloa indiscriminadament la tasca memorable de la Junta castellanolleonesa.

Per tant, la promesa d'immaculada honestedat que el PP proposava com a contramodel del PSOE era, si més no, discutible. L'amiguisme i l'«enxufisme», la cooptació de joves arribistes i corredors de borsa descarnats per afavorir la croada nacionalista dels populars i el nou capitalisme popular –la divisa governamental– no han fet altra cosa sinó crear xarxes de clientela i augmentar encara més la interacció permanent entre gent del govern, gent del partit, gent de l'empresa i, per descomptat, gent de l'Església. Les castes, de vegades barallades, de vegades enamorades, són vasos comunicants on el neofranquisme i el neoliberalisme van de la maneta i creen allò que voldrien que fos un imperi en el qual Madrid, i tota la província per extensió, fos el gresol de la nova hispanitat.

LA VOCACIÓ IMPERIAL D'AZNAR

Aquesta vocació imperial és part constitutiva del pensament de la FAES i dels assessors àulics d'Aznar. La seva irrupció a l'òrbita internacional com a palanganer orgullós de Bush l'ha convençut que Espanya pot tenir, amb els seus tres-cents milions de castellanoparlants, una influència sense parió fora dels petits límits de la península. La conquesta econòmica d'Amèrica Llatina, un dels capítols més foscos de l'estratègia privatitzadora d'Aznar, i la implicació directa en l'ocupació de l'Iraq –permetin-me l'apunt– van en la línia que preconitzaven dos franquistes conspicus, José María de Areilza i Fernando Ma. Castiella, a *Reivindicación de España*, escrit el 1941, on es qüestiona la covardia i el pessimisme amarg de tots els governs espanyols des de 1898 fins a 1936, els quals renunciaven a una veritable política exterior. L'embolic filosòfic d'aquells joves falangistes era el següent: reconquerir la perspectiva històrica d'Espanya tot lligant-la a la voluntat d'ésser i de poder i a la unió de les masses. Aquest era el propòsit del falangisme més pur. Calia liderar la direcció d'Europa a l'estil de la División Azul, cosa que ja afirmava Alfonso García Valdecasas al pròleg del llibre quan exigia, en aquell cas sota Hitler, assolir una coordinació política continental. L'amarga humiliació de tants segles sentint-se vexats per protestants i altres heretges ens impedia procedir a la unitat de destí, i com que Aznar sap perfectament que l'imperi dels mil anys, el III Reich, va ser un fracàs històric, cal extreure'n la lliçó pertinent.

Cal propulsar un nou imperi mundial, el nord-americà, en lluita contra l'enemic invisible, abans els jueus, ara el terrorisme islàmic; una lluita que Europa haurà de seguir per pebrots. I això, ho deia Areilza el 1941, només és possible si es desterra el complex de contradicció, la introspecció nacional que ens fa plantejar més una vegada i una altra què coi és això d'Espanya.

La doble lluita contra el monstre interior, el nacionalisme basc o català, vingui d'on vingui, és el pas previ a la grandesa futura d'Espanya com a portaavions dels valors de l'Occident cristià, que té una marcada missió: ells democratitzaran o arrasaran els pobles musulmans segons la seva disposició d'ànim. Llegir *Reivindicación de España* al cap de seixanta anys retrata –canviant Hitler per Bush i els jueus pels àrabs– el plantejament capital del falangisme més ardent, i ens recorda per què Aznar té aquests deliris mundials d'estadista de primera línia.

I per això, com a renovat joseantoniano, el president sortint sofreix un greu problema de megalomania. Per posar els peus a la tauleta del ranxo de Bush o per firmar declaracions a les Açores és capaç del que sigui, i en això se li ha de reconèixer el seu valor. Altres de més hàbils, els socialistes o Solana, farien foteses negociadores, però ell hi posa els collons i a més es creu ungit per una revelació divina. Tot el que fa ha de tenir un toc de grandesa, i per això no és tan curiós que l'acte més simbòlic de l'aznarisme imperial fos la boda de la seva filla, Ana, amb l'emprenedor Alejandro Agag. Allà, al Monasterio de San Lorenzo de El Escorial, al cor de l'Espanya negra, els seus màxims representants i els convidats de les potències de l'entesa, Blair i Berlusconi, van celebrar una idea universal: la unió catòlica, apostòlica i romana del renascut imperi espanyol, que entregava la seva estimada filla a un senyor que representa el Clan de Becerril, els veritables talibans del PP i que són la jove guàrdia que ha d'agafar el relleu i acabar l'obra començada de renacionalitzar Espanya pel camí del capitalisme popular i la Monopoly People. I així situaran el país entre els grans operadors del poder internacional i dominaran, si és possible, el pati de darrere que és l'Amèrica recolonitzada per Telefónica, Endesa, Repsol o Gas Natural.

És política de missió, pura mística revolucionària, i tots els padrins de la nova ciutat pepera hi van ser, en aquella boda, perquè s'hi escenificava aquest projecte de futur. Aquell cinc de setembre del 2002, entre els 1.100 convidats no hi faltava ningú: tots els periodistes addictes, tots els empresaris de la corda, tot el PP, tots els presidents autonòmics afins, tots els presidents de les principals institucions del règim, tot un cardenal de Madrid i els reis en persona. No hi mancava ni l'apuntador.

Si Aznar va cercar a Quintanilla de Onésimo, nom ben trobat, per cert, o al monestir de Silos, els espais de recolliment on pensar i projectar les seves idees de parangó mundial, també s'ha abocat, com un Caudillo encara precoç, cap als seus successors, els joves que un dia governaran Espanya sota la comandància d'un gallec sorneguer que sap ser la veu de l'amo. A Becerril de la Sierra (Madrid) cada any hi ha una trobada anual, informal i un punt descamisada, entre joves valors del partit i l'actual president en funcions, que ja des de finals dels noranta estava pensant de trobar una línia de cadells capaços de dur el timó mentre ell es dedicaria, des del 2004, a traçar el pont privilegiat entre els ianquis i els chicanos. Qui organitzava les trobades era Alejandro Agag, el llavors promès de l'Ana Aznar. Ells ja s'han format a l'estranger i parlen els idiomes que Aznar només xampurreja, estan als gabinets ministerials preparant escalades en totes direccions o es foguegen a Nuevas Generaciones.

Són càrrecs tècnics del ministeri, joves yuppies d'empreses-oligopolis, gent amb formació acadèmica, d'ambició sana, com dirien ells, experiència en l'empresa privada i, en cas contrari, opositors a funcionaris públics, des d'advocats de l'Estat a jutges. Agag és l'exemple, la llum que els il·lumina en la foscor d'un futur sempre difícil. Fou eurodiputat, assessor personal del president, secretari general dels populars europeus i executiu bancari de renom. La perfecta fusió entre nacionalisme, universalisme i capitalisme. Però quan es va anunciar el prometatge amb la filla d'Aznar, va decidir dedicar-se als negocis privats per evitar malentesos.

La seva feina és fonamental en el Madrid dels negocis. És senzill: tothom et coneix i tard o d'hora tothom et pot deure un favor. Es dina i se sopa en grup molt sovint i les confiances són mútues. En el seu cas, sense cap càrrec oficial, ha assessorat bancs i empreses portugueses per ferles «visibles» a Madrid. És un *conseguidor* que ha treballat per a la Sociedad Lusa de Negocios (SLN), la qual agrupa bancs i empreses i està sota l'òrbita del partit Social Demócrata (PSD), l'equivalent portugès del PP, liderat per José Manuel Durâo Barroso, excel·lent amic del sogre d'Agag. Aquest s'ha dedicat també als xiringuitos financers o «assessoria comercial, legal i fiscal» que té a Sevilla amb amics com Adolfo Suárez Illana, l'aposta frustrada i caciquista del Clan de Becerril per desfer-se de José Bono a les darreres autonòmiques, el fill de Leopoldo Calvo-Sotelo i un dels molts plançons de José María Ruiz-Mateos; a tots ells els uneix una comuna escolarització al Colegio Retamar, de Madrid, propietat de l'Opus Dei.

A més dels grans noms dels populars, hi ha una gernació de pijos que, mentre esperen el seu torn, van esculpint el seu accés al poder i practiquen un mateix estil de vida social. Nens de papà que van a la discoteca Gabana per celebrar els comiats de solter o al bar de copes Amor Brujo, muntat per un diputat del PP, Alejandro Ballesteros, íntim amic d'Agag. K va tenir ocasió de tractar-lo en una comissió sobre RTVE l'endemà de les eleccions basques del 2001, quan Margarita Uría va interpel·lar Ferrari, el director de TVE, sobre la manipulació d'aquesta contra els nacionalistes. I els del PP van començar a cridar com possessos: «Euskal Telebista, terrorista». Entre ells, més exaltat que ningú, hi havia Ballesteros, a qui K va interrompre recordant-li el nom del porc: «Un botarate como tú no me hará callar, lo que tú eres es un fascista.»

Al final, Carme Alborch, presidenta de la comissió, va posar pau, però així són aquests jovenets de Becerril: perfectes exaltats de l'Espanya mística i privatitzada.

CATÒLICS PER DAMUNT DE TOT

Madrid, doncs, s'ha convertit de nou en el punt de referència on els provincians ambiciosos com Eduardo Zaplana arriben per fer el cim de la seva escalada professional, al ministeri de Treball per exemple. I alhora mantenen els seus feus regionals, perquè han descobert que les comunitats autònomes són plataformes de llançament cap a la gran política que es juga a la capital. Però així és el PP, i K els ha estudiat prou a les Corts per saber que són una mixtura de desvergonyits, arrogants i fariseus, perquè, tot sigui dit, el factor religiós puntua, i força, dins del partit. Per reviscolar les tendències neofranquistes de la cúpula no hi ha res millor que tornar a les velles tradicions.

L'Opus Dei és, encara avui, una força dominant que té per norma el secretisme, ja que, com diu la seva constitució, redactada el 1950, «Els membres numeraris i supernumeraris sàpiguen bé que hauran d'observar un prudent silenci sobre els noms d'altres associats i no hauran de revelar mai a ningú que ells pertanyen a l'Opus». Que Federico Trillo, braç armat del govern, n'és membre conspicu ho sap tothom. Però la mateixa monarquia va ser protegida i educada pels tecnòcrates de l'Obra com una aposta de futur que no els va fallar. Federico Suárez, membre de l'Opus, va ser el primer preceptor del príncep i després fou el capellà de la Casa Real. Encara que José Mari i Ana Botella sempre s'han desdit del tema, l'avi del president era íntim d'Escrivá. El va conèixer abans de la guerra i sempre li va dedicar articles ditiràmbics. La dona del president és neboda de José Botella, un reconegut membre de l'Obra, i els fills de la parella van anar als col·legis Peñalba i Pinoalbar, regits per l'ideari de l'Obra.

La llista de gent de l'aparell del PP que simpatitza o milita a l'Opus és tan llarga com un dia sense pa: Cristóbal Montoro, Jesús Cardenal, José Manuel Otero Novas, Isabel Tocino, Loyola de Palacio, Juan José Lucas, Miguel Ángel Cortés, Carlos Robles Piquer i desenes d'alts càrrecs i membres de la direcció. I també en formen part supernumeraris com Andrés Ollero, diputat per Granada, o Vicente Martínez Pujalte, valencià. Però l'obligat proselitisme de l'Obra ha fet de la penetració en l'empresa una font constant d'ingressos i prebendes. Tot i això cal ser prudents. El Banco Popular, presidit per un supernumerari com Luís Valls Taberner i el seu germà Javier, n'és el mascaró de proa, però l'Opus, vella i senyorial, és l'única institució financera que es va atrevir a finançar, a prestar, siguem concrets, calé net a ERC.

EL PAPER DEL BANC POPULAR

La història té tela per a estona. Fa quatre anys, abans de les municipals de 1999, el partit republicà va tenir una enganxada molt forta amb La Caixa després d'editar uns díptics contra els peatges a les autopistes i els seus principals responsables: Basáñez, Pujol i Alavedra. En un sol dia, La Caixa va presentar un requeriment notarial d'embargament sobre els deutes d'ERC des de l'època de Barrera. Aleshores es va establir un gabinet de crisi entre Carod, Huguet i K, els quals van decidir plantejar al Parlament una bateria de preguntes sobre la llei de caixes. Radical i automàtic. Vint-i-quatre hores després li trucava Salvador Alemany, llavors president d'ACESA, per dir-li que volia dinar amb en Carod per tal de raspallar-li l'esquena, però el mateix Carod li va replicar: «I el requeriment, què?» Alemany li va contestar: «Això ho has de parlar amb l'Isidro.» I van demanar una entrevista amb Isidre Fainé, un dels comandaments màxims de La Caixa, que ho va arreglar amb bones maneres.

Però a ERC no li va quedar gaires ganes de negociar amb La Caixa, així que va anar a veure l'Antoni Serra Ramoneda, de la Caixa de Catalunya, amb paraules clares: «Necessitem tres-cents milions i no tenim res.» «Cap problema», va replicar Serra Ramoneda, «en buscarem una part en avals i l'altra us la cobrarem de la indemnització per les confiscacions de la guerra». Però aquell mateix dia esclatava l'afer SEINSA, en què el regidor d'ERC a Lleida denunciava que l'Ajuntament permetia tota mena d'abocaments químics i tòxics a canvi que aquesta empresa, SEINSA, li fes enquestes electorals d'amagat o pagués el casament de la filla d'en Siurana. Quan la direcció d'ERC ja anava a firmar el crèdit de la Caixa de Catalunya es troben amb una proposta de trenta milions. «Aquí falta un zero, oi?» Truquen a Serra Ramoneda i aquest desapareix entre la boira. De nou, estaven en bancarrota.

Llavors, el secretari de finances, l'ínclit Xavier Vendrell, truca a un amic d'Izquierda Unida del Tribunal de Cuentas del Reino, xerren un estona i li explica que estan fotuts: «Pero esto no es ningún problema, iros al Banco Popular.» «Ya, ¿pero no es del Opus?» Una mica encongits, K, Carod i Vendrell van anar a veure un senyor tot antic anomenat Mariano Palomeque que treballava en una sucursal al carrer Bellas Artes on només atenia partits polítics, fundacions i sindicats. Faltava poc per les municipals de 1999. S'asseuen i en Palomeque, home de poques paraules, es treu una carpeta i comença a assenyalar: «A ustedes les irá muy bien en Manlleu, pueden sacar un buen resultado en Manresa y hasta pueden sacar uno en Barcelona.» Es van quedar garratibats a la cadira, perquè estava informadíssim i ho va encertar de ple. I a la tarda firmaven un crèdit que els va permetre finançar les eleccions municipals. Les previsions de Palomeque es van complir a consciència i K encara el va voler convidar a dinar, però en Palomeque era home de rutines i se n'anava a dinar cada dia a la seva casa de Barajas.

No és que això serveixi de paràbola, però els teus mai no et perdonen la independència de criteri i sempre procuren ofegar-te a la pila baptismal, i en canvi el Banco Popular, i la família Valls Taberner, sempre ha pretès jugar un rol discret a Catalunya, tal com es va confirmar en les bones relacions entre Domingo Valls Taberner i el president Tarradellas a través de Jaume Vicens Vives, com ja he escrit a *Tarradellas. Un segle de catalanisme*. En tot cas, les coses com són, l'Opus ha recuperat la seva influència i entre grans bancs i empreses té una nòmina d'amics que posa els pèls de punta, però no us preocupeu, que no farem més llistes.

L'Opus és una manera d'entendre la vida. Els supernumeraris, casats o solters, entreguen part del seu capital a l'Obra, que defensa la família com el nucli de tot. Són gent d'ordre, d'associacions provida i obres benèfiques contra el càncer. I són de dretes perquè no poden ser una altra cosa i els dos José Mari, l'Aznar i l'Escrivá, son els seus ídols, tot i que a Catalunya poden votar CiU, on l'eurodiputada Concepció Ferrer i altres càrrecs d'Unió Democràtica de Catalunya en són fidels practicants. Els numeraris, entre els quals hi ha fins i tot una coneguda periodista de Barcelona, fan vot de pobresa, castedat i obediència. Viuen en cases-comunes i poden ser tant clergues com seglars. Són l'avantguarda espiritual de l'Opus Dei, alguns són arrauxats en pràctiques com el cilici o l'autoflagel·lació i tenen una ànima de propagandista que els fa especialment desagradables.

EL PECAT DEL LAÏCISME

La cosa, doncs, no va de broma i quan K, fart de tanta sotana camuflada, va demanar, el desembre del 2002, la creació d'una comissió que estudiés l'aconfessionalitat de l'Estat, el ministre de Justícia Michavila li va respondre que es complia perfectament la separació Estat-Església. K va haver de recordar-li un seguit de lleis que reconeixen beneficis a confessions religioses, com s'estableix a la LOCE, la llei de reforma del sistema financer, que crea condicions peculiars per a les caixes d'estalvis catòliques, o la llei de fundacions, que fa excepcions per a les eclesiàstiques. Així, «a menudo se pisotean los derechos de la gente que no cree en ninguna religión, o incluso de gente que cree en religiones distintas de la católica».

La posició laica «pretende que se reconozca la igualdad y el derecho de las personas que creen en diferentes religiones o no creen en ninguna, primeramente como reconocimiento del cambio social que se está produciendo en nuestra sociedad. Y en segundo lugar porque las religiones que están creciendo, como la musulmana, reclamarán con todo el derecho los mismos privilegios que la católica y la solución no puede ser –como está haciendo el gobierno del PP con la LOCE, por ejemplo– insistir en la diferenciación por motivos religiosos y creando guetos».

En aquella moció, ja ben entrada la tarda, hi havia quatre gats, però eren del tot curiosos: uns quants parlamentaris peperos de l'òrbita Opus, el diputat català per Unió, Manuel Silva, especialista en llegir la Bíblia al pont aeri, i un maçó socialista que fou l'únic que li va donar suport. No cal dir que Silva va votar, tan enfurismat com els altres peperos, contra la moció de K.

La mort del laïcisme, amb la reintroducció obligatòria de les classes de religió per passar de curs, és part de l'estratègia religiosa del PP.

Hi ha tres punts de clau de l'estratègia pepera: la vindicació d'Espanya i el seu paper en el nou ordre mundial; la regeneració institucional de l'Estat, que vol posar fi a la corrupció i la confusió de poders, i el liberalisme econòmic, que abaixa impostos i ens converteix a tots en accionistes feliços. Només el primer punt pot dir-se que ha reeixit. Si fos cert que Espanya ha aconseguit un lloc de privilegi en el nou ordre mundial, serà un èxit més amarg a partir que arribin els taüts dels Legionarios, no els de Cristo sinó els de la cabra. La resta són falòrnies. Si una cosa sap perfectament K després de quatre temporades al Congrés és que el PP vol rectificar l'error històric de la transició quan un govern massa feble, aquell Suárez que no hi era tot, va fer concessions un pèl excessives als nacionalistes.

La història d'Espanya derrapa, seguint els pensaments d'Aznar, amb el Pacte de Sant Sebastià de 1930, quan les esquerres i els nacionalistes apunten una república on la fraternitat substituirà l'«ordeno-y-mando», i les nacions perifèriques existiran com a referents d'un Estat que ja no considerarà una desviació històrica l'existència d'altres països sota un mateix marc jurídic.

DESCARATS I FELIÇOS

Allò que Aznar va maquillar el 1996 quan va ser proclamat president amb els vots de CiU i del PNB, aquelles vagues promeses del Pacte del Majestic on Rajoy explicava acudits de gallecs i tots feien barrila sobre les runes del PSOE, es van acabar a les eleccions generals del 2000. I no podem tractar d'incauts els polítics de CiU perquè les ponències del PP, la seva fundació d'idees patriòtiques i conservadores, la FAES, i individus com Vidal-Quadras deixaven molt clar quin era el projecte vertebrador del PP. No importa que CiU aconseguís, com Salomé, el cap escapçat de Don Alejo. Madrid va posar un màrtir, però la causa és una i sagrada. Espanya, i no és broma, torna a ser una unidad-de-destino-en-lo-universal.

I CiU, que hi ha pactat, negociat i transaccionat des de fa vuit anys, a Catalunya i a Madrid, és responsable moral d'un procés que ha convertit la vida de catalans i bascos en una font de sospita permanent per part de l'Estat. Un Estat que prejutja la culpabilitat de tots aquells que defensin l'existència d'un altre món que no sigui el de la ja famosa cohesió territorial. I això és el que es preguntava, astorat, el diputat K. Què coi feien? Què hi pintaven, allí, els diputats de la minoria catalana que entre 1993 i 1999 van tenir a la seves mans la governabilitat d'Espanya? Les conclusions que en va treure, encara avui, esfereeixen.

La subhasta dels catalans

K sempre es va mirar amb curiositat aquells que es denominaven emfàticament minoria catalana: els diputats de Convergència i Unió. Per norma, i per praxis, no els ha atacat mai a les Corts, però ha tingut l'ocasió de veure'ls en acció i fer-se una certa idea de com s'organitzen i treballen. I la veritat és que si algú vol entendre el perquè del pacte d'esquerres a Catalunya, hauria de mirar atentament l'actuació i l'actitud de CiU a les Corts Generals. K, investit pels periodistes parlamentaris com el Diputado Revelación després del seu pas per la comissió de Gescartera, arribava en un moment no especialment dolç per als nacionalistes catalans.

Encapçalats per un nou cap de files, Xavier Trias, un home que s'imita a si mateix, ja no portaven al damunt l'arrogància que entre 1993 i 1999 els havia permès allò que se'n diu ser decisius a Madrid. K va anar informant-se, recopilant apunts mentals, de les grans jugades de CiU en aquells temps que Espanya i la governació estaven als seus peus. Quan K entra al Congrés de Diputats es troba que CiU ha pres una decisió més que significativa. Suport «gratis total» a la investidura d'Aznar com a president del Govern espanyol, basant-se, com deia Pere Esteve, secretari d'organització, en la confiança d'arribar a acords posteriors. El sí significava també una línia de coherència després de quatre anys de col·laboració, tot i que es descartava un pacte de legislatura perquè en el fons potser pensaven que tot seguiria com sempre.

El que passa és que ni Trias s'ho creia. Simplement, les coses havien canviat i CiU, renunciant al suport d'ERC, depenia absolutament de la bona voluntat del PP al Parlament català. Votar Aznar a canvi de res subratllava, de nou, el desconcert d'un grup parlamentari que estava perdent el rumb. Les reminiscències d'allò que fou, el 1998, la Declaració de Barcelona, un acord sobiranista impulsat pel mateix Esteve –que ja sabem on va acabar– amb la complicitat de Beiras i Arzallus, i que apostava per fer un front nacionalista a Madrid amb més de vint-i-cinc diputats, el qual hauria exercit de lobby davant un govern en minoria, havien quedat en paper mullat. Perquè cadascú va votar a la seva i CiU va demostrar en tot moment que la ximpleria de Galeuska era només un caramel per a les bases, però al cap i a la fi es tractava –com es va tractar sempre– d'arreglar-ho tot amb el PP.

CONVERGÈNCIA I CONVENIÈNCIA

I K, a qui els convergents menystenien com un nouvingut sense experiència, comença a adonar-se de quin pa s'hi dóna. I analitza. Tot podia haver començat en aquell prodigiós acte del Majestic, al saló Anglès, l'abril de 1996, on els matrimonis Alavedra, Sánchez Llibre, Molins, Duran Lleida i el tàndem Pujol-Ferrusola van convidar a sopar la parella Aznar-Botella i el simpaticot Mariano Rajoy, tot pagat per CiU a un preu raonable, ja que l'hotel pertany a la família Soldevila, que té en Oleguer Soldevila, exconseller de Banca Catalana, un dels principals bastions.

D'aquell sopar que avui ja és mític només es va treure l'aigua clara en un aspecte: CiU optava pel Partit Popular. Que si Jordi Pujol havia fet director de *La Vanguardia* a l'avi d'Aznar, ja que la campanya contra Galinsoga va portar Manuel Aznar a la direcció del diari; que si Rajoy ja s'esforçava a aprendre una mica de català tal com Aznar començava a fer en la intimitat...

Tot eren bromes i sobreentesos. Entre tots dos havien rematat el PSOE. CiU no li havia aprovat els pressupostos del 1995, cosa que va precipitar la convocatòria d'eleccions i el PP, amb tota la bateria mediàtica, sepultava els socialistes en un bany de corrupció efervescent. El PNB i CiU serien els dos aliats d'una dreta que es volia presentar com a ponderada i centrista, ja que no quedaven gaire lluny els anys del fraguisme i l'inconfusible olor a franquisme reconvertit d'un partit que espantava molta gent, també Convergència. I res millor que CiU i PNB per aportar credibilitat i legitimitat a un partit que no se sentia segur d'estar gaires anys al poder.

Però aquell dia faltava l'home que K sempre ha apreciat en el seu punt just de cocció: Miquel Roca, defenestrat de la cúpula de CDC, enviat a batre's contra Maragall i a perdre les municipals. Des de llavors, el 1995, havia obert un despatx professional que el tornava a aquells anys seixanta, quan feia plans urbanístics com el de la Ribera juntament amb el seu amic Narcís Serra. Però l'aroma de Roca, com el de les bones colònies, es flairava arreu. Ell, després de tants anys de parlamentari, des de

1977, tenia tota l'experiència acumulada i una espectacular agenda de contactes, però tenia també una vida imperfecta a causa de l'Operació Reformista i dels anys de majoria absoluta del PSOE.

ROCA O EL CATALANISME SUAU

Des de la seva actuació de pare de la Constitució, segons diu Iñaki Anasagasti, els bascos ja li havien pres les mides i no li tenien cap gran simpatia. Com que el PNB va ser exclòs de la ponència constitucional, Roca es va convertir en el seu avalador i cada cop que li plantejaven el retorn a la foralitat, la via del concert econòmic, el ciutadà Roca sempre els deia que tot plegat eren «antiguallas» perquè, a més, «estáis equivocados, no hay nada más odioso que la recaudación y la prueba está en que en todos los cuadros de la Última Cena se ve a Judas con una bolsa, como el recaudador». Així que d'Agència Tributària pròpia, com van aconseguir els bascos, ni parlar-ne, perquè és millor passar per víctima de la hisenda madrilenya i rebre escorrialles dels impostos estatals. Marcos Vizcaya, diputat del PNB, li insistia que el govern de la UCD estava prou «tou» per admetre un model de finançament semblant per a Catalunya. Qui recapta, mana. Aquesta era la línia del PNB, i es van sortir amb la seva, mentre que els darrers roquistes com Francesc Homs, conseller d'Economia entre el 2001 i el 2003, van negociar un finançament caòtic i generalitzat que no farà altra cosa sinó augmentar el dèficit fiscal de Catalunya i la manca de recursos propis. Però d'això ja en parlarem.

Una altra topada del PNB amb Roca fou en la discussió dels estatuts d'autonomia de les dues nacions, en els quals el PNB insistia a tenir la potestat de crear una policia pròpia. Consell de Roca? «No, no, no, la represión hay que dejarla en manos de los españoles y nosotros limpios en esto.» La policia, certament, és un símbol del poder repressor de l'Estat i no hi ha cap nació amb vocació d'estat que hi pugi o hi vulgui renunciar. CiU va trigar anys a aconseguir, amb un PSOE afeblit, el desplegament dels Mossos d'Esquadra per Catalunya gràcies a aquelles genials idees. Però mentrestant, el PNB tirava pel dret. ETB, la televisió basca, va ser votada i pressupostada pel Parlament basc i no va demanar cap concessió a Madrid, cosa que sí que féu CiU. Iñaki Anasagasti, home de verb fluid, té clar que Roca era un gran parlamentari però un polític pèssim: «Su balance para Cataluña ha sido negativo. Si haces un balance en la sanidad y en todas las cosas que se podrían haber conseguido se ve que Miquel Roca es un bluf. A mí me ha parecido siempre un personaje lamentable desde el punto de vista político. Y me parece una burla que este político se proclame nacionalista. Él es roquista y nada más que roquista.»

EL ROQUISME COMERCIAL

Atacar, o més ben dit, qüestionar el roquisme és cosa difícil. A Madrid el tenen per un senyoràs, un home que «tiene el Estado en la cabeza», que és el que diu usualment un madrileny per afalagar un català que mai no els portarà problemes i que, entre d'altres, va ajudar a fer una constitució a la mida dels poders fàctics i un estatut mal projectat i mal negociat, com va insistir més de mil vegades Josep Tarradellas. El seu historial parlamentari són discursos ben trenats sobre economia o dret, però Roca, apreciat a Catalunya com un catalanista al servei del seu poble, va descobrir els darrers anys del felipisme que també s'havia de fer un patrimoni, perquè tanta oposició desgasta més que una mica de govern. Entre 1993 i 1994 descobreix la llei d'acompanyament de pressupostos, el gran calaix de sastre on lobbies petits i grans poden introduir esmenes que semblen foteses però que permeten, per exemple, que el gremi de distribuïdors de gasoil de Madrid introdueixi una esmena per la qual l'IVA del servei domèstic baixi a la meitat. Favor que, diuen molts congressistes, possiblement els beneficiats devien agrair.

Convençut que a l'Ajuntament de Barcelona només escalfarà la cadira fent d'inútil regidor sempre a l'oposició, el polític en excedència munta, el mateix 1995, Miquel Roca Junyent Advocats Associats. En paraules de *La Vanguardia*: «Al igual que al despacho de Miquel Roca se le atribuyen funciones de "lobby" y capacidad para influir en las decisiones legales que tienen una implicación de índole económica y especialmente fiscal. Roca y Cuatrecasas son hoy por hoy los despachos que se reparten las operaciones empresariales o incidencias de envergadura que se registran en Cataluña, con las grandes suspensiones de pago o transacciones de empresa.»

Cuatrecasas i Roca Advocats són, a escala catalana, la reproducció del model de despatx que tan bé funciona a Madrid. El procediment és simple, aprofitar relacions. I a Roca, els del PP se li posen al telèfon sense haver d'aguantar gaire la música cacofònica que destrossa les millors intencions.

Que Roca té molts i bons amics al Partit Popular ho demostra el mateix Aznar, que li va proposar la cartera d'Afers Exteriors, senyal que confiava ben poc en el nacionalisme català de l'ara prestigiós advocat.

De la seva amistat intocable amb Florentino Pérez en parlarem més endavant, però ja us avancem que l'ha posat com a conseller al nou monopoli d'autopistes, Abertis Infraestructuras. I també s'asseu al consell d'Aigües de Barcelona, participada per La Caixa, i és secretari del Consell d'Administració del Banc de Sabadell –del qual La Caixa és el principal accionista–, el qual ha vehiculat precisament a través del mateix bufet de l'antic dirigent convergent tota l'operació de compra del Banco Atlántico, on hi havia altres *conseguidores* interessats en l'adquisició. Roca –i aquesta és la clau del seu èxit– domina els despatxos de Barcelona i els de Madrid i ja és el tercer bufet d'Espanya per darrere de Cuatrecasas i els Garrigues Walker, financers i coparticipants de l'Operació Reformista. Per cert, que a Garrigues & Andersen també hi treballa un altre home que fou decisiu a Presidència durant uns quants anys, Joaquim Triadú –fill del crític i pedagog Joan Triadú–, que ara que és important es fa les targetes en castellà.

ELS INTOCABLES

Roca, tanmateix, no és el rei Mides, i la seva tasca d'avantguardista en la frustrada OPA de Gas Natural sobre Iberdrola demostra que per més *amigo* que sigui del consorci popular, hi ha coses que als catalans no els estan permeses.

Però no passa res. Roca és un intocable. «Gran prestigi personal», «home d'Estat», «llarga trajectòria parlamentària», «pare de la Constitució» i «ciutadà de Barcelona» a més de «catalanista moderat», publica el seu article setmanal a *La Vanguardia*, on tan aviat et parla dels advocats laboralistes que ell coneixia de la seva militància antifranquista, com demana consens per mantenir entre cotó fluix la Constitució. Ara, però, Roca no es dedica a la política sinó a fer créixer el seu despatx. El primer grup de personal de Roca Junyent Advocats s'organitza el desembre de 1995 a partir de la fusió dels gabinets dels germans Segura de Luna, del seu cunyat Eduard Sagarra i de l'equip de Màrius Miró, Jordi Calvo i Josep Maria Torres, per afegir-hi després un altre notable que no és parent però sí amic d'universitat, Sebastià Roca. A més, per reforçar les seves esferes d'influència, el novembre del 2000 va integrar a la firma el despatx de Josep Melià, a Palma de Mallorca, fill, naturalment, de l'expolític de la UCD. I també Terricabras i Associats, especialistes en dret fiscal i tributari, amb vint-i-cinc advocats i economistes, i ha obert oficines a Moscou i Buenos Aires.

I tenen, és clar, despatx a Madrid, on fan la inspirada missió de mitjancers i tenen en Isidro del Saz, advocat, economista, professor de dret mercantil i especialista en dret fiscal, la mà dreta que negocia amb ministeris i ministrables. El 2000 facturaven ja milers de milions per honoraris. Però Roca té també casos que queden bé, com la demanda de la Unió de Pagesos contra la Comunitat Europea per les vaques boges, la seva mediació entre els treballadors i la direcció d'Iberia, o la defensa del bonastre de Puigneró, que arreplega conjuntament delictes fiscals i ecològics.

L'aprovació permanent dels pressupostos de l'Estat des de 1996 fins al 2003 –en l'últim, el de 2004, perdut el govern català, els convergents hi han votat en contra– exemplifica clarament la postura lobbista de CiU. Sense pensar en el conjunt del país ni en la política d'inversions que segueix preservant el dèficit fiscal acumulat, CiU, en nom de la governabilitat d'Espanya, té el costum d'aprovar un paquet tancat de mesures que en res no ajuden Catalunya, excepte en les transaccionals que col·loquen a la llei d'acompanyament dels pressupostos.

No tot ha estat nefast. S'han aconseguit exempcions per a les pimes, millores en la situació dels autònoms i altres bagatel·les menors que agraden a certs sectors però que tan sols són draps calents, com ara la reducció de l'IVA en certs sectors industrials. Així, pressupost rere pressupost s'aconsegueixen coses com la desgravació de la renda de les grans fortunes, coses que complauen gent com l'Instituto de la Empresa Familiar, creació catalana que tenia com a home de palla Leopoldo Rodés i que agrupa les grans empreses amb capital familiar.

UN NEGOCIANT DE GIRONA

Però per tancar el cercle del roquisme no pot faltar Josep López de Lerma, diputat des de 1980, durant sis anys vicepresident de la cambra i portaveu del Grup Parlamentari Català. Ha treballat pels interessos de la seva demarcació, i la prolongada estada al Congrés li ha permès tractar, també a fons, l'estructura del govern i conèixer tots els qui manen i saber exactament què manen. I ha fitxat per Cuatrecasas Abogados. Si, posem per cas, unes terrasses de Cadaqués tenen problemes perquè la llei de costes els impedeix estar massa a prop de la platja, ell sap exactament a qui ha de trucar per resoldre el problema. És evident que el segon gabinet d'Espanya no podia prescindir d'un home de tanta vàlua. Coneix tots els despatxos i a més, com a bon regionalista, «és lleial a l'estabilitat política que garanteix l'existència d'un govern eficaç». Per això fou un dels qui més va impulsar la renovació de l'acord amb el PP l'any 2000, ja que a ell no li agrada «la gesticulació nacionalista».

CATALUNYA O ELS INTERESSOS

Ha arribat un moment en què K té fins i tot un respecte quasi compassiu per Xavier Trias, perquè ha quedat al marge d'aquest esperit del clan roquista que havia imperat fins al 1999 i no ha creat cap xarxa d'interessos, primer perquè no podia –el PP ja s'ho feia tot sol– i segona perquè no volia. La base, la tramoia, ja funciona fora de les Corts Generals. El grup parlamentari de CiU no hi pinta res i en aquests darrers anys de majoria absoluta s'ha limitat a suplicar comprensió i bones maneres i a aguantar el tornado de les lleis feixistes que s'anaven imposant, com la llei de partits, que l'ànima reaccionària de CiU va votar a favor mentre que altres, com Carles Campuzano o Jordi Martí, s'hi oposaven. Cal dir, però, que CiU en ple va rebutjar el pas posterior, és a dir, la il·legalització d'Herri Batasuna.

Però Pujol, en una d'aquelles declaracions que fan feredat i expliquen l'ànima de l'expresident, deia el 8 de setembre de 1998 que en el cas del GAL «a cap país no s'hauria anat a judici», i que la cosa s'hauria pogut solucionar políticament, és a dir internament, sense deixar pistes, a més de negar-se en rodó a investigar la guerra bruta dels temps de la UCD. La governabilitat d'Espanya, això que CiU tant aprecia, passa pel silenci còmplice i indica prou bé quin ha estat el joc de CiU des dels temps de la Constitució. Un arranjament amb els poders fàctics que els permeti dominar Catalunya a canvi de tolerar les miserables agressions de l'Estat contra ciutadans indefensos.

SEGUIDISME I PREPOTÈNCIA

Algun dels màxims plaers de CiU, que per res replicava seriosament al Partit Popular en els anys de majoria minoritària, fou aquell discurs de Francesc Homs demanant al PP «l'adopció de mesures de xoc» a favor de la inversió i l'ocupació. I la borsa va baixar un 0,7% i els roquistes es devien sentir feliços de constatar que els poders econòmics els tenien un respecte reverencial i estaven als seus peus. Tant ho van demostrar que a l'hora de les privatitzacions, quan més pressió podien fer per col·locar homes de prestigi i exercir de veritable lobby català en l'onada d'empreses privatitzades, en l'únic que van pensar fou en posar, en consells d'Administració, amics com Carles Vilarrubí, enllaç entre Roca i els fills de Pujol, o Rafael Español, que deien sí a tot i ni tan sols influïen –és el cas de Vilarrubí a Telefónica, acomiadat el març del 2001 quan ja no feia falta CiU– perquè l'empresa en qüestió posés, almenys, publicitat a l'*Avui*.

Foren quatre anys perduts irremeiablement, amb alguna victòria pírrica, com ara la retirada del Decret d'Humanitats, que pretenia tornar a la visió visigòtica d'Espanya; però sobretot foren uns anys de constants baixades de pantalons amb amenaces velades que es van convertir en simples fanfarronades, com ben ràpidament van entendre els manaies del PP. És el cas del CAT a les matrícules, cosa que Convergència va deixar en *stand by* la legislatura del 1996 al 2000 i que va acabar amb la E obligatòria perquè pel PP no podia ser d'altra manera.

Que Pere Esteve, l'impulsor de la Declaració de Barcelona, abandonés CiU i ara sigui un dels líders d'ERC, a més de conseller de Comerç i Turisme, demostra fins a quin punt el sector sobiranista de CiU es va sentir menystingut, reduït a foc d'encenalls i condemnat a un pacte de legislatura del qual no en van treure absolutament res. Això sí, en qüestions de consciència, com un intent del PSOE per ampliar els supòsits d'avortament, la bona gent d'UCD van votar-hi en contra perquè els semblava nefast.

TOTS CONTRA EL BASQUISME

La falsa jugada de la Declaració de Barcelona, que mai no es va fer efectiva, va coincidir amb el Pacte de Lizarra i la treva d'ETA, que sí que van provocar una onada de pànic al govern central, perquè per primer cop es percebia la possibilitat d'una nova i sòlida majoria nacionalista, el final dels acords d'Ajuria Enea i la forçada col·laboració amb els espanyolistes –ara denominats constitucionalistes–, és a dir, la possibilitat d'un nou marc de relacions entre Euskadi i Espanya més enllà de l'Estatut de Guernika. Fou el final de la curta lluna de mel entre el PP i el PNB, que, a diferència de CiU, impulsava la seva pròpia companyia de telecomunicacions, Euskaltel, i plantava cara a les amenaces de Madrid. Així es va anar congriant l'ambient antibasquista, que no esclataria del tot fins a la segona legislatura amb la famosa llei de partits, que K recorda com un dels debats més tensos que mai no hagi viscut.

Malgrat que K va fer una esmena a la totalitat i va reclamar que no s'il·legalitzessin partits que defensen el dret d'autodeterminació i en canvi es posés fora de la llei els partits que han practicat o practiquen el terrorisme d'Estat, o que tenen vinculacions amb règims feixistes com el franquisme, la situació seria fins a cert punt tragicòmica perquè comportaria la dissolució del PSOE i el PP, i ningú no va fer-ne cas. Però K ja entenia que no es tractava de posar fi al terrorisme, sinó de guanyar vots a Espanya amb una retòrica paramilitar que exaltava la unitat sagrada dels espanyols contra els irredemptistes bascos. I es queixava que CiU, desobeint el seu propi electorat, no hagués votat l'esmena d'ERC per no penalitzar el dret a l'autodeterminació. K considerava que «un cop més es demostra que la base està segrestada per la cúpula de CiU, que només respon a interessos privats i familiars».

Aquell fou per a K un dels debats més tensos i agres perquè a les Corts hi regnava un ambient de paranoia, on socialistes i populars subhastaven mostres d'hispanitat brava i es carregaven article rere article la independència del poder judicial, que passava a ser una màquina d'esclafar dissidents. Trencar el fervor patriòtic i evitar que l'espanyolisme esdevingui un bloc monolític, sense veus diferents ni pluralitats semifederalistes, és el que intentava, i intenta K, i és potser aquell debat el que el va convèncer que el PSOE havia d'apostar per un altre model de país si al cap i a la fi volia sobreviure com a partit amb un ideari propi. I això explica també l'aposta d'ERC per un pacte tripartit amb el PSC per tal d'evitar el frontisme, la rasa entre nacionalistes i espanyolistes, i per construir un catalanisme d'esquerres que, sobre un programa de mínims, avanci cap a majors quotes d'autonomia. Però aquesta por que el PSOE acabi sent, com en el pacte antiterrorista o el pacte de la justícia, el camió escombra dels populars amb un seguidisme llardós era, i és, la pitjor alternativa per a Catalunya.

LA RETALLADA AUTONÒMICA

Perquè el que es pot dir d'aquesta segona legislatura és que ha estat l'atac més furibund contra les autonomies que s'ha desenvolupat des de la Loapa. La segona transició preconitzada per Aznar, un cop revalidat per majoria absoluta, ha estat desfer el sistema autonòmic per reconduir-ho cap a una regionalització-descentralització tutelada per Madrid, que és qui dicta les lleis orgàniques i els decrets imperatius. No convé fer-se pesat però la laminació del poder autonòmic com a camí per a la recuperació del poder imperatiu de Madrid supera l'imaginable: tenim la llei de qualitat de l'ensenyament, la LOCE, que va tenir una esmena a la totalitat per part d'ERC perquè, malgrat reconèixer que hi havia una manca d'inversió, la LOGSE, l'anterior reforma del PSOE, no havia avançat prou. Creia que la nova llei no faria altra cosa sinó derivar cap a un agreujament dels «problemas de la escuela pública, pues la privada le haría una competencia desleal seleccionando o discriminando el alumnado, y dejando la escuela pública como una especie de gueto para alumnos problemáticos o sin recursos», tot protegint les elits «que el gobierno ampara, proteje i subvenciona».

La segregació de l'alumnat segons els rendiments o la conflictivitat, afegida a l'allau d'immigrants, provocarà un desastre sense pal·liatius a l'escola pública. El canvi de regulació en l'ensenyament és, de fet, una contrarevolució absoluta. S'implanta la revàlida, el títol obligatori per obtenir el batxillerat, i els continguts de l'examen seran controlats pel ministeri d'Educació, cosa que escamoteja competències a les autonomies. D'altra banda, el desplegament de la LOCE ha reintroduït la religió com a assignatura obligatòria i ha establert l'obligació de fer quatre hores setmanals de castellà al batxillerat. De fet, heus aquí la trampa: el català pot tenir les mateixes hores de docència que el castellà però en detriment d'altres assignatures, com ara matemàtiques o biologia, i obliga els centres a triar per on retallen: «La lengua propia de Cataluña es para la LOCE sólo una asignatura complementaria ocasional, mientras que la castellana es obligatoria.» I pregunta K a la ministra Pilar del Castillo: «¿Qué hará para imponer estas horas? ¿Enviará la Alta Inspección? ¿O la Guardia Civil? ¿Acaso cerrarán los Institutos? ¿O suspenderán al profesorado que no lo cumpla?» Comptat i debatut, no és sinó una llei que canvia radicalment el panorama educatiu sense cap estudi previ d'investigació, sense dotar-lo de nous recursos i que, la veritat, sona més a venjança del PP i els seus estimats *catedráticos* de batxillerat contra una LOGSE que els reduïa, segons ells, a cuidar nens problemàtics.

Després va venir la llei de formació professional, que introdueix l'Estat en els àmbits de la formació reglada ocupacional i crea uns instituts que depenen de l'executiu central, quan la gestió, en realitat, pertoca al govern català, que és qui ha recorregut la llei. Llavors, sense estar-se de res, calia també reformar la universitat, de manera que tornem als vells bons temps: les acreditacions del professorat universitari de tot l'Estat passen a través d'un nou comitè, l'agència estatal d'avaluació i acreditació, de manera que, en termes planers, les oposicions es tornen a fer a Madrid. I CiU, previsors com són, van votar a favor pensant-se que podrien fer una llei catalana d'universitats amb la qual ells podrien controlar l'acreditació dels professors, inclosa la lingüística, cosa que, òbviament ha estat objectada pel govern central.

I més endavant hi ha la llei d'estabilitat pressupostària, que inclou el famós dèficit zero per a tots els òrgans de l'Estat i que deixa les comunitats autònomes sense cap possibilitat de recórrer al deute públic. Doncs bé, aquesta llei, qualificada de veritable Loapa per Convergència, va acabar en un acord transaccional i no per fer precisament que els governs autonòmics fossin l'última instància per aprovar els plans de correcció econòmica i financera del deute adquirit. El que es feia era deixar en mans del Consejo General de Política Fiscal y Financiera la potestat de vetar qualsevol pla presentat pels governs autonòmics. Però la ficció, el simulacre, que la Generalitat o el Parlament poden fer els plans que vulguin, que Madrid ja se'ls carregarà, li va bastar a CiU per votar-hi a favor. I així anar fent. Per seguir asfixiant les autonomies, res de millor que la modificació de la llei orgànica pressupostària, que, un cop prohibit l'endeutament de les comunitats autònomes, traça unes definicions marc per als pressupostos de les administracions públiques i esborra així la capacitat de generar polítiques pròpies des de les autonomies.

Si es fa una llei general pressupostària, és l'Estat qui fixa la definició marc per als pressupostos de totes les administracions públiques, de manera que la capacitat de les autonomies per fer una política real pròpia, a través del pressupost, queda pràcticament eliminada. Llavors, cal anar més enllà i crear la llei d'hisendes locals, que suprimeix l'IAE (l'impost d'activitats econòmiques) sense contrapartides per als ajuntaments que el cobraven i no admet una legislació pròpia per al finançament, per exemple, de consells insulars, municipis de muntanya o els consells comarcals que ni poden crear tributs ni en poden perdre. L'ofegament de la hisenda local per part de l'executiu d'Aznar ha estat un tema que sempre ha preocupat el diputat K. Un exemple, ben concret, és Santa Coloma de Gramanet, que ha pogut sobreviure gràcies a les subvencions de la Unió Europea perquè el regne d'Espanya no ha pagat durant anys ni una pesseta. Ofegats i sense recursos, cada cop més controlats per l'Estat, els ajuntaments, sense ajuda pública, fan recaure en els ciutadans el dèficit que l'Estat no els abona ni els pensa abonar.

El PP s'ha ficat en absolutament tot allò que era legislable des del punt de vista autonòmic, com el projecte de modernització del govern local, que rebla el clau de l'ofec dels ajuntaments de tal manera que és l'Estat qui estableix les bases jurídiques de les administracions locals, no reconeix la comarca i deixa fora de tota via legal la possibilitat que Barcelona se serveixi de la Carta Municipal, aprovada pel Parlament català.

Fins i tot aquelles competències que semblaven intocables no han frenat l'ímpetu reformador d'Aznar, com el projecte de llei de disposicions específiques en matèria de seguretat social, que, amb la còmoda majoria absoluta del PP, s'imposarà sense canvis i impedirà els complements o compensacions de pensions en l'àmbit autonòmic. Així s'han enfrontat amb Catalunya o Andalusia, que ho ha enviat al Constitucional per considerar que els complements violen «la igualtat entre espanyols». El menyspreu absolut cap al règim autonòmic arriba a límits de veritable misèria moral, com ara en la llei de subvencions que ha impulsat el ministre d'Hisenda, Cristóbal Montoro. Segons aquesta llei, agafin-se, la Generalitat ja no tindrà dret a donar subvencions ni a un grup de caramelles sense passar abans per un marc normatiu que dicta com s'han de concedir les subvencions, les sancions que s'han d'establir i l'autorització prèvia del Consell de Ministres.

Tot sigui, diu el PP, per controlar la despesa pública. En aquesta segona legislatura, com si tinguessin por de perdre la majoria absoluta, el PP s'ha encarregat de fer entrar per la via directa, sense consens ni hòsties, que és com cal dir les coses, alguns projectes-bomba, com ara la llei de règim econòmic i de prestació de serveis en els Ports d'Interès General, cosa que retalla funcions autonòmiques en el Consell de Ports de l'Estat de manera que de mica en mica l'Estat pugui controlar els ports que fins ara eren organismes amb representació autonòmica. I si algú reclama, com ja ha fet K, la millora de les línies Manresa-Lleida o Barcelona-Puigcerdà, simplement se li diu que no és prioritari i s'empesquen un projecte de llei del sector ferroviari que tanca les portes a la possibilitat de traspassar a les comunitats autònomes la gestió en matèria ferroviària, inclosos els trens de rodalies. Fins i tot quan CiU i ERC proposen una moció per reactivar i millorar la línia Barcelona-Puigcerdà, Álvarez Cascos es fa el sord i prefereix deixar que es podreixi –tota la inversió va per a l'AVE– abans de traspassar-la a la Generalitat. Han calgut sis descarrilaments per posar fil a l'agulla i que Cascos prengui el tema en consideració.

Després, per tocar els collons als presos bascos, es modifica la llei orgànica penitenciària només per obligar-los a estudiar a la UNED i no a la Universitat del País Basc, o s'inventen el compliment integral de penes per delictes de terrorisme, cosa que significa, en la pràctica, una cadena perpètua. Però per aquest tema no cal patir. PSOE i PP estan d'acord en el seu renovat patriotisme constitucional i no passa res si la Guàrdia Civil tortura Martxelo Otamendi, director d'*Egunkaria*, i es fan passar diaris, associacions lingüístiques o herrikotavernes per terroristes. Només la darrera genialitat del PP –cinc anys de presó per a qui convoqui referèndums considerats il·legals per l'Estat– ha molestat el PSOE que, malgrat ser tan lleial, ho creu, tot plegat, una mica massa fort.

I si no fes plorar, faria riure, perquè una llei tan regional i tan poca cosa –un exercici de seny– com la llei catalana d'ordenació vitivinícola aprovada per consens al Parlament de Catalunya ha rebut la resposta contundent del Govern espanyol, que segueix els interessos dels productors de La Rioja, els quals tenen denominacions d'origen en diverses comunitats i no volen una marca com Catalunya, delimitada pel seu territori, a més de les denominacions d'origen comarcals o supracomarcals. O sigui que es retallen facultats a la capacitat autonòmica d'ordenar els consells reguladors i les denominacions d'origen.

En essència, l'Estat elabora normes bàsiques, superiors a les autonòmiques i així retoca al seu gust els articles que es refereixen als vins amb denominació d'origen, als òrgans reguladors i al sistema de control i certificació, i, és clar, al sistema de penalitzacions, infraccions i sancions. Tenint en compte que l'INCAVI, l'Institut Català de la Vinya i el Vi, ja va ser transferit durant el govern Tarradellas i que Madrid ja mai més no es va preocupar d'un assumpte tan casolà, cal reconèixer que l'actual executiu d'Aznar és especialment paranoic, i ja pot anar dient K que la llei catalana «crea un marc suficientment flexible entre millora de la qualitat i competitivitat de les empreses, democratització de consells reguladors i coexistència de vins i cellerers comunitaris», que el PP es fa el sord peti qui peti.

El Govern espanyol, el desembre del 2002, va fer la seva potineria vinícola i CiU es va quedar en blanc, com si la cosa no els toqués el voraviu, i no van votar el que hauria estat lògic: l'esmena a la totalitat que va votar ERC contra la llei espanyola del vi. Ni saben ni contesten. I la cosa adopta rivets tragicòmics perquè allà on el govern català regula coses que no poden emprenyar ni al mateix Caudillo si ressuscités, arriba el PP i desfà l'*entuerto.* Que Catalunya regula el testament vital, doncs fot-li: rang de llei bàsica al testament vital espanyol i desaparició de la catalana, que ha estat copiada íntegrament pel PP. En aquest cas sí, tots els partits catalans, menys el PP, van recórrer davant del Constitucional. I més minúcies i foteses que demostren que el PP no està ni tan sols per la descentralització purament administrativa. Una cosa com regular mesures de no discriminació de les persones amb discapacitat que lògicament hauria de potenciar la institució nacional, ja té projecte de llei estatal que envaeix les minses competències administratives de la Generalitat.

Amb altres coses, és cert, el govern ha atacat per flancs que tenen més lògica perquè indiquen, com en el cas de la vinya, on els de La Rioja van fer pressió, que els lobbies duen a terme la seva política i el PP els regala les lleis que necessiten. Si les grans superfícies, lobby reconegut i real, volen que el 2005 hi hagi llibertat absoluta d'horaris d'obertura i tancament tots els festius que vulguin, doncs Aznar els ho porta amb safata i recorre davant del Constitucional les lleis de grans superfícies aprovades per Catalunya. I, no cal dir-ho, posar-se a mans del Tribunal Constitucional dirigit ni més ni menys que per Manuel Jiménez de Parga –un d'aquells que seduïa progres als anys seixanta des de la seva càtedra barcelonina i es fotia, abans discretament, dels catalans– és com fugir del foc i caure a les brases. Perquè la pulcra imparcialitat d'un tribunal que s'ha convertit en un partit de ping-pong entre l'Estat i les autonomies és més que dubtosa.

I, és clar, n'hi ha més. Els populars, convençuts que guanyaran, han posat un plet contra la llei d'accessibilitat (sobre passos i accessos a propietats) al Codi Civil català, a la llei de protecció civil, a la llei de grans superfícies i a la llei de seleccions esportives, aquesta darrera amb tota fermesa perquè allò que Espanya mai no tolerarà –per això el Pla Ibarretxe hi passa d'estranquis– és que hi hagi més d'una selecció esportiva a més de l'única possible. És una qüestió precognitiva. Malgrat el mig milió de firmes pro seleccions catalanes, Espanya preferiria suïcidar-se en bloc abans de veure les banderes de Catalunya i Euskadi onejant en esdeveniments internacionals. I per aquí no hi passaran –mai– ni PSOE ni PP. Excepte potser, com dèiem abans, en trofeus de ping-pong.

La realitat és la que K sempre ha presentat al Congrés. Estem davant un nacionalisme excloent i desacomplexat. I no els ho retreu. N'admira la coherència com a enemic que cal batre i els reconeix els mèrits. Per tant no el va sorprendre gens ni mica l'espectacle de la megabandera espanyola a la Plaza Colón que tants esgarips va provocar entre els convergents. «Quina bandera hi havien de posar? La ikurriña?», em deia. Les foteses o les animalades del PP no són el veritable perill, sinó precisament que a tots els nivells es fomenti la idea «que a l'Estat només hi ha una nació i una bandera», i que això suposi tornar a les essències del franquisme: una «espanyolització i militarització de la societat» bastant més paorosa que les limitades respostes perifèriques.

I CiU encarna, per a K, el desastre d'una política catalana que hauria de saber enfrontar-se amb aquest nacionalisme espanyol des d'un catalanisme conscient i decidit. Els ha vist desinflar-se, demanar afecte. És trist veure Trias, Sánchez Llibre i Duran Lleida fent la cort a Rato perquè pensaven que era el successor. K els ha vist implorar bona voluntat envers Catalunya, però han votat cada vegada, un any i un altre, uns pressupostos que magnifiquen el dèficit fiscal de Catalunya –la diferència entre els impostos que paguen els catalans i allò que reben de l'Estat– i que serveixen bàsicament per a dues infraestructures. I escolteu Aznar quan argumenta, si ho podeu aguantar, com ha crescut la inversió de l'Estat a Catalunya: les obres de l'AVE, començant pel tram Madrid-Lleida, radial a tota marxa, i la seva desconeguda connexió transpirinenca, i amb l'eix mediterrani, que arribarà quan molts de nosaltres ja estarem jubilats i, no cal dir-ho, el projecte faraònic per excel·lència, el Pla Hidrològic Nacional, que vol regar els votants murcians i valencians del PP amb els recursos de l'Ebre i que ha provocat un dels moviments de protesta més originals i valents dels darrers anys a Catalunya, on CiU, entre ambigüitats i bizantinismes, ha donat suport a un pla que acabarà amb el poc que ja queda del delta de l'Ebre.

UN FINANÇAMENT PER A SOQUES

L'única fita important d'aquesta legislatura a tota màquina ha estat, per dir-ho així, el gran èxit que el conseller d'Economia, Francesc Homs, i tot el bloc de CiU van tenir el 2001 en obtenir quelcom que van anomenar històric. Un nou finançament autonòmic que pràcticament solucionava l'asfíxia econòmica de Catalunya i que podria durar per sempre. Se'n recorden? Les hemeroteques anaven plenes d'autobombo i egolatria. Finalment la política de peix al cove donava fruits en un terreny més que fràgil. La idea, que partia d'Antoni Castells, diputat socialista, i avui conseller d'Economia i Finances, consistia en el fet que l'Estat cedís a les autonomies de règim comú –totes aquelles que no tenen concert econòmic– una cistella d'impostos estables i anuals que permetrien a la Generalitat disposar de líquid suficient per encarar tota mena de projectes.

Però en cap cas no es va entrar a negociar el dèficit fiscal acumulat, que a Catalunya rondava, el 2002, els 14.730 milions d'euros, un 10,3% del PIB català, un desequilibri creixent que perjudica la creació d'infraestructures –segrestades per empreses privades d'autopistes– i redueix els serveis socials bàsics, des de les pensions fins a les guarderies. Que ens empobreix cada cop més, vaja. El PP s'ha negat, sempre, a publicar els balanços fiscals de les comunitats autònomes i només durant el final del PSOE, entre 1991 i 1995, es van calcular aquestes dades. I el cas és que a Alemanya, tota aportació dels lands a l'Estat que superi el 4% del PIB es considera un llast per al desenvolupament regional.

Perquè a més hi ha un mite, un *camelo*, que ara mateix predica Esperanza Aguirre: els madrilenys són més solidaris que ningú i també els que més paguen a la caixa comuna. Falsedat òbvia perquè moltes empreses tenen les seves fàbriques i facturen en unes comunitats, però la seva seu fiscal és a Madrid i, per tant, els seus impostos s'imputen íntegrament en aquesta comunitat. O sigui que s'hi recapten 8 dels 17 bilions de pessetes que va ingressar el ministeri d'Hisenda en la seva última memòria, la del 2000, un percentatge molt superior al 17,5% que Madrid va aportar al PIB espanyol aquell any. Però la clau de l'estafa comptable és la imputació territorialitzada de la inversió i la despesa pública de l'Estat.

El veritable flux monetari implica que si el Teatro Real s'ha construït a Madrid, el seu cost s'imputi a la comunitat en qüestió, però els demagogs del PP consideren –en diuen el *beneficio*– que aquests serveis són per a tots els espanyols i, per tant, la seva construcció l'hem de pagar, també, els catalans. I els 400.000 funcionaris que hi ha a Madrid, els quals xuclen dels ingressos procedents de tot l'Estat i viuen, gasten i compren a la capital, es dilueixen, es paguen, que quedi clar, entre totes les comunitats, alterant d'arrel el càlcul de la seva balança fiscal i distorsionant les xifres.

Tot el que sabem del cert ja ho va dir Antoni Castells en l'estudi sobre *Las balanzas fiscales en España 1991-*

1996, publicat per Ariel el 2000, on Madrid presentava un saldo fiscal mitjà amb l'Estat igual a zero, enfront d'un dèficit fiscal català amb l'Estat del 7%. I les fundacions paraestatals diuen, ara, que l'efecte capitalitat col·loca Madrid com a líder en contribució fiscal a l'Estat –11.341 milions d'euros– per sobre de Catalunya –10.862 milions d'euros– sense tenir en compte la composició real de la renda de la Comunitat Autònoma de Madrid guanyada a altres territoris: retencions extra en beneficis empresarials, rendes de lloguer, propietat immobiliària, seus fiscals i grans programes d'inversions en infraestructures que, si bé són per als madrilenys, es paguen bitllo-bitllo entre la resta de súbdits.

LA CISTELLA DE LA CAPUTXETA

Però el cas és que CiU, en lloc de forçar un debat sobre aquest tema clau, va preferir el caramel financer que li va proposar el PP l'any de gràcia del 2001. De manera que la Generalitat, gràcies al nou model, passa a participar, des del 2002, del 33% de l'IRPF, del 35% de l'IVA, del 40% d'aguns impostos especials (tabac, alcohol i hidrocarburs) i del 100% dels impostos d'energia i matriculació. Aquesta és la famosa cistella d'impostos que es quedava la Generalitat o la Junta d'Andalusia, però ja per començar, el Govern espanyol rebaixava, per un import equivalent, les transferències amb què durant més de vint anys anava finançant la despesa transferida, les quals arribaven amb un considerable retard i obligaven a l'endeutament per afrontar els pagaments més immediats.

I la cistella en qüestió es basa en impostos regressius, o d'imposició indirecta, que, com l'IRPF, han anat reduint-se en perjudici de les comunitats autònomes. Els 771.000 milions de pessetes addicionals que hauran de generar-se entre el 2002 i 2006 representen tan sols el 50% del dèficit fiscal d'un sol any, amb la possibilitat, inclosa, que alguns d'aquests impostos indirectes es retallin i desapareguin. I com que el nou model de finançament no garanteix més recursos per a la Generalitat, aquesta assumeix la gestió d'una despesa com la sanitària, que acostuma a créixer entre un 5 i un 10% anual, situant-nos, si no en la futura bancarrota, almenys en una contenció de costos que pot tenir efectes molt negatius sobre la prestació sanitària real. I amb l'amenaça d'una llei de coordinació sanitària autonòmica, ara que la sanitat ha estat transferida a totes les autonomies la volguessin o no. De manera que si al govern de Madrid se li acudís que l'ortodòncia ha de ser pública, i el model de finançament no recull aquesta innovació ni té pressupost per aplicar-la, es podria produir un col·lapse en les arques ja endeutades del sistema sanitari català.

Per acabar-ho d'adobar, el govern d'Aznar, amb el suport del PSOE i de CiU, va decidir tancar els cicles negociadors –revisió que es duu a terme cada cinc anys– i considerar el nou sistema de finançament com a intocable. El sistema de lands alemanys és ben diferent, ja que en cas de tenir un dèficit fiscal cessen les seves aportacions a l'Estat en qüestió per no malmetre la seva capacitat de generació, producció, renda i riquesa.

Tota la legislació que CiU s'acaba empassant i la feble negociació del finançament autonòmic deixen els pressupostos catalans al caire de l'abisme i obliguen, malgrat ja no sigui permès, un endeutament històric que és un llast que s'arrossegarà molts anys. Catalunya viu l'efecte murcià. Està integrada en catorze comunitats de règim comú. Societats agràries com Múrcia o La Rioja tenen el mateix motllo de finançament que Catalunya, sense tenir en compte la complexa sanitat catalana, cada cop més exigent en prestacions de serveis, un grapat d'universitats, una xarxa viària imponent i una elasticitat de la demanda –una societat més complexa, sofisticada i postindustrial requereix més, nous i millors serveis socials– que no té res a veure amb les demandes d'Extremadura. I per això ERC ha defensat separar el règim comú en quatre comunitats –Madrid, València, Balears i Catalunya– que requereixen un tracte fiscal diferent, però el conseller Francesc Homs tenia cua de palla i era massa conegut a Madrid per fer-li cas.

Homs, com ja hem dit, no va plantejar en cap moment problemes de negociació, i es va dedicar a allò que tan bé sap fer la Generalitat de Catalunya: propaganda de les virtuts de la cistella d'impostos mentre s'empassava o es carregava els principis de la LOFCA, que requerien renegociar el finançament cada cinc anys. Donava per bo i no renegociable el pacte amb el PP d'aquell fantàstic 2001, una veritable odissea de l'espai sideral. De les noves propostes sorgides amb el pacte tripartit al govern de Catalunya en pot sortir un pla de funcionament que canviï aquests esquemes tronats, però el PP no ha parat de proclamar que ha sigut el govern més descentralitzador de tota la història d'Espanya, i que en qüestió de mesos va transferir a totes les comunitats autònomes els serveis de sanitat, per més que alguns no els volguessin.

LA FALSA DESCENTRALITZACIÓ

Operació de maquillatge rodona i perfecta. Es traspassa una càrrega que galopa cap a l'augment desesperat de la inversió, els funcionaris, els serveis, l'assistència, però tot s'ha de treure de la miserable cistella d'impostos, on no hi ha possibilitats reals de nous tributs que gravin els increments cada cop més exigents de la sanitat pública. I amb una llei d'estabilitat pressupostària, del dèficit zero, que impossibilita, il·legalitza, com els agrada fer a pleret, la possibilitat d'un finançament extraordinari. Al final, per a molts, el camí de la privatització i la concertació de serveis serà l'única solució per evitar el col·lapse de la sanitat, però el govern de José Mari es queda tan tranquil. La conclusió de l'estat de les autonomies ha quedat enllestida. Vista per sentència. I que ningú no esperi res de nou perquè tot el que es podia repartir s'ha repartit i el govern central s'ha atribuït les funcions de comissari polític que fixa, a base de lleis orgàniques, decrets llei i alertes, fórmules legals per on s'han d'encaminar les autonomies.

La cohesió nacional d'Espanya, el veritable projecte neofranquista del PP, s'ha complert pràcticament en una legislatura de bojos on l'oposició ni temps tenia per estudiar les propostes de llei ni per preparar esmenes, i on tot s'ha fet passant pel corró de la majoria absoluta. I amenaça d'acabar amb els drets històrics del bascos per la via de l'article 155, o llei de l'embut, per a tots aquells que gosin qüestionar un motllo tancat per sempre més. A Espanya només falta posar fi al terrorisme perquè Aznarlandia sigui el país de les meravelles. I qui no ho vegi clar que es faci fotre. I és el que K ha pogut observar en quatre legislatures. Els ha recordat almenys que qui paga la festa de la hispanitat és Catalunya i que ja està bé de prepotència i autoritarisme. És cert que de tant en tant ha posat nerviosos alguns ministres, com Rato, i les seves irregulars empreses de família, o a Aznar, que cada cop estava més irascible, però certament allò que més feredat li ha fet és aquest seguidisme del PSOE en assumptes de fons.

Per a un diputat del grup mixt, un solitari entre exèrcits de patriotes constitucionals, la majoria absoluta i la negligència del PSOE posen en qüestió el trencament, suau i calculat, del marc orgànic que intenta reimposar el PP. Aquesta segona transició, en la qual Espanya recuperarà l'orgull nacional, rematarà el català allà on pugui –a la Biblioteca Nacional o en les acreditacions de les escoles d'idiomes, on s'inclourà el valencià com a llengua diferent– i jugarà a fanfarronejar amb l'actitud imperial d'Aznar, que ara sap que és membre de l'imperi del bé i que considera tan terrorista un fedaí iraquià com un presumpte etarra. Aznar viu i divaga sobre el somni imperial, i les Corts no han de ser altra cosa sinó una màquina trituradora que no en deixi passar ni una. K va dir-li al president del Govern espanyol durant el debat de l'Estat de la nació del juliol del 2002: «sin tricornio, pero con el mismo bigote, reaparecen tics y actitudes que creíamos desterradas» perquè «lo más negro de la dictadura, es decir, la intransigencia, la intolerancia, el autoritarismo y el nacionalismo español más rancio han vuelto al primer plano de la vida española con aparentes formas de legalidad democrática». Però a K no li bastava fer discursos que irritaven Aznar. Ell havia anat a Madrid per assabentar-se a fons de la realitat d'un poder que des de Barcelona tendeix a veure's de forma massa subjectiva i ombrívola. I per tant va establir-se a la comissió d'Indústria i Energia, que, després del cas Gescartera, li serviria per controlar de prop la Monopoly People, els nous rics del PP, l'entramat que estava canviant el mapa econòmic de l'Estat per convertir-lo en una maquinària al servei del poder. I a fe de Déu que el diputat K va comprendre, per exemple, la gran estafa de les privatitzacions.

La Monopoly People

Per a K, com ja hem insistit, Gescartera fou la seva immersió en el submón del poder econòmic madrileny. Així va descobrir que per les intricades teranyines d'un afer aparatós hi pul·lulava gent de l'entorn empresarial del PP. I això va portar-lo a fer-se més preguntes. Fins a quin punt hi havia una superestructura econòmica i financera que dominava els ressorts del poder polític? O, dit a l'inrevés, fins a quin punt hi havia un govern que amb la coartada de les privatitzacions i el capitalisme popular estava creant un entramat, un lobby, que relligaria els grans interessos macroeconòmics a base de peons situats a tots els oligopolis privatitzats? A partir d'aquí, el Partit Popular aconseguiria el desitjat objectiu d'acaparar el control, o l'amistat, tant de les velles castes empresarials com dels nous rics sorgits de la borsa, de l'especulació immobiliària o els grans contractes de l'Estat. Perquè el liberalisme –recordem-ho, la bandera del PP– significa la no-intromissió del poder polític en els àmbits de decisió econòmica excepte quan aquests tendeixin a postures monopolístiques o mafioses que actuïn contra la lliure competència.

I K sospitava, com gairebé tothom, que el PP estava fent una reestructuració del capitalisme espanyol potinejant a tots els nivells perquè no se'ls escapés cap punt d'influència. Gas, electricitat, telefonia, petroli, tots els monopolis teòricament desmantellats i que eren en gran part la carcassa de l'INI franquista, estan avui a les mans de fidels incondicionals que segueixen el dictat de la Moncloa i s'escampen per Amèrica Llatina com en els vells temps imperials.

Quan K arriba al Congrés, el 2000, tot el peix està venut. Les principals privatitzacions ja s'han realitzat i la gran maquinària inversora està en plena marxa.

Mentre que el PSOE s'havia dedicat més aviat a desmantellar les parts més ruïnoses del sector públic, com les drassanes o la siderúrgia, per adequar-se al perfil que volia la CEE, el PP, ja des del maig de 1996, adopta com a divisa el compliment dels acords de Maastricht elevant el nombre d'ingressos de l'Estat, venent-se doncs les seves empreses, i transmetent allò que se'n diu confiança al mercat. Parlaven d'oferta plural, gestió privada i llibertat d'escollir. I així es van vendre les seves participacions a Endesa, Repsol, Tabacalera i Argentaria, cosa que suposava la liquidació efectiva del 75% del patrimoni empresarial de l'Estat. Però tot plegat era una trampa ben rodona. Perquè l'operació sortís a la primera, el govern d'Aznar va buscar gent de confiança per dirigir les empreses, perfils ideològicament propers, i després va posar en venda, a través d'una Oferta Pública d'Accions, o OPA, el paquet d'accions de l'Estat, que no supera gairebé mai el 25%. Una part se la queden els petits accionistes i l'altra el sector institucional, format per empreses i entitats financeres.

TELEFÓNICA COM A MODEL

El cas de Telefónica és paradigmàtic, perquè fou l'operació de la qual es va fer més publicitat i va suposar que l'Estat ingressés 600.000 milions de pessetes del 20,9% d'accions que encara posseïa de la companyia, mentre que el nucli dur –aquelles institucions que controlaven com a mínim un 5% del capital– quedava constituït pel BBV, Argentaria i La Caixa. Però feta la llei, feta la trampa. L'Estat conserva la *golden share*, o l'acció d'or, el 0,11% de la propietat, i es reserva el dret de veto sobre operacions estratègiques, com la compra d'un paquet accionarial significatiu per part de qualsevol grup empresarial o la venda d'actius importants de l'empresa durant deu anys. A més, les xarxes i la infraestructura quedaven en mans de Telefónica, de tal manera que durant força temps la privatització només ha valgut la pena en mòbils i trucades interprovincials i internacionals, mentre que la marca-mare exercia de monopoli *de facto* en les trucades locals i imposava tarifes d'interconnexió massa elevades per als seus competidors. Com que els astuts gerents de Telefónica havien apujat tant les tarifes urbanes, quan aquestes finalment es van liberalitzar, vam ser víctimes d'un efecte òptic perquè, malgrat la rebaixa de preus, tots ho havíem pagat per avançat.

I llavors va arribar l'àngel santificat de la telefonia, Juan Villalonga, amic d'infància d'Aznar que havia fet carrera com a financer i advocat per a diversos despatxos, com el de Miguel Blesa, actual president de Caja Madrid. Els primers anys de la nova Telefónica són un manual d'arrogància i una orgia perpètua de divises i més divises. Telefónica és el mascaró de proa de la campanya governamental per controlar el mercat mediàtic amb la compra d'Antena 3, la creació de Vía Digital, l'adquisició fraudulenta, absolutament inflada, d'Endemol Entertainment Holding, una de les productores de televisió més important d'Europa, que també es va aliar amb la Gestmusic dels extrincaires, i, *last but not least*, la inserció de publicitat als diaris, un sistema sempre eficaç per mantenir les boques tancades, ja que les magnífiques campanyes de Telefónica eren vitals per als mitjans de comunicació.

Es tractava de crear una empresa-monstre en l'àmbit de les telecomunicacions que competís a nivell mundial i fes realitat el somni de José Mari d'asseure's algun dia entre els països més rics del món. I així ho fa Villalonga, a través d'un remolí d'aliances, intercanvis d'accions i fusions que compra televisions a Argentina, la cadena Onda Cero o participa a Audiovisual Sport. En aquells anys de lluita ferotge contra el polanquisme, la gran guerra dels cent anys entre el grup Prisa i els diaris i mitjans de la dreta més cavernícola, anomenats amistosament el Sindicato del Crimen, semblava que Telefónica, amb el vistiplau del Capo de la Moncloa, podia ser l'abanderada que ho acapararia tot, des del Grupo Correo, d'on era accionista el BBV, fins a sondejar *La Vanguardia* per rapinyar accions del Grupo Godó.

Però això que era un favor polític i personal al seu bon amic d'infància, es barrejava amb accions de més envergadura, com ara la conquesta de les Amèriques a partir d'una ampliació de capital de 922 milions d'accions que li va permetre controlar Telefónica Argentina, Telefónica Perú i la telefonia fixa de São Paulo i altres companyies de Veneçuela, el Salvador, Guatemala o Puerto Rico amb la idea fixa d'una integració total del mercat llatinoamericà. Després vindria el Marroc i la resta del món. No hi havia límits per a l'ambició de Villalonga. El Grupo Telefónica, a base de precarietat, subcontractació i ramificacions inescrutables augmentava i creixia, i no s'aturava gràcies també a l'eliminació de 30.000 empleats fixos, cosa que va permetre reduir la plantilla a uns 46.600 treballadors a finals de 1999.

I per fer contents tots els taurons que s'emborratxaven en aquell mar de beneficis, Villalonga es va inventar una nova forma de capitalisme popular: les *stock options* o fórmules retributives per incentivar el seus directius. En altres paraules, l'empresa reserva un nombre d'accions (tan ampli com es vulgui) per al seu equip directiu i quan convé els ofereix de comprar-les a un preu pactat, fixant un marge de temps per poder vendre-les i quedar-se amb els beneficis, és a dir la plusvàlua. Són rendes irregulars, per tant hisenda se'n queda molt poc. Així, el febrer de 1997, la Junta d'Accionistes de Telefónica va organitzar un pla d'accions a tres anys per a cent directius de l'empresa dividits en quatre categories: un primer grup de beneficiaris, és a dir Villalonga; en segon lloc, els consellers delegats de les filials, els membres de la comissió executiva i els directors generals; en tercer lloc, els subdirectors generals, i finalment les persones amb diferents càrrecs.

Encara que sigui rocambolesc, mirarem d'explicar com funciona. S'oferia al grup de directius assedegats de beneficis d'adquirir 307.000 accions a un preu fix de 3.300 i 4.900 pessetes. Al cap de tres anys, els beneficiaris podrien gaudir de les plusvàlues generades si augmentava el valor de les accions, i en cas contrari, cap problema, la diferència la pagaria una companyia asseguradora contractada. En tres anys, les accions de Telefónica van augmentar un 375% i, per tant, el 1999 hi havia 81.000 milions de pessetes per repartir entre cent directius.

LES MANIOBRES DE VILLALONGA

Era l'estil americà que Villalonga, convençut que anava a fer la gran multinacional transoceànica, importava dels EUA. Allà, fins i tot als empleats, no només als directius, se'ls ofereix una part de la seva retribució en forma de *stock options* i gairebé un 8% de la força de treball arriba a finals d'any amb els beneficis extrets a les borses. Però la veritable estratègia de les opcions sobre accions és blindar i fer fidels els càrrecs de l'empresa per un llarg temps a fi d'evitar que acceptin ofertes de la competència, ja que si marxen no podran cobrar les plusvàlues.

D'aquí a l'especulació financera d'alt nivell només hi ha un pas, i s'abandona qualsevol projecte constructiu al joc borsari. L'escàndol que va produir la descoberta de les maniobres avantguardistes de Villalonga va provocar un fort impacte mediàtic, però el govern es va limitar a col·locar una esmena a la llei d'acompanyament dels pressupostos en la qual s'exigeix que la Junta d'Accionistes autoritzi aquest tipus de retribucions, que es comuniqui a la CNMV i que es reculli als estatuts de l'empresa. Una mesura de control perfecta que deixava en la impunitat els plans de Villalonga.

K sempre ha tingut clar que Villalonga gaudia de l'afecte entusiasta d'Aznar, perquè ell era un simple inspector d'hisenda fascinat pel gran capital, i el que feia l'amic d'infància era fusionar el vincle entre el vell franquisme parasitari i obsolet i el neoliberalisme convenientment regulat que volia implantar el PP. I Villalonga, que tenia deliris de grandesa, era capaç d'explicar a un home sense una sola idea al cap –a banda del terrorisme– els beneficis immensos de les privatitzacions. Hi havia una nova generació d'empresaris que, per començar, no eren empresaris sinó corredors de borsa, agents de canvi i borsa, assessors fiscals, corredors de comerç i gent que es movia en el relliscós terreny de les finances. D'impagable ambició, lleials a l'Espanya única però delerosos de pujar posicions en l'escalafó i convertir-se en els senyors de l'economia, comptaven que el PP havia de ser l'instrument que accelerés un canvi social profund i imparable.

I per això tenien també la FAES (Fundación por el Análisis y los Estudios Sociales), que segueix sent el perfecte baròmetre de les intencions estratègiques del PP: des d'una reivindicació del nacionalcatolicisme, amb una creixent croada antiavortista, fins als plantejaments sobre com cohesionar això que en diuen Espanya. És a dir, tenien teòrics –Vidal-Quadras en seria un exemple– i gentussa preparada per agafar el relleu de la decadent política del PSOE, capgirada pel nou impuls del PP.

PRIVATITZACIONS A LA CARTA

El sistema de privatitzacions va ser igual en tots els casos: operacions dirigides a l'ocupació del poder empresarial públic, gràcies al qual van obtenir el control de deu de les onze corporacions privatitzades. Després el PP nomenava els consellers directius independents, valgui la ironia, i els centenars de càrrecs que van a parar a executius financers, intermediaris, assessors i gestors de bancs i fons d'inversió, que dirà sempre el PP, provinents també molts d'ells de consultories i bancs d'inversions com Goldman Sachs, Morgan, Mackinsey, d'on prové Villalonga, Price Waterhouse o Coopers. I entre tots ells controlen el 70% de la capitalització borsària creant tota una nova oligarquia.

Però alerta perquè si no s'entenen les claus d'aquesta oligarquia es provoquen derives poc saludables. El cas de Juan Villalonga il·lustra perfectament aquest mal esdevenidor de certs jugadors d'altura. Ell va considerar l'imperi de Telefónica a l'americana: regles de mercat pures i dures. Dirigeix un gran nombre de directius als quals enfronta en una competència interna sense límits morals en la qual ell actua com a àrbitre suprem acomiadant amics íntims o col·locant a perfectes desconeguts. Domina les tècniques de la manipulació financera, és un expert a escalfar o refredar la borsa, reparteix resultats que encara no ha guanyat i cotitza expectatives.

I per tant havia de caure. Primer perquè es va creure que això era Dallas i tot estava permès. I, en segon lloc, perquè es va atrevir a deixar la seva primera dona, Concha Tallada, que era la padrina, com Villalonga, dels tres fills d'Aznar, i alhora és intimíssima de la Botella, la qual no podia consentir que el Juanito, en la cresta del poder, s'enamorés perdudament de la imponent Adriana Abascal, vídua del multimilionari mexicà Emilio Azcárraga. Casat de nou, i amb un fill, Villalonga es va abandonar a la luxúria de Miami i va concebre grans plans sense entendre que la Moncloa, el nucli familiar, havia deixat de confiar en ell no tan sols perquè era un faldiller irrefrenable, sinó perquè a més s'havia cregut que Grupo Telefónica era una multinacional i les multinacionals, segons els seus esquemes ianquis, influeixen en els governs i no al revés.

Estimulat i exalçat pels grans fons de pensió i d'inversió americans i europeus, no es va adonar que Telefónica era d'arrel espanyola, o espanyolista, i que una cosa era pagar comissions a Fujimori i a Menem per poder instal·lar-se a Sud-amèrica i una altra de molt diferent era buscar fusions de tal nivell –com l'holandesa KPN–, que acabarien per convertir Telefónica en un grup fora del control de l'executiu i del nucli dur de l'empresa, La Caixa i el BBVA, als quals tractava com a adolescents malcriats. Ell ho sabia tot, i en aquest caïnisme propi de la hispanitat, el seu amic José Mari va passar a ser el seu pitjor enemic, perquè semblava que el món girava a l'entorn de Villalonga i no de l'excels president d'Espanya.

D'escàndols, Villalonga en tenia un munt, i mitjans afins al socialisme l'apunyalaven tant com podien, però fins i tot s'hi va afegir la premsa pepera i no tan sols per les *stock options*, sinó per veritables fraus a l'accionista, com ara la sortida a borsa del portal Terra, que va acabar al cap de pocs anys en una estafa monumental a petits accionistes que s'havien cregut allò de la nova economia d'Internet. La caiguda de l'àngel de les privatitzacions era una cosa cantada però almenys se'n va anar, per acomiadament improcedent, amb una indemnització de 24,5 milions de dòlars que li permetran una vida certament agradable, i més quan tant La Caixa com el BBVA i la CNMV van decidir que no hi havia res per investigar.

De fet, així ho veu K: tenim uns oligopolis que controlen d'una manera ferotge les xarxes de distribució de petroli, telecomunicacions, gas i electricitat, i paral·lelament hi ha una concentració empresarial sense precedents. De tal manera que el binomi Estat feble-empresa poderosa funciona només perquè aquest Estat, gestionat a través d'un executiu que se salta totes les regles, manté unes relacions més que estretes no tan sols amb les empreses privatitzades per bons amics, sinó amb empreses clau que dominen els territoris de l'economia productiva o especulativa. I així van aconseguir, per exemple, fer desaparèixer la banca basca, l'última peça que faltava per encaixar en el trencaclosques zenital que imaginava Don José María Aznar. Coses de la vida, fou la investigació iniciada per la Fiscalia Anticorrupció, encapçalada per Carlos Jiménez Villarejo, la que va destapar la caixa dels trons.

L'ASSALT DEL BILBAO-VIZCAYA

Investigant un cas que no tenia res a veure amb el tema, un fiscal va trobar-se un manual de formes per defraudar. I apareix un ciutadà porto-riqueny que aporta proves de comptes i transferències entre el banc basc i el paradís fiscal de les illes Caiman, però també a Liechtenstein i al mateix Puerto Rico. La notícia salta misteriosament a la premsa al començament del 2002, i Garzón assumeix el cas i demana informació al Banco de España. El que surt de la investigació en paral·lel entre la Fiscalia Anticorrupció i el Banco de España és que el BBV, ja fusionat amb Argentaria, el soci petit de la colla, havia amagat durant anys operacions de triangulació molt complexes. A mitjan 2000, el president del BBVA, Emilio Ybarra, informa Francisco González, d'Argentaria, un banquer d'estar per casa però amic personal de Rato, que vol fer aflorar els comptes secrets en el tancament de l'exercici comptable. Era l'oportunitat que esperava el PP per carregar-se un banc que tenia una llarga història de *liason* amb el socialisme de les mítiques èpoques de Carlos Solchaga, aquell ministre que fou tan poderós, i Pedro Toledo, president del Banco de Vizcaya i mentor del navarrès. Com les excel·lents relacions que també van sorgir entre el Banc de Bilbao i el successor de Solchaga, Carlos Aranzadi.

Parlant en termes pràctics, el BBV tenia cua de palla i les investigacions iniciades per la Fiscalia Anticorrupció i pel Banco de España eren dos dossiers que penjaven sobre els braços cansats d'aquell vell franquista –basc, malgrat tot– d'Emilio Ybarra. Per evitar un escàndol d'altura i retirar-se amb una pensió més que digna va preferir abandonar totes les posicions juntament amb els seus amics de Neguri. Paradoxes de la vida, Francisco González, un home que segons el seu currículum era un simple agent de canvi i borsa, va posar el BBVA en l'òrbita del PP, fidel complidor com és, de tal manera que tornaven a mans segures paquets d'accions formidables en grups d'envergadura com Repsol YPF, Iberdrola, Iberia i la mateixa Telefónica.

El cas encara no està tancat. L'informe del Banco de España arriba a la premsa i silenciosament la Fiscalia Anticorrupció va lligant caps per impulsar accions contra Ybarra o el mateix Alfonso Cortina, de Repsol. Perduts i entregats, la vella guàrdia de Neguri s'acomiada amb la por als talons, i el desembre del 2001 Ybarra dimiteix de tots els seus càrrecs al banc. Argentaria, el peix petit, s'ha empassat la gran banca basca i Aznar dóna el cop de gràcia a uns senyors que, si bé eren més que dretans, no eren de la seva corda i mantenien una política estratègica pròpia que sovint coincidia amb la del govern basc. Lentament, la seu es traslllada a Madrid i les velles corones del Bilbao i el Vizcaya quedaran en meres sucursals de la nova casa mare que serà, des de llavors, Madrid.

UNA FISCALIA SOTA SOSPITA

Tot plegat una història edificant que, com recorda K, hauria pogut anar més enllà si s'hagués permès a la Fiscalia de confiscar documentació privilegiada sobre altres paradisos fiscals i els noms de senyors rellevants que hi tenien diners a manta. Però la Fiscalia Anticorrupció, engegada pel PSOE el 1995 amb el nom de Fiscalía Especial para la Represión de los Delitos Económicos relacionados con la Corrupción, només comptava amb onze fiscals i poc més de cinquanta-set col·laboradors. A més, depenia orgànicament del fiscal general de l'Estat, l'opusdeista Jesús Cardenal, el qual atura o alenteix les investigacions que poden molestar el govern, i que té com a objectiu, ja assolit, carregar-se Jiménez Villarejo, un personatge incòmode, ascètic i perfeccionista que no està disposat a aturar-se davant de res. Però les famoses cessions de crèdit del Banco de Santander, una altra operació d'evasió de divises, passen directament a l'Audiència Nacional i en fan fora la Fiscalia, que, a l'estil de les primes úniques de La Caixa de Pensions, es troba amb la solució clàssica per al gran capital: amnistia per a tothom.

La campanya de la Fiscalia contra la màfia de Gil y Gil no impedeix que aquest facinerós insulti els fiscals, faci desaparèixer documents dels jutjats de Marbella i mantingui el control sobre la ciutat més corrupta d'Espanya.

Només en el cas dels arbres caiguts com De La Rosa es dóna màxima llibertat d'actuació, però Josep Piqué es lliura, per pressions de ben amunt, de qualsevol acusació de malversació de fons en la seva època de president del Consell d'Administració d'ERCROS, que ell mateix va portar a la fallida. No se'ls permet investigar Gescartera perquè hi ha massa poders fàctics pel mig, i els advocats de prestigi, els influents, Stampa Braun, Cobo del Rosal o González Cuéllar, tenen molta influència sobre els jutges de l'Audiencia Nacional. Madrid funciona com una societat d'influències i precisament això, el delicte de tràfic d'influències portaria mitja ciutat a la presó, però a la capital ni tan sols hi ha la consciència que algú estigui perjudicant a ningú.

CÉSAR O EL FASCINADOR

El cas més il·lustratiu d'aquesta raça de yuppies borsaris que s'han menjat Madrid mentre presumeixen d'honestedat calvinista és el de César Alierta, el successor de Villalonga a Telefónica, tot un triomfador de la borsa que va presidir fins al juny de 1996 l'Asociación Española de Mercado de Valores (AEMV). Fou, coses de la vida, maleter de De la Rosa, conegut seu dels vells temps en què Alierta treballava a les seves ordres al Banco Urquijo, i amb qui des de 1985 jugava al monopoly a través de Beta Capital, de la qual el grup Torres (KIO) va arribar a controlar en un 50%. Alierta és un home de confiança per un motiu parapsicològic: Aznar adora la fidelitat canina i els valors morals del seu mode de vida hispànic i recalcitrant. Però li fascinen, perquè ell en voldria ser un, els jugadors de risc, el tafurs, els emprenedors, com es diu ara. O la gent sense escrúpols que sap fer negocis i fotre's la gran vida, als quals Aznar tuteja perquè ell, posem-nos psicoanalítics, té una fe cega en la sort, la sort que, com dèiem, l'ha fet un supervivent, i la sort dels financers que fent jocs de màgia acumulen capital, el transfereixen, el mouen i s'enriqueixen sense descordar-se el coll de la camisa. El fascinen com el fascinava Villalonga, més llest i més murri que ell, un pobre xicot que només va arribar a inspector d'hisenda i que no servia per als negocis.

Però heus aquí César Alierta, nomenat president de Tabacalera, ben aviat, el 10 de juny de 1996, per convertir l'empresa en una multinacional privada, que compra fàbriques de puros als EUA (Havatampa) i a altres països d'Amèrica Llatina. D'altra banda, va tenir la genial idea de traslladar a Madrid la centenària seu barcelonina de Tabacos de Filipinas, situada a les Rambles en un fenomenal edifici del segle XIX. Perquè com va dir amb una contundent frase: «Lo que es del Estado debe estar en Madrid.» Però mentre comprava i venia i pujaven i baixaven les accions de diferents empreses, va agafar el costum de trucar al seu nebot un o dos dies abans per informar-lo.

També hi ha altres boniques operacions que *El Mundo* va denunciar no per motius nobles sinó perquè el fet que Alierta es vengués tots els actius mediàtics de Telefónica i negociés amb Sogecable –la demonitzada Prisa– la fusió digital, representava el final de les esperances de derrotar el polanquismo universal. Però malgrat que l'afer sortís a la llum pública, molts ho consideraven llei de vida, o cosa natural. Ningú al Madrid popular no troba estrany aquest *compadreo* entre el poder financer i els seus avaladors polítics que feia al·lucinar K. Que un exjutge de l'Audiencia Nacional com Carlos Bueren treballi per a un important despatx d'advocats de Madrid és una cosa que no sorprèn ningú perquè els bufets de Madrid, i ara també alguns de Barcelona, funcionen per telefonades, dinars al Jockey, intercanvis de regals, prebendes i favors, i en aquest món la corrupció és simplement un joc de nens.

El govern reparteix cartes i els grans empresaris, no tan sols els privatitzadors, aconsegueixen encàrrecs de milions d'euros i tothom està content perquè l'economia funciona. El tràfic d'influències és el cor de Madrid, i encara que la cosa vingui d'antic, ara ja té un to gairebé familiar. Qui més qui menys hi suca i tothom content. La solució per evitar malentesos és doncs l'eutanàsia de la Fiscalia Anticorrupció gràcies a un Estatut del Fiscal aprovat, cal dir-ho?, per CiU, fet especialment per jubilar Jiménez Villarejo i per evitar que cap investigació prosperi. Així, el marge d'actuació de la Fiscalia serà només de sis mesos, quan són temes que sovint requereixen anys. Per ser justos, cal dir que l'especulació financera va atènyer nivells d'escàndol sideral a l'època socialista, quan Manuel de la Concha era el president de la Borsa de Madrid i també era soci de Mariano Rubio, el governador del Banco de España, en la societat de valors Ibercorp, que tenia la delegació barcelonina a les mans d'Antoni Negre, expresident de la Cambra de Comerç, el qual es va dedicar a la combinació borsària a gran escala. Les coses, doncs, no han canviat tant, però Madrid avança cap a la megacapitalitat i les oportunitats per als murris són cada cop més llamineres.

Madrid té llumeneres, senyors que tenen les grans idees i les forgen a través, per exemple, d'un equip de futbol. El Madrid galàctic de Florentino Pérez és l'encarnació dels anhels d'Espanya. A la llotja del Bernabeu s'hi troben els taurons de les finances i de l'economia, s'hi tanquen negocis i s'hi fa tertúlia. Com a representació màxima del que Espanya pot donar al món, el Real Madrid representa la selecció estatal de futbol, ja que l'autèntica no ha pogut guanyar mai un mundial i els merengues ja porten, si no m'erro, nou copes d'Europa. I en aquesta perfecta alineació entre el PP i el futbol que representa el Real Madrid, cal destacar-hi per damunt de tot el seu president, que és també un molt bon amic de certs catalans i l'encaix perfecte entre l'imperi dels March –Corporación Financiera Alba– i el poder polític.

Sense Florentino no s'entenen moltes coses. Ell, enginyer de camins que ja havia ocupat càrrecs amb el Generalísimo com a director general de l'Asociación Española de Carreteras, va entrar a la UCD per ser regidor a l'oposició, però va anar escalant llocs dins el personal tècnic del govern i va esdevenir director general d'Infraestructures del Transport i subsecretari de l'Instituto de Reforma y Desarrollo Agrario (IRIDA), càrrec del qual fou desallotjat per la victòria dels socialistes.

Les excel·lents relacions de Pérez amb Catalunya comencen amb la compra per una pesseta de Construcciones Padrós, una empresa de Barcelona que havia estat a l'òrbita del Banc Industrial de Catalunya. És tan sols el principi d'una relació fructífera que té, però, un punt essencial en la trobada amb els germans Juan i Carlos March, els propietaris de la Corporación Financiera Alba. S'han convertit en un poder a l'ombra. Així segueixen els passos de l'avi Juan March, l'home que va acabar amb la República, com preveia Prieto, i que va comprar la Barcelona Traction, de capital britànic i canadenc, el 1950, per quatre pessetes i la va convertir en Fecsa, cosa que va provocar un escàndol financer internacional del qual Franco va saber protegir-lo.

Els March tenen una gran influència, igualada per la seva discreció, amb la qual han sabut premiar gent, que els han ajudat tant en les concessions urbanístiques del seu empleat Florentino Pérez (autovies, autopistes i TGV) com en els processos de fusió que van acabar en la creació del Grup Carrefour-Continente-Pryca, sucursal del grup francès Carrefour Promodes. El ministre de Foment del primer govern Aznar, Rafael Arias Salgado, que també va pul·lular per la UCD, com Florentino, manté des d'aquells temps una prolongada amistat amb l'amo del Real Madrid i un respecte reverencial envers els March, capitans intocables, als quals ha fet favors fonamentals des de la seva cartera. Uns favors a tots els nivells: autorització de la fusió de les societats de distribució Pryca i Continente per formar Carrefour España, l'atorgament de concessions per a la construcció d'obres públiques o el concurs de llicències de mòbils UMTS i d'accés al bucle local convertint-lo així en un operador global de telecomunicacions.

Com que els March sempre han mantingut la teoria que els governs són influenciables i que cal ser amables amb ells, van recompensar les gentileses d'Arias Salgado atorgant-li la presidència del grup Carrefour España, on els March controlen el 5% del capital, saltant-se amb solemne alegria l'article 2.4 de la llei d'incompatibilitats on s'assegura que «durant els dos anys següents a la data del seu cessament, els alts càrrecs no podran realitzar activitats privades relacionades amb expedients sobre els quals hagin dictat resolució en l'exercici del càrrec, ni celebrar contractes d'assistència tècnica, de serveis o similars amb les Administracions Públiques».

L'AMIC DE CATALUNYA

Però la història d'Espanya l'han feta els March a la seva mida, i Florentino Pérez n'ha estat un fidel seguidor a l'hora de fer amics. És el cas de Miquel Roca. Quan es va produir l'aventura frustrada del Partit Reformista Democràtic a les eleccions de juny del 1996, en què no van treure un sol escó fora de Catalunya, Florentino Pérez n'era el secretari general des del 1984. Els milions en crèdits que la gran banca va donar al partit van terroritzar el sempre temperat Miquel Roca, que creia que li embargarien fins i tot la finca de Port de la Selva, però Pérez, com a amic dels Garrigues Walker, els principals avaladors de l'operació, va donar la cara davant dels bancs, els va calmar. Tot seguit una empresa com Ferrovial va construir l'autopista Terrassa-Manresa, cosa que sempre és una consolació.

No cal dir que l'agraïment de Roca envers Pérez va forjar una amistat per a tota la vida que ha permès a Florentino invertir més que mai a Catalunya: canals, túnels, viaductes, estacions, teatres, autovies i variants, jutjats... a més d'adjudicar-li en condicions privilegiades la concessió de l'Alsina-Graells. Però si alguna cosa no falta a Pérez és ambició acumulativa, i així va forçar la fusió amb Dragados y Construcciones, amb el vistiplau dels March, que feia entrar els Albertos –Alberto Cortina i Alberto Alcocer, pendents d'entrar a presó per delictes d'estafa i falsedat en documents mercantils en l'anomenat cas Urbanor– al capital d'ACS amb un 10%. Per la seva banda, els germans March es quedaven amb un 12% del capital social de la fusionada empresa.

LA BICOCA DEL PEATGE

Així, ACS-Dragados s'emporta gran part del pastís d'inversions públiques en infraestructures, però els March i en Florentino, que també comparteixen accions de X'fera, en la telefonia mòbil, no deixen d'imaginar noves formes d'acumular riquesa. N'hi ha una que a Catalunya la coneixem molt bé perquè fa anys que la patim: els peatges. Abertis Infraestructuras és la megafusió de totes les autopistes de peatge d'Espanya. Amb concessions allargades *ad infinitum*, Pérez va tenir un somni: crear el gran monopoli. Que Acesa, propietat de La Caixa i que escanya els catalans a l'A-7, s'ajuntés amb la resta de concessionàries del País Basc, València, Aragó, La Rioja i Madrid, encara que en aquest últim cas fossin només disset quilòmetres. Així Aurea i Acesa, Dragados i la família del patriarca franquista Francisco Godia es van posar tots d'acord, i encara que La Caixa n'és l'accionista principal, Pérez vol arribar a obtenir una quota d'accions del 20% que iguali la de l'entitat financera perquè quedi clar qui és el qui mana. Així, a través d'A-6, la seva empresa participada dins el grup Abertis, la megacorporació, ja està a punt d'apropiar-se de la nova autopista de peatge entre Madrid i Toledo pressupostada en 373,4 milions d'euros, perquè això és el millor de Florentino, que tant t'ofereix fer l'obra com cobrar-la a base de peatges.

Un paquet complet, influent i gegantí que també ha clavat els ulls en l'autovia d'Ocaña (Toledo) i La Roda (Albacete). Però encara hi ha més: des de la circumval·lació d'Alacant, que serà de peatge, fins a les autopistes de peatge de Cartagena (Múrcia), Vera (Almeria) o la de Payabón a Zurita (Santander). Hi van 2.000 milions d'euros i tothom hi és benvingut.

Amb les amortitzacions de tants anys, bloquejant qualsevol intent de rescatar els peatges de Catalunya, cosa que el Govern espanyol ha refusat i refusarà per collons, La Caixa s'ha trobat que aquest caçador que és Florentino Pérez els ha ofert la globalització del negoci. I Isidre Fainé, pot ser feliç perquè en el seu monopoli d'autopistes controla trams al Regne Unit, Colòmbia, Argentina o Xile. La bona nova ja no és que a causa del patriotisme del PSOE mig país disposa de fantàstiques autovies gratuïtes que fan feliços els usuaris, sinó que el millor, ja ho va dir Salvador Alemany, un altre home de La Caixa i del Barça –recorden?–, és estendre el sistema de peatge a tot l'Estat i fins i tot, com a regal de Nadal, posar-ne un també a l'eix transversal. No és cap bajanada dir, com deia l'oposició abans de les eleccions al Futbol Club Barcelona, que Miquel Roca i Salvador Alemany, candidats de Bassat, estaven vinculats a Florentino; i així tenim el pare de la Constitució al Consell d'Administració d'Abertis i en molts altres consells participats per Pérez i els March, i és convidat d'honor al casament de la filla de Pérez. Les famílies ben avingudes són essencials, com els amics de sempre.

I alerta perquè el novembre del 2003 Abertis va presentar els beneficis dels nou primers mesos. Net: 279,9 milions d'euros. De cada euro que paguem en un peatge, 26 cèntims són beneficis directes per a les concessionàries i 22 cèntims són impostos per a l'Estat. Així es crea una gran aliança entre el Govern i les empreses parasitàries que, d'altra banda, fiquen el nas en altres activitats que depenen de permisos municipals o aeroportuaris, blocs d'oficines o centres logístics, telecomunicacions, etc., en clara diversificació de la concessió originària. Mentrestant, els catalans paguem el 42% del total dels peatges, de manera que fins i tot en clau de mercat, Florentino Pérez, i el seu indiscutible *savoir faire*, ha col·locat La Caixa, el peix gros, als seus peus i als dels March, perquè són els únics que els garanteixen, mitjançant contractes polítics, una expansió sense límits i una constructora. ACS & Dragados es menja tot el que vol del pressupost públic perquè Pérez i els March són definitivament el mascaró de proa del capitalisme espanyol i res no els és vedat.

Aznar i els seus, en aquest cas, es limiten a retre'ls homenatge i a esperar que es multinacionalitzin, que facin que el TGV radialitzi l'Estat i que vagin posant peatges fins i tot en un país ple d'autovies. Cal controlar tot el producte: des de la construcció de l'autovia o l'autopista fins als peatges posteriors, i també els aparcaments on s'han de posar els cotxes que ja no caben enlloc. Tot plegat és una idea certament brillant. I Pérez és un home d'idees que exerceix el *señorío* i fa empassar qualsevol cosa als catalans, com ara el gest d'anar a retre homenatge al sepeli de Kubala, una presència que va camuflar la raó de la seva visita que era precisament la reunió on es va acordar la fusió de totes les autopistes sota el nom d'Abertis. Ara mateix, trenta-una empreses catalanes estan sota l'òrbita de Florentino Pérez, i convé recordar que aquesta excelsa penetració no hauria estat tan fàcil ni tan viable sense el preu polític de l'operació reformista que Roca sempre li ha agraït.

A LA LLOTJA DE L'ESTADI

I així, per la llotja del Bernabeu desfilen els nous amos i també els qui anhelen pujar posicions en l'escalafó del poder, com ara Fernando Fernández Tapia –àlies Fefé–, que ha aconseguit ser nomenat president de la Cámara de Comercio de Madrid. Un ressort gens menyspreable perquè s'encarrega de controlar l'IFEMA, l'organisme que munta i organitza totes les fires comercials, que generen milions d'euros, i que ha deixat Barcelona en la més profunda misèria firal. Vicepresident de la CEOE –on mana *ad aeternum* el verticalista, lògicament pepero, José María Cuevas– Fefé practica la vida social, la salsa rosa, però com tots ells té un passat poc exemplar que és allò que al cap i a la fi li ha funcionat. Com a seductor implacable, Fefé convenç el conseller d'Economia de la Comunitat Autònoma de Madrid, Luis Blázquez, exmà dreta del president del Central, Alfonso Escámez, perquè el banquer s'emporti tots els contractes de Cepsa tot i que no té vaixells, cosa que se soluciona amb avals del mateix Banco Central, i així Fefé es converteix en un gran navilier.

Parlem de gent de no res que se'n va a fer carrera a la capital, però parlem també d'una gent que assessora, influeix, convenç i produeix la política econòmica del Partit Popular. Gent com Manuel Pizarro, sempre procedents d'aquesta zona d'ombres de les societats de valors i que acaben, com en el seu cas, tant de president de la Borsa de Madrid com, al final, de vocal del Consell d'Administració de la Confederación Española de Cajas de Ahorro, si bé ell aspirava a dirigir la fusió frustrada entre Iberdrola i Endesa. Genteta, diríem, però vella i coneguda, rància i estirada, que es va anar fent una posició gràcies en molts casos a la família i la fidelitat política. Però Manuel Pizarro, ho veurem d'aquí a ben poc, ha aconseguit l'objectiu de tot bon grimpador: presidir Endesa.

Hi ha altres casos, com el d'Alfonso Cortina, fill ja madrileny de l'ambaixador i ministre de Franco, Pedro Cortina Mauri, nat a la Pobla de Segur i cosí de la Pepa Mauri, tan coneguda a Barcelona. A Madrid, els Cortina s'emparenten amb els Alcocer, fills de l'alcalde franquista més especulatiu de Madrid, i així surten els Albertos, que es casen amb les Koplowitz i es dediquen al capitalisme depredador, primer en companyia de les seves mullers i després ja en solitari. Ni que sigui pel *cachet* familiar, Aznar nomena Alfonso Cortina, que treballava per a la seva cunyada, president de Repsol, i fa el negoci del segle comprant a Menem la petroliera argentina YPF, que mentre va durar la paritat peso-dòlar fou una màquina de fer calés, cosa que va convertir Repsol en la setena companyia petroliera mundial.

La protecció dels interessos espanyols és, per tant, una qüestió voluble. Barcelona és Espanya mentre no emprenyi ni pretengui internacionalitzar la seva economia sense passar per Madrid, i d'això K n'és perfectament conscient, però sap molt bé que els grups financers catalans de la importància de La Caixa s'han dedicat a instal·lar-se a les empreses participades, aquelles on el consumidor no té elecció i els oligopolis dominen el mercat: Aigües de Barcelona, la telefonia fixa, la xarxa de gas... Perquè aquest ha estat el resultat de les vistoses privatitzacions del PP. Els oligopolis, o els monopolis directament, s'han convertit de públics en privats, però no han permès realment el lliure comerç ni la lliure decisió del consumidor. El cas més fefaent el tenim en Fecsa-Endesa, o simplement Endesa.

L'ELECTRICITAT SEGRESTADA

Des de 1950 i la gran estafa de Joan March, Fecsa és una empresa clarament dominada pel clan mallorquí, amb uns presidents successius que no són altra cosa sinó nois dels encàrrecs, com ara Alegre Marcet o Juan Echevarría Puig, el sogre de Joan Laporta, que ja era una mica més independent perquè Fecsa cotitzava a borsa i hi havia paquets comprats per bancs. Per manca de recursos i d'iniciativa, el govern del PP crea un nou oligopoli, Endesa, a partir de la hidroelèctrica sevillana Enher, que era part de l'INI, i de Fecsa. Aquest nou oligopoli aplica la política de l'altre gran oligopoli, Iberdrola: es tracta de demanar subvencions estatals i cobrar-s'ho per conceptes inexplicables o altisonants, per exemple el cànon del carbó, que es produeix perquè l'Estat obliga les centrals tèrmiques a consumir carbó nacional, d'Astúries o de Lleó, que és cinc vegades més car que el del mercat mundial, i a més l'Estat autoritza un recàrrec en la factura per aquest concepte. Quan els van parar, gràcies a ETA, tot s'ha de dir, la central nuclear de Lemoniz i la de Valdecaballeros, les empreses addueixen tot el que s'hi han gastat i es genera un nou recàrrec: la moratòria nuclear. Després van venir els costos de transició a la competència, amb la qual cosa el govern els va regalar més d'un bilió de pessetes perquè la liberalització obligaria a fer tals esforços que bé se'ls havia de recompensar. Al cap de poc va arribar la *titulización*: els bancs finançaven uns títols que l'Estat pagaria quan fos, és a dir, mai. Més tard va arribar un nou recàrrec: la garantia de potència.

El consum creixia i les elèctriques no estaven preparades per assumir tanta demanda, però en lloc de castigar-les per imprevisores o ineptes, l'Estat els va permetre augmentar la tarifa a canvi de garantir que no hi hauria apagades. Però s'han anat produint i reproduint cada cop més, com aquell novembre del 2002, en plena onada de fred, quan un milió de catalans es van quedar sense llum durant tres hores a causa d'una avaria en un parc elèctric que es va estendre a quaranta subestacions transformadores.

Des de la seva etapa al Parlament de Catalunya, K sempre ha tingut molt clar que la política d'Endesa ha consistit a utilitzar Catalunya com a mercat captiu on xuclar tots els beneficis i no invertir pràcticament gens en la xarxa de distribució. Les línies d'alta tensió provoquen cada any centenars d'incendis forestals, cosa ja comprovada, mentre que l'elèctrica es negava sistemàticament a soterrar els cables, fins i tot en zones densament poblades. És només ara, amb vista al Fòrum 2004, que han soterrat les línies del Besòs. Sempre sota la tolerància reptiliana de les autoritats catalanes, que han infringit multes tan sagnants com 23.000 pessetes per incendi, preu que un piròman pagaria de gust, Endesa ha practicat una política de terra cremada i s'ha emportat els rèdits extrets de Catalunya cap als grans projectes d'Amèrica Llatina. Només l'estratègia d'inversions a Xile, amb coneguts pinotxetistes, la compra d'Enersis i l'agressió al medi ambient, cosa que ha posat en peu de guerra el poble maputxe, servirien per fer tot un llibre sobre el nou imperialisme econòmic espanyol. I a Buenos Aires; i Electrolima, al Perú. I després d'haver fet molts calés, els beneficis baixen per la mateixa sobreexplotació de les infraestructures i el control dels nous governs, com l'argentí, sobre la facturació a l'usuari. A més es diversifiquen i penetren en tots els sectors contradient la tradició liberal a l'anglesa, que prohibeix que una empresa de serveis públics es dediqui a altres negocis.

Avui, aconseguir electricitat més barata de França, ja que és un país altament nuclearitzat, és pràcticament impossible perquè la política nacionalista del Govern espanyol ha fet que les súpliques dels empresaris de la Garrotxa i l'Empordà per connectar-se a la xarxa francesa no fossin escoltades. Cal dir, però, que la generació d'energia pròpia ha augmentat una mica, ja que s'han fet centrals de cicle combinat amb gas i petroli, algunes construïdes per Gas Natural, que s'ha proposat de fer electricitat. Les nuclears, fruit de la visió de Duran Farrell i de la *grandeur* francesa, van començar a Vandellós I, i com que l'Ebre té aigua, s'hi va implantar Ascó. Així que, paradoxalment, la participació de Tarragona en la generació d'electricitat per al conjunt d'Espanya és majoritària. En canvi, Endesa i Iberdrola, el duopoli per excel·lència, ens endollen a la resta de l'Estat a través de Redesa, Red Eléctrica Española, cosa que suposaria un bon tema per al tòpic victimisme català, ja que ens quedem les molèsties nuclears i no en traiem cap benefici.

Amb Martín Villa de president, Endesa trasllada la seu a Madrid i conserva Fecsa com a façana, amb un Consell d'Administració i un president, Juan Rosell –que no s'amaga de ser un pepero–, nomenat a dit, com ho era a Fomento del Trabajo Nacional o on sigui, com molt bé sap K, que ha rebut alguna carta amenaçadora per les seves crítiques a la política anticatalana d'Endesa i també de Fomento. Tot plegat és pura façana, perquè tenen advocats i relacions públiques, dues coses indispensables per afrontar els múltiples plets als tribunals i l'emprenyada de molta gent que els diu el nom del porc cada cop que hi ha una apagada. Però a Martín Villa tot això se li'n fot. Ell és d'una vella guàrdia que no ha baixat mai del cotxe oficial i, tot i que ja no tenia el suport incondicional de l'aparell de Rato i Aznar, el van retirar a una empresa participada italiana, cosa que no és una mala compensació. I al final encara li ha tocat la rifa i, ves per on, presidirà Sogecable, el monopoli del cable a mitges entre el PSOE i el PP.

I Manuel Pizarro, íntim d'Aznar, ha estat l'home perfecte per substituir Martín Villa a Endesa. Deixa fer al seu conseller delegat, Rafael Miranda, i viuen feliços en el duopoli. Però per liberalitzar de veritat caldria que Endesa es vengués la meitat del patrimoni, ja que la ficció de comprar electricitat a les companyies que hom vulgui serveix només si ets un gran empresari, no un particular, i hi ha poc mercat per triar. Es tracta, doncs, de no deixar entrar empreses foranes en igualtat de condicions, perquè l'espanyolitat és marca de la casa del sector, cosa que ja va succeir amb la frustrada compra d'Hidrocantábrico per part d'operadors estrangers; una compra invalidada perquè no eren empreses espanyoles i això podia pertorbar la pau elèctrica.

En definitiva, com K sap molt bé, la trampa ha estat monumental. Allò que havia de ser una liberalització s'ha convertit en una mera privatització. I tot i això, els oligopolis encara reben més ajuts i subvencions que mai. El cas elèctric és potser el més sagnant perquè repercuteix molt directament en un consumidor que no pot triar un millor servei, que tant desitjaria, a causa de l'explotació enganyosa d'Endesa. I continuen igual. El govern proclamava que abaixaria la factura al consumidor i a l'hora de la veritat l'ha augmentada, i ara s'inventen un concepte nou: el dèficit tarifari. Tu t'apuges el sou, inverteixes a Sud-amèrica i a sobre la cagues. Balanç? Hem perdut calés. I en lloc de dimitir o fer-se l'harakiri, el duopoli presenta al govern el que ha gastat, el que ha ingressat i el dèficit que s'ha produït, que només pot salvar-se, és clar, amb un augment de tarifes i amb l'amenaça implícita de no invertir més i convertir les grans ciutats en zones fantasmals farcides d'apagades contínues. Un pur xantatge. I ara, per tant, la factura fiscal inclou el dèficit tarifari i converteix el rebut de la llum en la cosa més xocant i recargolada que no s'hagi vist mai.

Arribem a la paradoxa final. Les tarifes vigilades per l'Estat i que amb la liberalització havien de baixar amb certa intensitat són avui, comparativament, més cares que fa trenta anys. Aigua, llum, telèfon i electricitat. Els mecanismes de control s'han limitat a vegetar o abdicar de qualsevol missió de vigilància i depuració de responsabilitat, i el capitalisme popular amenaça ruïna. Un nou cicle econòmic desastrós –tard o d'hora arriba– o un govern decent a la quinta forca –Kirchner o Lula– poden desfer la gran bombolla financera que s'ha organitzat a Amèrica

Llatina, com ja ha passat amb el gas de l'Equador. Hi ha mar de fons i molta ràbia.

K ha estat un dels pocs congressistes que sistemàticament ha denunciat el tracte de favor, l'amiguisme i el fals liberalisme del govern d'Aznar. L'octubre del 2002, ERC es negava a votar a favor d'una subcomissió per al seguiment del procés de privatització i reconversió de les empreses que pertanyen al sector públic perquè, parlant clar, no serviria de res, ja que el govern no estaria obligat a respondre. L'assumpte exigia una comissió a totes que analitzés des del control exercit pel Banco de España i l'Agencia Tributaria en tercers països, com Amèrica Llatina, fins a algunes decisions de la CNMV sobre informació privilegiada, sortides a borsa i *stock options*. L'opacitat és tal que als pressupostos de l'Estat no s'exposa quants diners s'han ingressat gràcies a les privatitzacions. Al final, «el gobierno ha consolidado situaciones de monopolio o dominantes, con el agravante que ahora están en manos privadas». K ha estat un flagell personal de Rodrigo Rato, a qui ha recordat la situació monopolista del mercat elèctric, que perjudica especialment Catalunya: «Endesa se erige como único grupo que controla, domina y establece la política energética, haciéndolo en base a los beneficios y teniendo en cuenta sus aventuras inversoras en Latinoamérica. Esto supone mal servicio para los usuarios, nula política inversora en mantenimiento de líneas y efectos perniciosos en los núcleos de población que se ven afectados por las redes de alta tensión.»

En plena denúncia contra Endesa, Iberdrola i Unión Fenosa per un possible pacte a fi d'obligar el Govern espanyol a apujar les tarifes, K reblava el clau: «Está fallando aquello que es básico en la economía de mercado, que es la competencia. Ahora estamos peor que hace diez años porque sufrimos monopolios privados, que han trasladado el monopolio de interesarse por el buen servicio de los usuarios y usuarias a los beneficios en bolsa. Esta situación está más legitimada desde el momento en que el fiscal general del Estado, Jesús Cardenal, impidió que prosperara la denuncia contra las eléctricas para ponerse de acuerdo en fijar los precios.»

Fent ús del sentit comú, K només veia dues possibilitats: o bé recuperar el control públic d'algunes companyies o bé crear, per part de les administracions catalanes, grups elèctrics propis. L'Europa elèctrica que funciona, que és eficient i econòmica (Dinamarca, Alemanya, Finlàndia i Holanda), manté la competència entre empreses públiques i privades. Només els interessos financers dels actuals residents de la Moncloa i els seus amics impedeixen aquesta competència. En aquest sentit, K s'emprenya: cal criticar la connivència del govern català, que ha estat incapaç de fer aquest pas i s'ha mantingut en una política de seguidisme i lliurament a la voracitat especulativa d'Endesa contra la població catalana. K ha fustigat els qui foren els quatre magnífics –Rodolfo Martín Villa a Endesa, Villalonga a Telefónica, César Alierta a Tabacalera i Francisco González al BBVA–. I en l'estrany i sospitós cas de la caiguda del Bilbao-Vizcaya en mans d'Argentaria, K es pregunta si «cuando el gobierno tiene la información sobre las actividades del BBV las pone en manos de la justicia o, contrariamente, ¿las utiliza para modificar la estructura del BBV-Argentaria? Esta es una duda que bien merece una Comisión de Investigación que lo resuelva». I sabem, qualsevol ho sap, que la investigació de la Fiscalia Anticorrupció va ser utilitzada com a eina de xantatge en l'assalt final a la banca basca.

Tot això K s'ho coneix perquè s'hi ha aplicat –els diputats del grup mixt tenen temps per fer cafès, parlar amb empresaris i sondejar el terreny–, i ha arribat a la conclusió més nefasta possible. Des dels March fins a l'últim dels Pizarro, l'estructura econòmica i financera està en mans del Partit Popular, que si ara mateix deixés de governar seguiria movent els fils de l'economia productiva i existencial. El capitalisme popular pot haver donat quatre pessetes a petits accionistes, però la política megalòmana que s'ha fet a Amèrica Llatina pot caure damunt d'un govern que ha fet de la prepotència una arma de combat. Tot s'ha internacionalitzat però alhora també s'ha espanyolitzat, fins al punt que el desembre del 2003 Repsol ja volia comprar més accions de Gas Natural per evitar que La Caixa seguís sent l'accionista majoritària. Un reduït clan de corredors de borsa i tifes amb pretensions dominen milions d'euros i els maneguen al seu gust sense cap control independent i de confiança.

Tan poc fiable és aquest govern que un dels motius pels quals Aznar no ha nomenat successor Rodrigo Rato, l'home més admirat per la burgesia catalana perquè semblava un clon castellà de Miquel Roca, és la desastrosa situació de la seva teranyina d'empreses familiars, que ha sobreviscut gràcies als favors escandalosos de Banesto, Repsol, Argentaria o el Banco Zaragozano. La virtut pública d'aquest búnquer aznarià és intocable. No han fet res malament, però en realitat estem parlant d'una associació de còmplices que no s'ha atrevit a indultar els Albertos perquè era anar massa lluny. Com deien en broma a la Fiscalia Anticorrupció, la meitat dels assistents a la boda de la filla d'Aznar estaven imputats o vigilats per una causa o una altra, començant pel magnífic Berlusconi, que, fent d'estadista, evita la presó. La centralització que tot això ha comportat explica també el procés d'atracció que ja ha tingut Madrid per a tota mena de consultories, agències de valors i xiringuitos financers que, arrecerats darrere l'Ibex 35, esperen el seu torn per especular encara una mica més. No cal dir que Barcelona ja no té borsa sinó pantalletes virtuals, però el procés de concentració econòmica operat a Madrid des del 1996 no té precedents en la història contemporània d'Espanya. I Catalunya, que a penes compta amb la seu de Gas Natural, l'antiga Catalana de Gas, ha estat fusionada, centrifugada, amb els clans econòmics de Madrid per convertir-se en l'encertada definició de Francesc Sanuy: som el país amb el model econòmic de les 3 P: peatges, prostíbuls i purins.

Per tant, que no li parlin a K de liberalisme modèlic. Quatre amics s'han repartit el pastís públic, s'han fet milionaris i han demostrat aquest irritant vel de fariseisme hipòcrita, de *beatum* ranci i emblanquinat, d'una gent de classe mitjana sense pretensions, de notaris i registradors. Quan han pogut passar a l'acció, s'han mostrat com voraços taurons que sense manies enfonsaven empreses o acomiadaven milers de treballadors. Per això els molestava Juan Villalonga, perquè exhibia, feliç, la insolència del triomfador i gaudia de la vida amb xavales més joves que ell i, a més, disposava d'un patrimoni que ens havia fotut a tots. I en el PP s'ha de ser més discret, ja que tot es redueix al catolicisme: pecats inconfessables perdonats pel pare prior i una línia de formigues que sense fer gaire escàndol van apoderant-se del control absolut del país. Heus aquí el Partido Popular.

Vida i plaers d'un diputat

Al Congrés, els diputats de províncies –així s'autoanomenen– o van de Palace o no són ningú. I el Palace, a dos minuts del Congrés, a la mateixa carrera de San Jerónimo, ha estat, com assenyalava Pla al mateix *Madrid, 1921*, l'hotel dels catalans:

«El Palace Hotel, qui no el coneix? És un dels hotels que tenen fama d'ésser dels més ben construïts d'Europa. Té forma triangular, i al mig sota una claraboia en forma de cúpula, hi ha una de les rodones més dolces que es poden trobar anant pel món. Al voltant de la rodona, la mateixa forma triangular de l'hotel permet tot un joc d'entrades i sortides que són admirables per a la conversa, l'apartament, la cita discreta o la conferència amb secrets. Una escala majestuosa condueix en aquest *hall* de negocis, de política i de sospirs.

»Quan els agraviats van a Madrid i s'hostatgen al Palace perquè els senti el ministre de torn i veuen els polítics abraçant-se i saludant-se cordialment els roda el cap i els agafa un atac de discreció irresistible.

»El Palace és l'hotel dels catalans. No hi ha català de posició –banquer, comerciant, polític, secretari de corporació, important industrial– que no hi posi i que no s'hi mogui amb la llibertat amb què es podria moure al carrer d'Ausiàs March. Això fa que el lloc sigui perillós des del punt de vista de les indiscrecions. Hi ha massa catalans –massa xafarderia.»

Uns quants diputats del grup parlamentari català, abans minoria catalana, són feudataris del Palace, on se senten com a casa, però els preus una mica luxosos per a les economies a l'estil grup mixt van fer que K hagués d'anar a segona divisió –ja coneixem la seva epopeia per trobar un hotel en condicions–. Finalment s'allotjà al Regina, al costat del Casino de Madrid, un hotel que per a la mena de vida que es va plantejar –a Madrid de dimarts a dijous i retorn ràpid a casa–, ja li estava bé. La vida del diputat català a la Cort no és precisament una successió de grans esdeveniments socials perquè, com molts catalans excepte alguns roquistes que feien molts amics, és una persona casolana i li costa suportar aquesta mena de primitivisme simpaticot que gasten els madrilenys amb els *aldeanos*.

De totes maneres, com a membre de la comissió d'Economia i Hisenda i Cooperació Exterior, i simplement pel fet de ser parlamentari, K rep una allau d'invitacions per assistir a tota mena d'actes. En això, però, segueix l'exemple de Carlos Jiménez Villarejo, que quan era fiscal anticorrupció no es presentava ni a un sol còctel, no fos cas que un advocat li vingués amb el famós «por cierto» i pretengués afavorir algun dels seus encausats. Però K, a més, té un problema afegit: és independentista. Això a Madrid connecta, gràcies a Aznar, amb violència i terrorisme o amb una cosa sinistra i perillosa, ancestral i primitiva, que posa en perill els fonaments de la unitat d'Espanya. Els nacionalistes, o regionalistes catalans, s'ho fan perdonar cada dos per tres demostrant que es matarien, si calgués, per a la governabilitat de l'Estat, a la qual sempre han ajudat des dels temps de la UCD, i gràcies a tantes llepolies, no espanten ni al porter de l'hotel. Són *buena gente* i per això de tant en tant nomenen Pujol *español del año.*

K, perfectament desacomplexat, no s'amaga de res. El PP, residu de l'Espanya franquista i refundador del nacionalisme espanyol, és l'enemic a batre. Sempre ho ha tingut tan clar que fins i tot quan els excessos de patrioterisme contaminaven l'hemicicle de punta a punta, ell, com si res, es negava a subscriure una moció unitària de tots els partits –CiU inclòs– sobre el respecte a la integritat territorial i la sobirania nacional espanyola de l'illa de Perejil, l'illot de les cabres on quatre carrabiners marroquins es van instal·lar un cap de setmana per reclamar els seus drets sobre aquella pedra enmig del mar. K, en la seva intervenció, va explicar amb tota la patxoca possible que «si el Estado español pide la devolución de Gibraltar, se ponga al mismo nivel y acepte la descolonización española del norte de África», ja que segons K, «este conflicto es un conflicto entre dos países coloniales en el cual sólo podemos entrar para pedir responsabilidades como la de Marruecos y España por no resolver el referéndum del Sahara».

Que K digués en veu alta que Ceuta, Melilla i Perejil eren africanes va provocar la reacció irada d'un diputat del PP, originari de Ceuta, que va perseguir-lo pel Congrés, el va increpar, el va agafar per l'americana i li va dir: «¡A ver si yo soy de una colonia y además africano!» «Perdona», li va contestar K, «el único que es de una colonia soy yo y quítame las manos de encima o la vamos a liar». I aquí va acabar la cosa.

UNA VISITA REIAL

Com dèiem abans, entre les bagatel·les de la vida parlamentària hi ha recepcions, còctels, presentacions i altres variants de la vida social, però el primer acte d'anomenada –el ritual de pas– és la crida a consultes del rei d'Espanya als caps de files. Si Heribert Barrera, el primer cop que exercia de diputat a Madrid, el 1977, va agafar un taxi i va dir: «A la Zarzuela, por favor», i el van dur al Teatro de la Zarzuela, aquest cop K va decidir fer-ho millor. De fet, era un tema estrictament protocol·lari. La qüestió es va discutir a la permanent del partit, on va plantejar que si hi anava ho faria a la seva manera. La conya era fàcil: un republicà visitant un rei. I K va compensar-ho regalant dos llibres al monarca: *La persecució política de la llengua catalana*, de Francesc Ferrer i Gironès, i *Cornuts i pagar el beure*, de Josep Huguet sobre l'espoliació fiscal a Catalunya.

Amb un cotxe del Congrés, K s'adreça cap al palau, i ja a dintre, als jardins, es veien uns tendals on els periodistes esperaven les visites dels polítics. Passats els tres controls preceptius, el cotxe gira i el deixen ben bé davant de la porta. La primera impressió és que allò és ben petit. Zarzuela ve de 'zarza', de sotabosc. Era el refugi de caceres de Carles III, una mena de barraca engrandida on deixaven les escopetes i feien els dinars després d'una bona batuda. L'espai de la Zarzuela només es pot comparar –per als qui se'n recordin– al Río León Safari del Vendrell. Als jardins reials, entre boscúries, vas veient cérvols, senglars, un ant i muflons que corren per allà en plena llibertat. I tot ho veus des del cotxe. Així doncs, el rep el cap de protocol, Jordi Gutiérrez, un català, i K li diu: «Un moment que porto un regal.» Obre el portaequipatge enmig de certa tensió: li van retirar els llibres perquè no sortissin a la foto oficial o per passar-los per un escànner, no fos cas que hi portés alguna bomba-lapa.

El cap de premsa l'informa en vernacle sobre el funcionament del protocol. Després de la foto de rigor, el rei li donaria pas i ell faria una mitja reverència, deixaria pas al sobirà i junts s'encaminarien al seu despatx per parlar. La sensació de K es pot resumir en el record quasi inconscient d'aquella sèrie de Dagoll Dagom, *Oh, Europa!*, on una noia valenciana sempre deia: «Me l'imaginava més gran.» Es van saludar: «Qué, ¿cómo vamos?», i realment semblava una còpia del Toni Albà, una caricatura d'ell mateix. I es van fer la foto. Després, al despatx, tres quarts d'hora de rellotge: K li explica, basant-se en el llibre de Ferrer i Gironès, tot el drama del català i de la persecució lingüística. K no va callar ni un moment i encara que semblava que Juan Carlos es feia el pagès, va obrir el llibre de Ferrer i Gironès just per on sortia una reproducció del decret de Nova Planta. Veu allà Felipe V de Borbón i el tanca de cop, perquè, de ben segur, ja sabia de què anava, allò.

Agafa el segon llibre i es posa a riure amb el títol, ja que les seves peculiars relacions amb Catalunya i les catalanes li han donat certa mundanitat, i diu: «Claro, cornudo y apaleado.» «Pues sí, eso somos los catalanes», va replicar-li K. I el rei li va llançar la seva frase prototípica: «Yo creo que todo el mundo tiene parte de razón.» I llavors, el tema de les senyores: li pregunta per la Rahola i K li diu que ja no és d'ERC. «No me digas.» Com que no hi havia gaire res més a dir, la cosa va degenerar en futbol i K li pregunta de quin equip és: «Yo del Atlético, pero no puedo decirlo mucho, ¡he, he, he!» I res, passats els quaranta-cinc minuts, «pues mucho gusto». I així es va acabar la cerimònia. En fi, res de nou.

Surt amb el cotxe, passa el revolt camí cap enfora i veu paracaigudistes de l'exèrcit –«Cagun Déu que ens afusellen»– allà al mig que a toc de trompeta arrien la bandera espanyola. Tot i que ja era ben entrat el vespre, per tocar els nassos no els deixen passar fins a concloure la cerimònia. «Éste se va a enterar y se va a chupar la bandera española», devien pensar i és tal com va anar. I el xofer, un tipus normal, deia: «La madre que los parió.» Llavors van arribar als envelats dels periodistes. K estava disposat a no repetir el numeret de la Rahola amb el rei –la republicaneta i el reietó–, i els va dir que li havia regalat dos llibres, un sobre l'espoliació econòmica de Catalunya i un altre sobre la persecució política del català. «He explicado al rey Juan Carlos que la situación es insostenible y que no estamos dispuestos a aguantarlo más.» Així va aparcar tota la faramalla folklòrica i la premsa es va quedar en quadre. Al cap d'uns dies li van enviar les fotos, i si fos un bon diputat espanyol les tindria penjades al seu despatx, ben emmarcades, però per falta de patriotisme les va deixar en un racó i van acabar perdent-se.

El cas és que K, en qüestió d'un any, ja tenia un nom a Madrid, i convé ressaltar que se'l va guanyar a pols. Va rebre el Premio Sagasta al Diputat Revelació el desembre del 2001. Tot plegat era una fórmula dels periodistes parlamentaris, que atorguen uns premis, una mena d'Òscars del Parlament: *Azote del gobierno, Azote de la oposición, Mejores relaciones con la prensa, Pregunta del millón, Premio al peor diputado, Premio al diputado fantasma*. S'ajunten els periodistes i nominen tres diputats d'entre els quals, com a premi revelació, va resultar escollit K. Això fou tot un xoc.

D'aquell xicot una mica exasperat i perdut per l'hemicicle, havíem passat a tot un expert en temes financers. La concessió dels premis es fa al Palace, de rigorosa etiqueta, i sempre hi assisteix la presidenta del Congrés. Aquell any, per exemple, ho finançaven el BBVA i El Corte Inglés. I K va fer el discurs de la nit. I va triomfar amb la seva peculiar mania d'explicar-los acudits de catalans: «Si no fuéramos así de tacaños, con lo que nos robáis estaríamos muertos.» I els madrilenys reien. I com que l'impacte de Gescartera encara durava, Pilar Marcos, periodista d'*El País* que havia d'informar només del PSOE, amb voluntat de justícia, perquè el creia el més brillant de la comissió, va dir a K que li ho compensaria: l'últim diumenge de l'any va sortir a la contraportada del diari amb una entrevista. I els socialistes catalans, exaltats, com Nadal, no sabien com s'ho havia fet. La mateixa redacció d'*El País* a Catalunya no hi entenia res.

CONVERSES DE SORDS

Altres obligacions, o devocions, dels diputats que passen per l'hemicicle són les estades a empreses i les visites arreu del món. Això de les *estancias parlamentarias* s'ho va inventar el Círculo de Empresarios de Madrid per connectar el món polític amb el món econòmic –com si els qui coneixen el truc no ho practiquessin cada dia–. K, en lloc d'apuntar-se a una gran corporació, va decidir remirar-se una mica això de l'economia productiva i se'n va anar a Campofrío, la gran fàbrica de derivats del pernil. Però en el primer sopar informal entre els directius i el solitari polític, la presidenta del Círculo se li va enganxar com una paparra. I va començar el romanço de sempre:

–Pero K, ¿tú eres independentista?

–Sí, señora.

–¿Lo que se dice independentista, independentista?

–Si lo quiere más claro le diré que soy separatista.

–¿Y por qué?

–Pues en legítima defensa, porque nos da la gana y porque esto no puede continuar así –ella va insistir en el perquè i ell va seguir informant–. Si quiere le hablo en términos económicos, infraestructuras, déficit fiscal... Por PIB por cápita ya somos el número trece y tenemos por delante a Castilla-León. Ya sólo queda Ceuta y Melilla. ¿Qué más nos tienen que hacer para que digamos basta?

–Pero el Estado ha invertido mucho en Cataluña, yo cada vez que voy veo más autopistas.

–Son de peaje y las pagamos nosotros. Y las comunicaciones, ¿por qué tenemos que pasar por Madrid para ir por el mundo?

–Pero K, ¿cómo quieres que Cataluña tenga vuelos con todo el mundo?

–Tenemos más población que todo el área de Madrid.

–¡Pero Madrid es capital!

–Por eso soy separatista, señora.

–Ah, bueno, bueno...

Al final, ella, estranyada com davant d'un aborigen incomprensible, va renunciar a insistir en coses que no comprenia. K es va dedicar uns quants dies a indagar en les entranyes de l'empresa Campofrío, en l'estructura directiva, i va veure l'eficàcia d'una marca que ja tenia l'aparença de multinacional. S'ho va passar, de fet, com en unes colònies.

VIATJANT PEL MÓN

Però el més divertit del Congrés, allà on es fa festa grossa, és en els viatges institucionals, que són de molts tipus i conceptes. Així hom s'adona, per exemple, de coses que passen desapercebudes a la majoria de ciutadans, com és l'aparell exterior d'un Estat modern. K té unes quantes històries sobre el tema. Al començament de la legislatura, el desembre del 2000, després d'haver-se apuntat a la comissió de Cooperació Internacional, va ser convidat a fer un viatge a la Xina per promoure l'economia espanyola. Hi anaven els portaveus de les comissions parlamentàries i el ministre d'Economia.

Com que era l'únic català, va fer la seva immersió lingüística al castellà, perquè la veritat és que els tribuns espanyols, i els bascos, no cal dir-ho, dominen una mica millor l'oratòria. Així va fer amistat amb uns quants diputats del PNB, entre ells Pedro Azpiazu, i amb l'Eguiagaray, que havia estat ministre socialista, i amb una altra diputada del PSOE, Arantxa Mendizábal. Aquell viatge va ser propi d'una fira de mostres: visites a empreses, pernoctacions al Carlton Hotel i visites turístiques a la Gran Muralla, on a la traductora no se li acut cap altra idea que preguntar-los de quins partits eren cadascú. I K que li diu:

–Rejón es de Izquierda Unida, ésta es del Partido Popular –una tal Susana Camarero, lloca com ella sola– y son como Chiang Kai-Shek.

–¿Y quién es Chiang Kai-Shek? –pregunta la diputada, tota consternada.

I mentre tot el grup esclatava en rialles, K contesta:

–Nada, era un liberal reformista seguidor de Azaña aquí en China.

No se sap, tanmateix, si ella s'ho va arribar a creure. Com a comiat d'un viatge tan instructiu, els promotors xinesos van regalar a tots els diputats un Quixot de Lladró, i K, sense pensar-s'ho dues vegades, el va regalar a la traductora, cosa que va provocar una indignació total per part dels altres, que no entenien com podia refusar un present tan exemplar. Però aquell viatge va servir perquè K intimés de veritat amb polítics professionals que tenien anys de legislatura a les espatlles, i comencés a espavilar-se en els tractes sempre imprescindibles entre polítics de formacions diverses.

SEPARATISTES A MÈXIC

De fet, allà on va xalar més fou en un viatge a Mèxic. Es tractava d'un agermanament entre el Parlament espanyol i el mexicà. I va resultar que el dia de la visita dels parlamentaris ibèrics a la cambra mexicana, la marxa zapatista havia arribat a la capital i es dirigia cap al Congrés. K i altres diputats volen assistir-hi, ja que diputats del PRI i del PRD els han convidat a veure l'espectacle. I la senyora presidenta de les Cortes, Luisa Fernanda Rudi, fortota i curta com ella sola, els diu que de cap manera, perquè allò és una intromissió en la política interior mexicana. La van engegar a pastar fang i tots els diputats se'n van anar a platea. Allà coincideixen amb eurodiputats catalans i viuen l'ocasió històrica de la comandante Ester, la substituta de Marcos, el qual no va parlar pel fet de no ser indígena, adreçant-se al Parlament a favor dels drets ancestrals. Al cap de vint-i-quatre hores va tenir lloc una reunió amb la comissió parlamentària d'Exteriors del Congrés mexicà, i no se'ls va acudir cap altra cosa que preguntar a la Rudi:

–Y ustedes, ¿cuándo se sentarán a platicar con ETA?

L'escàndol que va armar la presidenta va ser sensacional. Agressiva, fora de si, va ser concloent:

–Jamás de los jamases.

El PP, que tants diners s'ha gastat comprant periodistes anglesos i americans perquè deixin de parlar de «separatistes i bascos» i parlin de «terroristes bascos», no podia fer altra cosa sinó indignar-se, però va afegir:

–Nosotros toleramos a separatistas que no son violentos como el señor K.

I K muts i a la gàbia, però quan agafa el micro els llança a tots una arenga sobre l'independentisme i els drets nacionals. La senyora Rudi, que ja no podia més, va concloure:

–No sé por qué dejan venir a algunos en estos viajes.

I Anasagasti, que sent la frase, li replica:

–¿No podremos venir nosotros?

I Luis de Grandes, diputat del PP, visiblement irritat, va afirmar:

–Así damos una imagen distorsionada de la delegación.

I K que li etziba:

–¿Y quién lo paga todo esto?

–El Congreso.

–¿Y el Congreso quién lo paga? Y de los que pagan, ¿cuántos catalanes hay? El 20%, ¿no? Pues a mí me pagan de sobras.

I s'ho va cobrar amb escreix. Fins i tot va aprofitar l'ocasió per fer una conferència al Centre Català de Mèxic DF, on, no cal dir-ho, va ser molt aplaudit. Però en aquests viatges K s'adonava que el servei diplomàtic espanyol era d'una corda popular més que tensada. De fet, sempre hi anava un diputat valencià del PP, Joaquín Lázaro, de la comissió d'Interior, que en cada viatge cridava a part l'agregat de premsa, l'agregat militar i l'agregat del Cesid –ara Centro Nacional de Inteligencia– i els repartia les consignes del partit sobre com s'havien de fer les coses. I parlar, el que és parlar clar, no es podia fer en tots els viatges.

ESPIONATGE A LA CARTA

A mitjan 2002, K va ser convidat juntament amb altres diputats a uns cursos de fiscalitat europea i en especial sobre el finançament dels *länder*. Ell havia de tornar aviat a Barcelona i ho va comunicar a l'ambaixador, un incompetent que tenia el càrrec per amistat personal amb Aznar. Li van dir que no es preocupés, que li ho arreglarien tot des de l'ambaixada i el portarien amb cotxe oficial fins a l'aeroport. «Millor», va pensar, «almenys traguem profit dels nostres impostos». Un càrrec tècnic de l'ambaixada va anar a buscar-lo a l'hotel, i durant tot el trajecte, aquell paio no va parar de fer voltes sobre el mateix tema:

–¿Y vosotros, relaciones internacionales con quién tenéis?

K, que el veia venir, va contestar tot pausat:

–Con Eusko Alkartasuna.

–No, de España, no, internacionales.

–Nada más, salimos muy poco.

–¿Y con el PKK, el partido de los trabajadores kurdos?

–¿Y quiénes son ésos?

–¿Y con gente de movimientos de liberación de Sudamérica? No sé, con las FARC de Colombia...

–No, ERC, de eso, nada de nada.

L'altre començava a pensar que K havia tingut un accés d'idiotesa i no s'havia mogut mentalment de Ripoll. I el xofer vinga prendre rutes alternatives per arribar com més tard millor a l'aeroport. I el funcionari continuava pressionant:

–¿Y contactos con el Sinn Fein?

–Uy, no. Éstos son muy católicos y mi partido es muy laico...

Finalment, després de l'interrogatori, el van deixar marxar cap a Barcelona convençuts que o bé era un perfecte passerell o bé amagava l'ou. En un altre viatge al Brasil, i en un sopar de gala, el van posar al costat d'una bellesa, agregada del CNI, que no va parar de referir-se al tema diguem-ne nacional, però K ja s'havia preparat per fer-se l'innocent i només va sortir amb vaguetats.

DELS PAÏSOS CATALANS

Però K té una altra raresa que fa anar de corcoll els populars. Com a independentista té clar que el seu marc de referència són els Països Catalans, i això ho aplica, sense prejudicis, a la seva tasca parlamentària. Ho té tan clar que creu que en temes com els calés s'ha de ser solidari amb altres companys de penes, perquè al País Valencià, i encara més a les Balears, el dèficit fiscal és igualment insuportable. Si tenim en compte que K sempre ha procurat presentar moltes preguntes i mocions sobre la resta dels Països Catalans, amb gran irritació del PP –alguns membres del qual, com una diputada de la comissió de Medi Ambient, es pensaven que K era valencià–, no ens ha d'estranyar que fes el mateix amb l'esmena a la totalitat a la llei de finançament del 2001 sobre la cessió de tributs a les comunitats autònomes, tal com va fer també el BNG. Com que es votava per comunitats autònomes i ERC havia presentat tres esmenes, una per cada regió dels Països Catalans, la presidenta Rudi, una mica despistada, li va dir si volia acumular-les totes tres, i K va respondre amb to emfàtic:

–Claro que sí, pues se trata del mismo país que incluso en esto están expoliando igual, y este país se llama Països Catalans.

L'esbronc i els insults dels diputats del PP va ser monumental, perquè aquest tema els sulfurava. I ve't aquí que succeeix una cosa curiosa en el debat de la llei de partits: a l'entrada de l'hemicicle dos populars la feien petar, Vicente Martínez Pujalte, diputat ras, i Esteban González Pons, senador i actual conseller de Cultura de la Generalitat valenciana, un proZaplana i l'altre proCamps, que ells també es barallen per les cadires, no fotem. I en passar K, Pujalte xiuxiueja:

–Éste es de los Países Catalanes.

–Vicente –li enganxa al vol K–, vuélvete a Murcia y deja a los valencianos en paz.

Agredit i tocat, Pujalte li replica:

–Lo que yo hablo no es catalán.

–Efectivamente, Vicente, lo que tú hablas no es ni valenciano, que es lo mismo que hablo yo.

I no li importava, ni de bon tros, ficar-se en qüestions purament regionals, i és així com es va afegir a la proposició no de llei del PSPV per demanar l'enllaç de l'AVE amb l'aeroport, el port i la Zona d'Activitats Logístiques de València. Per qüestions tècniques, K demana votació separada i el president de la comissió li etziba:

–Usted no es valenciano.

–Todo el mundo sabe que Valencia es la capital del País Valenciano y éste forma parte de los Países Catalanes.

De nou, ja hi som, vinga crits i renecs. En canvi, quan es discutien qüestions com la millora de la carretera de Sòria o l'M-40 de Madrid i tots votaven, ell es quedava tan tranquil, creuat de braços, i no alçava el dit perquè, simplificant, el tema no afectava ni Catalunya ni els Països Catalans, i quan el president de la comissió se li va emprenyar, ell va contestar:

–Yo en temas españoles no me meto.

–¿Usted es zulú o qué?

–En todo caso de la minoría watusi.

EL SEPARATISTA RADIOFÒNIC

La fama de K, roig i separatista, es feia notar a les Corts, però la correcció parlamentària obliga a salvar, només una mica, les formes. Allà on paradoxalment es van atènyer alts nivells de còlera hispanofuribunda va ser precisament en aquesta estada, ja citada, al Brasil. Abans d'anar-se'n de viatge, en semifinals de la Champions League, al Barça –qui no ho recorda– li va tocar el Madrid, i el diari *Sport* li va voler fer una entrevista curta sobre el matx, i ell la va acceptar encantat. Amb el seu llenguatge taxatiu va sintetitzar les coses. L'entrevista es publica i ell se'n va al Brasil, i ja de matinada li truca el seu secretari des de Madrid i li diu:

–Escolta, els d'El Larguero volen parlar amb tu.

Encantat de ser entrevistat al programa d'esports de la SER, amb el famós José Ramón de la Morena, que havia descavalcat l'ínclit José María García. K va decidir no canviar el xip i no posar-se la camisa convergent, allò que sempre han fet els regionalistes quan s'han sentit acorralats pel furor hispànic. Tot allò de no exagerar, les bones maneres, les excuses contínues... Així que quan el van trucar els va dir el mateix que havia sortit a l'*Sport*: «Yo quiero que España pierda.» Entre els tertulians d'El Larguero hi havia Emilio Pérez de Rozas, Tomás Guasch i el locutor en qüestió. I Guasch li diu:

–¿Tú crees que el Barça es Cataluña? ¿Un equipo lleno de argentinos y brasileños?

–Claro, porque a lo mejor tú quieres que todos los de la selección española sean españoles y no quieres a ningún negro, pero a mí mientras me hablen catalán y quieran a este país, me da igual sean de donde sean. Tú debes de ser racista.

I llavors, enfurismat, Guasch, periquito conspicu d'aquests que es nega a parlar en català per collons, li contesta:

–Tú cobras un sueldo del Estado español y por tanto eres español.

–A mí me pagan los tíos que me han votado y no me vengas con cuentos.

–¿Y si juegan España y Francia?

–Bueno, entonces un empate.

En plena histèria, li diu:

–¿Y contra Turquía?

–Pues yo con Turquía.

–¿Y si juega con Brasil?

–Yo siempre voy con Brasil, juega bien y da espectáculo, y a veces también voy con Holanda.

I Pérez de Rozas, més viu que una mostela, li pregunta:

–¿Crees que la junta del Barcelona actual representa Cataluña?

–No, éstos tendrían que estar en la cárcel.

I es va quedar ben a gust. Quan ja havia tornat del Brasil va anar a portar els seus fills a l'escola de Sants on estudien, i un senyor gran va felicitar-lo, però ell no sabia per què. Es va quedar astorat de la quantitat de gent que li deia que ja era hora que algú fotés canya.

AMISTATS MIXTES

En aquest canvi generacional, la irrupció d'una gent sorgida de la societat civil, catalans nacionals que no necessiten justificar res ni ningú, és allò que més fa trempar K. Perquè el fet de ser diputat i anar sempre de cara no li ha impedit, ni de bon tros, fer-se amb amics de diferents opcions polítiques.

A part de Pedro Azpiazu, un home fort del PNB, diputat a la comissió d'Economia juntament amb K i que procedeix d'Euskadiko Ezkerra, hi ha també la gent del Bloque Nacionalista Galego, primers espases com Carlos Aymerich, «segurament el millor diputat del Congrés», recalca K, i que ensenya dret administratiu a la Universitat de Santiago. Perquè al mixt tots són amics: Begoña Lasagabaster, d'Eusko Alkartasuna; el cantant més de la broma que hi ha a les Cortes, José Antonio Labordeta, i l'andalusista José Núñez, amb qui s'ha relacionat força perquè K ha demostrat sempre una sensibilitat especial pels temes andalusos i no està disposat que el PSC els monopolitzi des de Catalunya. I ja prepara el partit per introduir-se en les Casas Regionales i en altres institucions culturals i folklòriques trencant tota mena de tabús que fins ara ho feien impossible.

K també té relacions d'amistat entre els socialistes, especialment amb el basc, resident a Logronyo, Ángel Martínez Sanjuan, que combina alhora un cert guerrisme i un cert basquisme. L'altre personatge que encanta a K és, sense sorna, Joaquín Leguina, a qui va tractar per voluntat pròpia i amb el qual van relligar una bona relació d'amistat que es va prolongar amb passejades pel Madrid popular, que l'expresident de la CAM coneixia millor que ningú. I amb el diputat socialista Joan Marcet, que ja no es torna a presentar.

LA LLUITA PER MONTJUÏC

I tanmateix la vida del grup mixt és dura i complicada. Potser l'únic tema en el qual el solitari diputat K ha aconseguit colar una proposició no de llei fou en l'escandalós assumpte del museu del castell de Montjuïc. S'instava el Govern espanyol a tancar-lo per exhibició i venda d'objectes feixistes i nazis a la seva botiga, que tenia llicència d'un patronat compost a mitges entre l'Ajuntament de Barcelona i el ministeri de Defensa. En definitiva, aquell castell, propietat de l'Ajuntament, es dedicava a finalitats comercials i a la difusió ideològica, i seguint el vell reglament franquista, es mostraven estendards de la legió, banderes preconstitucionals i fins i tot tenien una estàtua eqüestre de Franco al costat de la cel·la on va estar empresonat Lluís Companys. I un diputat d'Aragó, un tal Moreno, de físic semblant a Mussolini, va començar, en la comissió de Defensa del Congrés, a riure's dels republicans, de la guerra i de les víctimes del franquisme, estil: «¿Quién coño es ese Companys?» I K no es va tallar gens. El va acusar de «cachorro franquista» i es va haver de suspendre la comissió dues vegades. L'esbronc va deixar els socialistes catalans acollonits, i fins i tot Josep Maldonado, de CiU, li va fer costat.

De tant rebombori que va organitzar K, el PP va acabar votant a favor d'instar el Govern espanyol a prendre les mesures oportunes perquè el Museu Militar de Barcelona deixés d'exhibir i vendre objectes amb emblemes d'ideologia feixista. I es va acordar, també per iniciativa d'ERC, organitzar els fons del museu amb criteris historiogràfics moderns d'acord amb els principis constitucionals.

Com que havia començat l'intent del PSOE de desempolsegar la qüestió de la Guerra Civil, de la qual en tots els seus anys de govern no s'havien ni preocupat, la premsa va treure el tema amb titulars d'escàndol. Van tancar la botiga de souvenirs nazis i el museu encara està pendent de remodelació. Però la cosa va tenir derivacions.

Precisament en aquell viatge ja esmentat a Mèxic, K, a punt d'embarcar-se, matava el temps a la Sala de Autoridades, i tenia davant d'ell tota una tropa de generals carregats de medalles mentre ell es dedicava a llegir el diari. I de cop arriba Luis Mardones, de Coalición Canaria, que, com a exgovernador civil, coneixia l'estament militar, i els comença a saludar un per un. Les abraçades ressonaven per tota la sala. De cop K sent com un d'aquells militars comenta a Mardones si a la sala hi ha algú d'ERC i en concret K. Mardones li diu:

–Claro que sí. Aquí está K. Si quiere se lo presento.

I s'acosten cap a K, un punt acollonit. I el militar se li adreça directament:

–Bon dia, sóc Lluís Alejandre Sintes i m'agradaria parlar amb vostè.

Amb aquell català d'accent mallorquí el va deixar estupefacte. És així com va conèixer tot un alt cap de l'Estat Major que es va interessar per conèixer-lo i parlar del tema en qüestió, i amb el qual va tenir dues sessions de converses a la Capitania General de Barcelona. Mallorquí, fi i intel·ligent, catalanoparlant, Sintes, com tot un general Batet, es va interessar per la postura ideològica de K, sempre dins uns paràmetres de correció formal. Es van entendre tan bé que K fins i tot li va plantejar, en broma, la hipòtesi de compartir l'exèrcit en cas que Catalunya fos independent. Sintes es va limitar a somriure, però d'allò va quedar una bona relació bastant més agradable que l'esmorzar que va compartir amb Federico *manda huevos* Trillo, que volia posposar el tema del castell fins després de les eleccions municipals del 2003, a la qual cosa K es va negar. De moment, el museu segueix tancat a l'espera d'un dictamen museogràfic, i la botiga ja no ven simbologia nazifeixista. El triomf, doncs, va ser complet, i el 27 de febrer del 2001 la comissió de Defensa del Congrés dels Diputats va aprovar, per unanimitat, la proposta no de llei d'ERC.

I no us penséssiu, ni de bon tros, que K es limitava a qüestions fins a cert punt menors. La trajectòria parlamentària implica desenes, quasi dos centenars, de mocions, preguntes, esmenes, esmenes a la totalitat, propostes de llei, demanda de compareixences i altres bagatel·les parlamentàries. Seria del tot pesat exposar-les detalladament, però són moltes coses. La proposició no de llei d'executar immediatament les obres de la N-II a la Jonquera. Les esmenes perquè la llei del cinema subvencionés la producció i comercialització de pel·lícules en català. L'esmena a la totalitat contra el Plan Hidrológico Nacional. La demanda de compareixença de Celia Villalobos, la graciosa ministra que aconsellava cuinar amb ossos de porc i no de vedella quan es va produir la crisi de la vaques boges, o d'Arias Cañete, que el van enganxar dient que el PHN es faria «por cojones». La proposició per reclamar que les pensions de viduïtat augmentessin fins al 100% de la base reguladora. Les 57 esmenes –cap assumida– a la llei d'estrangeria del 2000. L'esmena a la totalitat al projecte de llei de reforma parcial de l'Impost sobre la Renda de les Persones Físiques que «legitima l'espoliació econòmica d'algunes zones com Catalunya», una disposició transitòria sobre els autònoms per equiparar-los al règim general de la Seguretat Social o la modificació del Codi Penal sobre el maltractament dels animals. Com aquestes, totes les peticions que vulgueu. I totes rebutjades perquè, a fi de comptes, què és un diputat del grup mixt en la marea absoluta del PP?

Si ni tan sols les reivindicacions massives de la societat catalana per a la recuperació dels documents confiscats que es troben a l'Arxiu de Salamanca han aconseguit res, què té d'estrany que se subvencioni la Fundación

Nacional Francisco Franco, privada i sectària, o que es posin diners per recuperar els cadàvers dels militars de la División Azul mentre que s'ignora la tasca de rescatar les fosses comunes dels republicans exterminats des de 1936?

UN DIPUTAT A LES TRINXERES

Ara bé, a més de petites victòries, com ara el cas de Montjuïc, els grans debats de les Cortes, com el de l'Estado de la Nación, retransmesos pel segon canal de TVE, i amb bons índexs d'audiència, han servit a K per forjar-se un paper de corcó amb arguments nous i ordenats. Mentre el març del 2003, retransmès en directe, es debatia la participació d'Espanya a la guerra de l'Iraq, K, en lloc de vagues proclames sobre la pau i la legalitat internacional, es va dedicar a recordar tots els beneficis que Aznar i els seus amics privatitzats volien treure d'aquesta operació neocolonial, des de Construcciones y Contratas fins a Repsol. Va aconseguir que Aznar es posés com una fera i li sortissin escurçons de la boca. Perquè ara que sabem que d'armes de destrucció massiva no n'apareixeran mai, l'interès econòmic, la rapinya capitalista i expansionista i el botí del petroli són arguments més coherents que la llibertat del poble iraquià, a qui, gràcies a Aznar i els seus amics, van deslliurar del tirà. I el bo del cas és que K, a mesura que han passat els anys, ha notat aquest *feedback* amb els electors. I fins i tot ha rebut cartes de gent que mai no el votaria però que en temes com aquests li mostrava el seu suport i encoratjament. És a dir que, malgrat tot, per més minúscula que sigui la porta del mixt, K s'ha fet un nom i ha arribat a ser, almenys, un bon diputat que exalta els ànims del corró popular.

K també ha estat testimoni, en primera persona, de l'onada d'espanyolisme més ferotge que es recorda des de les eleccions generals de 1977. Poca cosa hi ha pogut fer, certament, però ha vist, percebut i entès la correlació entre el vell règim i el nou poder popular, la *mélange* del falangisme i la tecnocràcia amb els estafadors de coll blanc i els mags de la prestidigitació financera, l'encens nacionalcatòlic que es respira entre la majoria absoluta i la seva falta d'escrúpols. Certament els admira. Ja li agradaria que des de Catalunya algú posés tant d'èmfasi en una política catalanista de combat que plantés cara a l'Espanya eterna.

Però K ha après també les virtuts, sovint inconfessables, de la *realpolitik*, i sap que per desfer aquest esperit de la nova hispanitat cal que el centralista PSOE, un partit on hi ha tifes i covards, sigui prou valent per afrontar algun dia el canvi. Un canvi, fins i tot, del model constitucional que permeti refer les relacions, sempre submises i malaltisses, entre Catalunya i Espanya. Per això mateix, K, a tots els efectes, un barceloní de Sants, originari de Ripoll, forjat com a veritable polític a les Cortes de Madrid i a la maquinària d'ERC, ha estat el negociador del pacte tripartit de les esquerres de Catalunya. Perquè té un projecte, una ambició i una aposta que comparteix amb el seu partit i que caldrà que expliquem amb cert detall.

El negociador

Si algú es creia que el diputat K se n'anava a Madrid per submergir-se a l'estany del Retiro i deixar de banda el partit i la política catalana, anava errat de mig a mig. K és un animal polític tot terreny, vint-i-quatre hores al dia. Tan aviat pot discutir una esmena al Congrés com reunir-se cada dilluns, a Barcelona, amb la permanent, on no tan sols té plaça fixa sinó també influència i camaraderia. No permet que ningú s'escapoleixi d'aquesta xarxa d'organització i finances que el seu home de ferro, Xavier Vendrell, secretari del tema en qüestió i membre de la permanent nacional, ha teixit dins el partit. I no cal dir que la seva empremta a les JERC i el seu ascendent entre el sector provinent de l'independentisme és més inqüestionable que mai.

Fa lleig dir que K i Carod-Rovira porten les regnes del partit, però en el repartiment de papers a ell li toca, i no el preocupa gens, fer de dolent; és a dir que quan convé sap tenir un no per resposta i quan les circumstàncies ho requereixen és capaç de posar ordre.

Així que juntament amb Josep Huguet, un carodià que va per lliure, i amb el mateix exconseller en cap, tots tres fonamenten les sòlides columnes de l'estabilitat interna d'un partit que, tot i tenir-los, obvia i restringeix els corrents interns, defugint l'estil dels vells casals d'Esquerra on cadascú feia el que li passava pels daixonses. Fins i tot aquells que van quedar escaldats dels mètodes de K i els seus per forjar una estructura compacta i duradora, han reestablert ponts de cordialitat, ja que, a més de ser un home polític, a K no li manca simpatia ni mà esquerra i prefereix tenir amics a enemics, cosa que en el món de la política sempre és saludable perquè no saps mai amb qui acabaràs pactant.

BONES VIBRACIONS

Per això no té res d'estrany que el 16 de novembre del 2003, el dia de les eleccions autonòmiques, ell fos un dels convidats a la tertúlia postelectoral que es feia a TV3 un cop sabuts els resultats dels sondeigs a peu d'urna. I segurament ell era l'únic home tranquil als camerinos de la televisió, on tots els contertulians van fer una porra que només ell va encertar en pronosticar entre 21 i 23 diputats per a ERC. No és que ho sabés, però aquell diumenge, quan va anar a votar al districte de Sants, ja un pèl tard, va descobrir que el munt de paperetes d'ERC havia baixat considerablement, i es va fixar que tres noies joves, d'aquestes que ensenyen les calces per damunt dels pantalons i que parlaven castellà, agafaven les butlletes d'Esquerra. Va preguntar als interventors del partit per què n'hi havia tan poques i van confirmar-li que la gent les agafava i les ficava al sobre pertinent. Tot semblava, doncs, en ordre.

Aquella era una campanya electoral ben amanida d'equidistància, una proposta de tots contra el PP i un desig irrefrenable que nous partits portessin un canvi d'aires a la Generalitat.

Tot això s'olorava, es percebia en l'ambient. K, que no es va haver d'implicar gaire en la campanya, va seguir la regla d'or del partit: en qüestió de pactes, no hi ha res decidit. El camí de la sobirania podia obrir-se per moltes bandes, però abans que res s'havia de fer el possible perquè ERC es convertís en un partit indispensable per governar Catalunya. Per tant, calia fer l'intent de superar la barrera mítica del mig milió de vots i consolidar-se com una alternativa al sistema bipartidista que havia dominat Catalunya durant tants anys.

CIU TORNA A LA CÀRREGA

Si algú va atacar ERC sense recança durant la campanya electoral fou precisament CiU, que no parava de denigrar-los, i fins i tot Pujol s'hi va atrevir en una cèlebre intervenció al teatre Bartrina de Reus, on, ple de gom a gom, va dir, per fer gràcia al públic, si algú s'imaginava un conseller d'Esquerra governant la Generalitat. I molts van riure! Els convergents, ja escaldats pels pactes municipals d'ERC amb el PSC, uns pactes que els havien salvat els mobles a la Diputació de Girona, pensaven que votar ERC era un xec en blanc per als socialistes. Per part de Carod-Rovira no hi havia millor contraargument: l'únic que durant dues legislatures consecutives va regalar l'autogovern de Catalunya al Partit Popular fou Convergència i Unió, a canvi d'un finançament esquilat i quatre prebendes. Per tant, deien els d'ERC, que no els vinguessin amb *cuentos*.

Aquest era un tema que sulfurava especialment K, que havia viscut en directe la política madrilenya dels convergents o la freqüent baixada de pantalons a canvi de regalies que no justificava una vocació política i de servei, com sempre han dit els pujolistes.

I K, a més, s'adonava que CiU encara no havia entès que ERC ja no era aquell partit lligat per un cordó umbilical, quasi telepàtic, amb els papàs nacionalistes que sempre sabien conduir els nens de l'estelada cap a les plàcides aigües del no-res.

CiU tenia els d'ERC per uns nanos exaltats i arrauxats, però vinculats sentimentalment a un pretès nacionalisme conjunt que llimava totes les diferències i els feia amics per sempre. I la cosa prenia aires de versemblança perquè el pujolisme que havia fagocitat la primera ERC d'Heribert Barrera i, posteriorment, l'impuls independentista de Colom, no els veia ni tan sols com a oposició viable. Però Mas i els seus no es van adonar de la importància que agafava ERC a les municipals del maig del 2003, i es van emprenyar quan van veure que ERC es convertia en la tercera força municipal de Catalunya. I per primera vegada havien entrat amb certa força al cinturó de Barcelona.

MATAR EL PARE

Els pactes municipals van tenir un punt d'equidistància –com en el cas de la Diputació de Girona o de l'Ajuntament de la Seu d'Urgell, pactades ambdues amb CiU–, però en general indicaven un canvi de direcció cap a allò que ara ja podem denominar un pacte catalanista i d'esquerres. I allò que CiU es va encarregar de repetir fins a la sacietat, que els d'ERC, des de Barcelona fins a Lleida, pactaven amb els socialistes, no va provocar per primer cop la reacció d'acolloniment i culpabilitat de quadres, militants, simpatitzants i votants d'ERC. Allò d'imaginar-se que serien castigats per una massa d'encesos nacionalistes que reclamarien el retorn d'Esquerra a les essències patriòtiques. Perquè, evidentment, CiU havia aguantat la legislatura més antiestatutària i antinacionalista que es recorda des de la transició, només perquè el PP li salvés el cul al Parlament de Catalunya, li aprovés els pressupostos i li bloquegés comissions d'investigació. Encara més: la veritable oposició a CiU al Parlament de Catalunya va estar a les mans de diputats d'ERC com Joan Ridao –i si no, llegiu *Baixant la persiana. Crònica d'un final de règim*, publicat a l'Editorial Tres Tigres– o Josep Huguet. Van convertir-se en el fuet implacable d'un govern que el 1999 es va negar a pactar un executiu de salvació nacional amb ERC a canvi, recordem-ho, de no tocar una coma de l'Estatut, tot enmig de casos de corrupció on l'entorn de Duran i Lleida va demostrar la condició moral d'aquests teòrics democratacristians.

Per tant, sense posar-nos profètics, els diputats d'ERC, tant a Madrid com a Barcelona, i els regidors d'ERC, tant a Vic com a Tarragona, havien vist que CiU estava ple d'interessos classistes, que feien i desfeien en nom, sempre, de Catalunya. Però aquest cop, en aquestes darreres eleccions, era difícil fer encaixar la fe reverencial cap al partit que no depenia de Madrid, l'antisucursalisme per excel·lència que tant havia predicat Pujol. Perquè la realitat era un pacte estèril i letal amb el PP que els va portar fins i tot a votar a favor del Plan Hidrológico Nacional i a empassar-se totes les brutalitats del PP contra els seus teòrics aliats bascos, el PNB. Només se'ls va acudir donar suport –oferir-se com a intermediaris, en pla subhasta– en plenes negociacions postelectorals per veure si així Ibarretxe telefonava a Carod i amansia la fera.

Fins a l'últim dia CiU no es va adonar que ERC no li devia res. I menys el monopoli de Catalunya. Tota la campanya per afavorir, des de Convergència, el Partit per la Independència del duet Colom-Rahola no s'oblida fàcilment, i les punyalades de CiU contra el seu teòric aliat natural donarien per a un llibre força gruixut. S'hi hauria d'incloure la campanya monòtona contra ERC en les darreres autonòmiques; una campanya que plantejava el tema de Catalunya com si es tractés d'escollir entre un submarí del PSC o un fabulós partit nacionalista que, de cop, apostava per la màxima sobirania per a Catalunya. Un milió de catalans s'ho va creure, i aquest és el mèrit d'Artur Mas: guanyar per escons unes eleccions on inicialment sortien més que escaldats. Com que l'altre milió, per cosa de vuit mil sufragis, va guanyar en vots, semblava que tot podria ser com abans. Excepte en el fet que, en lloc del PP com a aliat no gaire natural, ERC acceptaria amb molt de gust un govern nacionalista –un bloc potent i amb majoria absoluta– perquè, al cap i a la fi, els de casa ens entenem amb els de casa. I per cabrons, parlant clar, millor els nostres.

I molta gent s'ha cregut, i encara es creu, aquest discurs. I per això mateix els de CiU van tornar a guanyar, per poc, unes eleccions on molts pensaven, fins i tot alguns d'ERC, que Maragall s'emportaria en principi una còmoda victòria. I, quedi clar, aquest no era l'escenari preferit per ERC, que apostava precisament pel que va succeir: un empat tècnic que obria tot un nou ventall de possibilitats.

UNA NIT MOGUDA

I aquí és on K entra en joc. La nit del diumenge va ser la típica nit estrepitosa i ploranera del PSC, i, malgrat les reverberacions del presidenciable, la gent corria abatuda i trista pel carrer Nicaragua, tocada d'aquest malefici històric que els foragita sempre del poder autonòmic. Es deia fins i tot que Maragall estava disposat a engegar-ho tot a rodar. I el dilluns al matí, com recullen tots els diaris, K va decidir fer una trucada que, d'una manera pomposa, podem considerar històrica.

El dia anterior, al Fira Palace de Montjuïc, centre de reunió dels republicans, l'eufòria era tremenda. En aquells grans salons corria el moscatell i el cava i es passava de la incredulitat –vint-i-tres diputats– a l'excitació col·lectiva. Estaven tocant el cel amb la punta dels dits. 544.000 vots avalaven una estratègia que, paradoxes de la vida, encara no estava del tot definida perquè els mesos d'equidistància havien fet que al partit no s'hagués parlat, enfocat o discutit seriosament sobre qui volien tenir de *partenaires* si entraven al govern català.

Així que mentre la militància corejava eslògans i ovacionava Carod, la direcció feia càbales perquè estava arribant l'hora, els dies crítics en què calia decidir. En principi, hi havia un model teòric: el govern de concentració. Tots els partits menys el PP, tal com havia predicat en campanya Carod-Rovira. Però la possibilitat de convertir-se en un sandvitx entre les dues maquinàries més potents de Catalunya tampoc no engrescava gaire els dirigents d'ERC, ja que si el mes de març del 2004 el PSOE guanyés les eleccions, cosa ben improbable –i vostès, amables lectors, potser ja ho sabran en el moment de llegir aquest llibre–, molts, tant socialistes com convergents, apostarien perquè el PSC entrés a manar amb Convergència a canvi del suport a Madrid.

PREESCALFAMENT NEGOCIADOR

Així que, de moment, tot es va posposar per al dilluns 17 a la reunió de l'executiva. Però aquell matí, mentre esmorzava, K va llegir l'editorial d'*El País* i es va espantar davant la carregada contra el fracàs dels socialistes, a qui ja donava per morts i enterrats. Encara dimitirien tots i deixarien ERC als peus de Convergència, sense alternativa. I com que aquest és un país de *sottogoverno* i K coneixia Miquel Iceta, de l'aparell del PSC, perquè de tant en tant es troben, dinen, s'ensumen i es vigilen, va decidir telefonar-li. Hi ha diverses versions del contingut de la conversa, però en resum, K va anar al gra:

–¿Com estàs, Miquel?

–Ja t'ho pots imaginar. Molt malament.

–Mira, només et vull dir dues coses: no tenim res pactat amb Convergència, no us equivoqueu. No ho engegueu tot a rodar perquè després us en penedireu. Vosaltres i nosaltres. No hi ha res decidit. També pot ser que no pactem amb vosaltres, però espereu, que està per veure què passarà.

K mantenia la peculiar teoria del ratolí. Ells eren la rateta que pujava l'escaleta, i hi havia dues portes. Si es ficaven només en una, quedaven entrampats amb el tros de formatge, petit i miserable, que els donarien. Així doncs, era millor obrir joc a dues bandes, no tant pels càrrecs –CiU ja els n'oferia un gavadal– sinó per acció política.

Artur Mas, que havia entrat aquell dilluns al Palau de la Generalitat aclamat pels funcionaris, ja es veia de president sense ni tan sols haver parlat amb Carod-Rovira. Això sí, totes les argumentacions a favor del pacte nacionalista que els malvats republicans van destruir, juntament amb els somnis de milers de catalans, fan riure si es mira la intensitat de les gestions que CiU va fer no amb el PSC sinó amb el PSOE. Rodríguez Ibarra, el mateix dilluns, demanava, ell, el dimoni en persona, un pacte PSC-CiU per barrar el pas als independentistes. Això és el que volien PSOE i CiU, i per això hi va haver converses de tota mena i per a tots els gustos. Pujol truca al seu confrare González, Xavier Trias es veu amb Zapatero, uns quants se'n van a negociar amb Chávez i arriben a l'extrem –no hi ha límits, senyors– de retre homenatge a Bono perquè influeixi en el PSC.

Paradoxalment, malgrat les paraules del regionalisme català, el veritable pacte que volia CiU passava per negociar directament amb Madrid i amb Zapatero –terriblement espantat de pactar amb separatistes– menyspreant absolutament el PSC. Aquest cop sí que el PSC es va escalfar i va reaccionar amb un no rotund al pacte amb els convergents davant les trucades de Ferraz. Fins i tot José Montilla, aquell xaval que amb setze anys va arribar a Catalunya procedent de Còrdova i que ara ja és primer secretari del PSC, alcalde de Cornellà, president de la Diputació de Barcelona i cap de llista a les generals, aquest Pepe, José o Josep, tant li fa, va fotre un cop de puny damunt la taula del despatx de Zapatero amenaçant-lo de trencar els acords històrics entre el PSC i el PSOE si seguien intoxicant i derrapant des de Madrid. Que només ells, i ningú més, tenien la potestat de negociació. I no estaven disposats a fer un pacte amb CiU que condemnaria a l'ostracisme Maragall, la darrera carta del socialisme català des de la derrota del març de 1980.

PRESSIONATS, PERÒ TRANQUILS

Hi havia més elements que jugaven –en un principi– en contra d'un pacte catalanista i d'esquerres, com per exemple la por que el Partit Popular va intentar transmetre als empresaris amb la visita de Mariano Rajoy el 21 de novembre. Però tant la CECOT, l'organització empresarial del Vallès, com la Caixa de Pensions i la Cambra de Barcelona es van fer l'orni i es van mantenir –aquests sí– en una exquisida equidistància que va remullar la pólvora que els populars volien disparar contra una possible entrada d'ERC en qualsevol fórmula de govern. Aquella setmana posterior a les eleccions va semblar fins i tot una mica estranya.

Mentre Mas, a les Canàries, i Carod, a Portugal, se n'anaven de vacances, l'aparell d'ERC preparava documents amb vista a la immediata negociació amb els dos partits principals, i K –qui sinó ell?– i Ernest Benach eren nomenats negociadors per part d'ERC. K no tenia pressa. Les pressions de molts militants, simpatitzants i amics perquè ERC decidís d'una vegada amb qui pactaria el neguitejaven. Calia gestionar el temps amb calma perquè realment es pogués firmar un bon acord, ja que si no aguantaven els primers embats, tot se'ls podia girar en contra en el procés final de negociació, que és quan de fet es tanquen els temes transcendentals.

El dilluns 24 de novembre es produeix al Parlament la primera trobada entre els dos equips de negociadors –Ernest Maragall i José Montilla pel PSC–, i la reunió va tenir un cert toc surrealista. Els socialistes es pensaven que K i Benach se'ls rifaven i que ja ho tenien tot decidit i tancat. Els d'Esquerra van actuar amb un tacte exquisit i, al contrari del que es pensaven els socialistes, no els van sortir amb cap ciri trencat, però els van comunicar els temes mínims sobre els quals calia parlar: finançament, estatut i programa social. I, sobretot, lleialtat i coherència al Parlament català, a les Cortes de Madrid, al Senat i al Parlament europeu. Si això quedava clar, les converses podien tirar endavant. «Si creieu que no podeu garantir res en temes que afecten Madrid, deixem-ho córrer», va dir-los K, i els altres van dir que sí, que volien i podien.

TOT, TOT I TOT

El dia següent, el 25 de novembre, va tenir lloc la reunió amb els negociadors de CiU –Pere Macias i Josep Anton Duran Lleida–, que simplement els obrien les portes del cel. Conclusió de la trobada: el que vulgueu. Disposats a parlar de tot i a donar-los-ho tot. És el dia que K va sortir de la reunió i, amb una certa càrrega d'ironia que molts van entendre al revés, va dir que CiU havia dit «sí a tot». És a dir que CiU s'aproximava a ERC a l'estil de les subhastes de peix, a qualsevol preu, però sense canviar res d'essencial. Convergència tenia dues sensacions diàfanes respecte a ERC que van condicionar tota l'estratègia negociadora: la impressió que això ja estava fet i que els republicans caurien al sac i tot quedaria ben lligat. Perquè, al cap i a la fi, el germà petit no pot dir que no al gran, per més imbècil i inoportú que sigui el petit de la família, aquest que només sap portar pancartes i que no sap el que és governar amb majúscules.

Convergència, alhora, també tenia una certa mala consciència i tampoc no podia pressionar gaire perquè els darrers anys, i sobretot durant la campanya, havia fuetejat i menyspreat ERC. Vuit anys de pactar amb el PP i de fotre's d'ERC no podien superar-se en un dia ni en tres setmanes. I tot s'havia apuntat a la llista de greuges. El to brutal de la campanya de CiU va ser, almenys per a K, la sentència de mort de CiU, que sabia que estava en fals i va intenar refredar tensions amb una prudència exquisida. Però ja en aquella primera reunió del 25 de novembre, K va deixar clar que no estava per brocs: exigia el canvi d'alts càrrecs i de cares públiques de la Generalitat si volien pactar amb ERC, que no estava disposada a menjar-se les misèries de vint-i-tres anys de partit únic. Tant Macias com Duran Lleida consideraven que no ho podien garantir. Però Duran exposava a la premsa que estaven d'acord amb ERC per fer auditories externes a tots els departaments, cosa que K no havia dit mai perquè sabia perfectament que les auditories es fan a la carta i tot queda en no res.

AVENÇOS I HISTÈRIES

En la segona trobada amb el PSC, el 27 de novembre, ja es respirava un altre aire. Els negociadors socialistes van començar a creure que la cosa pintava seriosa, i es va plantejar quina hauria de ser la línia de negociació. Els temes que s'havien de concertar eren la qüestió clau del finançament, la llengua i el nou estatut. Amb Montilla, però, K ja hi tenia una relació precedent des dels temps que ell portava l'àrea d'organització del partit i Montilla la dels socialistes, cosa que CiU no havia fet mai perquè considerava que no calia parlar de res amb els nanos «indepes». I això sempre ajuda a crear un clima de confiança. Fou una reunió d'exploració en la qual ja s'encetaven les futures línies de discussió. I l'endemà, de nou CiU, però aquest cop amb agror, perquè alguns dirigents del partit del govern deien que ERC reconeixia el bon paper del grup parlamentari català a Madrid, precisament allò que ERC negava. I per pactar K exigia la coherència dels diputats catalans a les decisions que es prenguessin a Madrid. «Això no ho diràs per nosaltres», va replicar Duran. «És clar que ho dic per vosaltres, perquè vosaltres allà deixeu de banda els interessos de la majoria d'aquí.» I vinga esgarips. Però en sortir, enèsima repetició del guió: «Amb ERC estem absolutament d'acord en tot.»

Però la histèria creixia i apareixien pintades que deien «CiU+ERC=Catalunya», i les admonicions de l'entorn criptoconvergent, d'amics sobtats dels republicans, eren fortíssimes. Començava la campanya de cartes a l'*Avui*, mentre molts ja donaven per quasi tancat el pacte amb Convergència després que el PSC havia proclamat el seu no rotund al govern de concentració CiU-PSC-ERC, amb el qual Carod fins i tot havia arribat a especular. La necessitat històrica de fer alguna cosa per evitar el final del maragallisme es va concretar en una manifestació del progressisme barceloní davant del Parlament –primer volien fer una cadena humana entre les tres seus del tripartit però no hi havia prou mans– que per K va tenir com a mínim una nota rellevant: no tan sols s'exigien les bestieses culturals habituals, sinó que a més reclamaven un nou finançament i desempolsaven *Els Segadors*. Les esquerres redescobreixen en un exercici d'introspecció històrica que ells són el catalanisme. I K ja ho veu bé, perquè trenca el vell, fals i arcaic dilema de la dreta nacionalista i l'esquerra espanyolista que tan bé li havia anat a CiU des de 1980.

Pujol, que esmorza amb Carod el primer de desembre, era potser qui tenia més clar que la cosa pintava malament. Ell sabia millor que ningú com s'havia excedit CiU amb ERC des que es van negar a pactar amb ells el 1999, les maniobres per inflar el PI i tantes altres petites i grans jugades que els republicans havien anant incloent en el seu memorial de greuges. Pujol li va preguntar només dues coses: «Teniu res decidit?» Carod va dir que no. «Doncs et demano que et reuneixis amb en Mas», i Carod va accedir-hi sense problemes.

CRISI DE NERVIS

I el 2 de desembre torna a haver-hi trobada entre les delegacions de CiU i el PSC enmig d'una clima d'expectació que va anar pujant de to. Els ninotaires ja dibuixaven K, que de cop s'havia convertit en l'estrella de totes les negociacions i era la nineta dels ulls de tothom. Amb el seu posat un punt agrest i resolutiu, d'anar per feina i no divagar gaire, va saber mantenir la tensió especulativa dies i dies mentre la gent es delia perquè de la seva boca sorgís la decisió final. I a porta tancada, amb CiU, K els diu que ho veu negre, tot plegat, però que hi ha dos temes que vol aclarir. D'una banda, el tema de l'escola concertada, que ja el primer dia de reunió havia provocat una crisi de nervis a Duran, que veia impossible fer una oficina única de matriculació que assignaria els nens a la pública i a la concertada. No es podia fer perquè era «anticonstitucional». De l'altra, hi havia també el tema, pendent i candent, del Plan Hidrológico Nacional, sobre el qual l'ambigüitat de CiU era absoluta. En tot cas, es va decidir que un membre d'ERC especialitzat en educació i un de CiU, també del mateix tema, i dos especialistes en qüestions d'aigua, es reunissin per separat per veure si es podia arribar a un acord. I així va aparèixer Antoni Vives, exMDT, exesquerra i secretari del govern, per dir que cap problema. De nou sí a tot. Mà dura amb l'escola d'elit, negativa al PHN.

Però mentrestant, en paral·lel, Josep Huguet, Carles Bonet i Pere Esteve es reunien des de feia dies amb amplis sectors de la societat civil per prendre el pols a tot un seguit d'organitzacions, associacions, sindicats, lobbies i congregacions, i el missatge era unidireccional: la gran majoria preferia apostar per un pacte d'esquerres. I el 4 de novembre, dijous, hi ha una nova reunió CiU-ERC, i tota la premsa ja dóna per fet el pacte nacionalista perquè tot sembla lligat. Fins i tot els donaven la Generalitat en pes –consellers d'ERC i independents– a canvi que Mas fos el president, però sense acceptar en cap moment que CiU trenqués relacions amb el PP, fins i tot si la governabilitat de l'Estat tornés a dependre dels convergents.

ERC començava a estar una mica farta d'aquesta curiosa predisposició de CiU per mantenir-se al poder al preu que fos, i encara més de la campanya de pressió per constituir el front nacionalista que duien a terme aquesta massa homeopàtica de nacionalistes de pedra picada que s'havien empassat tan feliços dues legislatures d'involució autonòmica. I, d'altra banda, Carod i els seus tenien un propòsit molt més ambiciós: volien trencar la Catalunya bipolar amb un gir transversal que els permetés tenir els peus ben assentats a les regions de l'interior i a la gran Barcelona.

LA MARATÓ DE LA IMMACULADA

Com que encara no hi havia res del tot tancat, CiU i PSC, per mostrar la total predisposició al pacte, voten Ernest Benach, insigne casteller, com a president del Parlament de Catalunya. I aquell mateix dia, al despatx de Carod al Parlament, K, Benach, Bonet, Huguet i Vendrell, un miniexecutiu d'urgència, conclouen que ha arribat l'hora de decidir-se. El temps s'acaba. I s'aposta per intentar-ho amb el PSC. Però de veres i a totes. I es determina que entre el pont de la Constitució i la Immaculada, del dissabte 6 al dilluns 8, les delegacions del PSC i les d'ERC es tancarien en un despatx d'advocats de Barcelona; ERC al pis de baix i PSC al pis de dalt.

Es creen comissions per a tots els temes sectorials i un comitè d'enllaç permanent. De les nou del matí a les nou del vespre d'aquell dissabte despoblat, es reuneixen, debaten, puntualitzen, redacten, informen, i K i Carles Bonet, en substitució de Benach, ara ja president, van trobant-se, una hora sí una hora no, amb Ernest Maragall i José Montilla. Però les discrepàncies romanen damunt la taula. Josep Huguet i Antoni Castells no arriben a una entesa definitiva sobre el nou model de finançament. I tampoc es posen d'acord pel que fa a política territorial: Montserrat Tura i Xavier Vendrell s'encallen sobre el quart cinturó i el túnel de Bracons. Els primers espases dels dos partits van suar la cansalada en aquell despatx, i si bé es van tancar molts temes sectorials, quedava per aclarir l'assumpte dels calés i l'Estatut. Acceptaria el PSOE una Agència Tributària catalana? Què faria el PSC si a Madrid rebutjaven l'Estatut o el descafeïnaven al màxim?

Eren preguntes que encara no tenien resposta. Però el dilluns 8 de desembre, Josep Huguet, el teòric d'ERC, assenyala que gran part de les entitats consultades pel partit es mostren favorables a una renovació del govern. La premsa, tan poc intuïtiva, comença a imaginar-se l'escenari tripartit, però encara falta que el dimarts, al carrer Nicaragua, la seu del PSC, donin el tema per tancat. Sembla que els del PSC havien assumit el discurs d'ERC sobre el nou estatut, i del «què hi farem si ens el rebutgen» havien passat a acceptar una consulta popular després de la tramitació a Madrid; una consulta que podia ser perfectament negativa si el poble català es trobava davant d'una reforma completament aigualida.

DE L'ESPOLIACIÓ I LES SEVES CONSEQÜÈNCIES

Tot i que la majoria dels serrells ja estaven tancats, no és fins el dimarts 9 de desembre, cap al migdia, que finalment Castells, el cervell de la cistella d'impostos, i Huguet, el flagell de l'espoliació fiscal, arriben a l'acord definitiu de crear l'Agència Tributària catalana. Una Agència que recaptarà tots els impostos de Catalunya –propis, cedits i compartits– i que serà un *max-mix* entre el concert econòmic i el règim general, ja que la Generalitat augmentarà la seva participació en els percentatges de tots els impostos estatals i rebaixarà la seva càrrega de solidaritat territorial en funció del seu propi dèficit fiscal, de l'excés de preus públics i de robatoris evidents com els peatges.

És un acord *in extremis* i en un clima protohistòric: els socialistes no acceptaven d'establir la bilateralitat Estat-Generalitat i tampoc no es decidien sobre el percentatge de la quota, és a dir allò que s'haurà de cedir a Madrid i que és la mare dels ous de tota negociació econòmica, passant fins i tot per damunt del Consell de Política Fiscal i Financera. Van ser hores, minuts, segons intensos que ja havien provocat moments de crispació, com quan Ernest Maragall es va aixecar tres vegades de la taula i va increpar K, dient-li que volien ficar el dit a l'ull dels pobres d'Espanya, que, vaja, no es podia dir que nosaltres pagàvem més i els altres vivien del *cuento*. I K es va mirar Montilla i li va preguntar: «Que no hi ha pobres a Catalunya?», i l'alcalde de Cornellà va assentir amb una suau inclinació de cap. Perquè, precisament, li va recordar K, són les classes populars les primeres que pateixen l'espoliació fiscal, i no dubtarien gens ni mica de tenir un finançament a la basca que els permetés una veritable millora en tots els serveis socials.

TOTS PER L'AGÈNCIA

El PSC, doncs, renegava del vell sistema de finançament i estava disposat a morir matant, si calia, per defensar l'Agència Tributària catalana davant del PSOE, que, com és costum, ara proposarà crear-ne a totes les autonomies. A K, això li sembla perfecte. Maragall, reconvertit en patriota social, s'arriscarà a patir de tres a cinc anys de presó si convoca, com diu el programa, una «consulta popular» per ratificar el nou estatut el 2005, i el PSC assumeix allò que mai no havia estat del tot clar: un catalanisme decidit i valent. Però faltaven encara els dos últims serrells. D'una banda, els socialistes volien un quart cinturó que enllacés el Baix Llobregat i el Vallès Oriental a través d'una nova autopista. Esquerra s'hi oposava perquè això podria tenir un gran impacte ambiental i perquè podria arreglar-se amb una doble via ferroviària. I d'altra banda, hi havia l'assumpte del túnel de Bracons. La discussió forta fou amb Joaquim Nadal, el nou conseller de Política Territorial i Obres Públiques, que apostava per continuar les obres del túnel entre Osona i la Garrotxa. Quan surti aquest llibre potser ja en sabrem el desenllaç, previst per al mes de febrer, com s'afirma en l'acord per un govern catalanista i d'esquerres, l'anomenat Acord del Tinell, perquè es va firmar en aquell saló reial.

LA DECISIÓ FINAL

I el dimarts 9 de desembre, a les vuit del vespre, l'executiva d'ERC decideix tirar pel dret. Després de passar-se tres anys demanant a CiU un pacte nacionalista; després que CiU rebutgés acords de fons amb ERC durant la darrera legislatura; després de l'oposició d'ERC a la moció de censura de Maragall; després que Carod es declarés continuador del primer Pujol; després d'oferir-los un pacte d'estabilitat que posaria fi a la subordinació de CiU al PP; després de veure's titllats de partit de «festa major» i després de saber que, ara sí, per pebrots, tocava pactar amb CiU perquè el mannà del PP s'havia acabat i llavors sí que podien permetre que ERC els rentés la cara nacionalista que ja tenien tan desfigurada; després de tantes telefonades, pintades, articles i panegírics a favor del pacte nacionalista en el qual els bonastres de l'Esquerra perdonarien les humiliacions de CiU i treballarien tots junts per Catalunya; després de crear un pànic escènic amb un Maragall que significaria la irrupció de l'espanyolisme a Catalunya, el primer president dependent de Madrid; després de... Després de tot això ERC diu prou. I se la juga. En una aposta a tot o res. La reunió del dimarts 9 de desembre no va ser tensa ni esquizofrènica. Hi havia consens i s'havia tancat un acord que, per a un partit independentista com Esquerra, era un pas més cap a la sobirania nacional, i encara més: una aposta pel catalanisme transversal.

Perquè mai més no es podria parlar de dues Catalunyes, ja que, excepte el PP, tots els partits assumien un catalanisme implícit, de dretes o d'esquerres, i aquesta vegada havia arribat l'hora de demostrar als catalans que la Generalitat tenia una política social, territorial, econòmica, lingüística i ambiental diferent de la de Convergència, amb la qual no s'hauria de perdre –ja ho veurem– la sintonia en els grans temes d'acord, com ara la reforma de l'Estatut o el nou model de finançament. Com podria oposar-s'hi CiU ara que els seus rivals havien assumit i superat el seu discurs? Així, aquell dimarts de desembre, ERC aprovava per unanimitat l'acord de govern amb PSC i ICV-EUiA. El cartipàs estava tancat: Carod-Rovira esdevenia conseller en cap, amb unes atribucions que encara van ser discutides fins al mateix dia de la investidura de Maragall,

i ERC obtenia cinc conselleries de pes, amb el luxe incorporat d'un independent valencià, Carles Solà, exrector de la UAB, al Departament d'Universitat, Recerca i Societat de la Informació.

TARRADELLISME PRÀCTIC

K, considerat per tothom com l'home clau del partit perquè sap moure's en els tres terrenys de la política pràctica –l'oratòria, l'aparell i la negociació–, passava a ser, a tots els efectes, el forjador del pacte amb el PSC, tal com ressaltava, i immortalitzava per a l'història, el diari maragallista de Catalunya, *El Periódico*. El diumenge 14 de desembre del 2004 la portada del diari mostrava una encaixada solemne entre K i Montilla sota el monument a Tarradellas. «Ja som aquí», van cridar alguns centenars de militants el dia de la investidura de Pasqual Maragall, i, en certa manera, reconeix K, aquest pacte ha estat un exercici de tarradellisme pràctic. A més de tot el que diu el minuciós acord de govern, hi ha un plantejament nou: una unitat catalanista d'esquerres on els independentistes no hauran de demostrar res –excepte que saben governar–, ja que es tracta de crear, o recrear, una bona administració pública, al servei dels ciutadans i en benefici seu, que els faci a tots ciutadans de Catalunya.

S'ha de posar fi a la duplicitat d'administracions, cal trencar l'absurda batalla entre Barcelona i la Generalitat, s'ha de recuperar un punt de vista que passa per fer una obra de govern palpable que faci comprensible i assumible allò que realment vol ERC i que els socialistes han acceptat, per primer cop a la vida, de defensar davant de

Madrid; fa falta un Estatut, que s'aconseguirà peti qui peti, un finançament més equitatiu cap al camí del concert econòmic, i totes aquelles petites coses que converteixen una regió perduda del nord-est peninsular en un Estat amb majúscules.

Hi ha altres coses que cal destacar: la regulació de l'Estatut del president de la Generalitat perquè aquest sigui el representant ordinari de l'Estat a Catalunya; la creació d'un Tribunal de Cassació, calcat de l'època republicana, per resoldre en darrera instància els recursos judicials originats a Catalunya; la institucionalització de les vegueries com a àmbit de descentralització de la Generalitat i de cooperació municipal; una nova llei electoral més justa i equitativa; la definició d'una vegada per totes d'un sistema de funció pública de Catalunya que faci d'aquest país una veritable administració única entre ajuntaments, comarques, mancomunitats, vegueries i províncies. I és necessari dur a terme traspassos a administracions locals per poder fer efectiva aquesta xarxa de complicitats i superar la duplicitat en què s'havia convertit la gestió pública a Catalunya. Fan falta informes sobre els fluxos econòmics per saber de veritat què passa amb el dèficit fiscal que el Govern espanyol amaga de fa temps, i convé fer coses tan poc brillants, però necessàries, com el traspàs del cos d'inspectors de treball i de les seves competències per assumir, a més, un marc de relacions laboral català. D'altra banda, també cal constituir un fons català de peatges finançat pels impostos que paguen els conductors, incrementar els recursos per a les universitats en un 30%, establir oficines úniques de matriculació per evitar guetos escolars i distribuir els fills d'immigrants entre l'escola pública i la concertada.

Cal un nou sistema de benestar social aplicat a estaments, joves, gent gran i famílies que realment tingui en compte les necessitats de cada col·lectiu, que apugi les pensions mínimes i ofereixi feina als joves en un termini de sis mesos, sempre en col·laboració amb totes les instàncies administratives. I cal també una Agència de Salut Pública que faci possible que les visites al metge de capçalera durin com a mínim deu minuts.

El programa és extens i comporta dur a terme tot allò que un govern ha de tenir com a prioritari, com ara la gestió del territori, i aquí –perquè hi ha molts interessos en joc– és on cal distingir entre desenvolupament de turisme i construcció, les dues malalties econòmiques que desfan el país. S'ha d'adaptar la idea de planificació urbanística que ja defensava Lluís Armet quan era conseller de Tarradellas. La Vila Olímpica n'és un exemple. Primer el govern fixa les condicions, delimita el terreny, els espais públics, les zones verdes i el sòl no urbanitzable, i després les immobiliàries construeixen els pisos i no a l'inrevés. Tot s'ha de fer seguint uns plans territorials que fins que no es defineixin suposaran moratòries o suspensions de llicències, i potser a la fi salvarem zones tan emblemàtiques com l'Empordà.

I tot això, és clar: racionalitzar l'administració i refer Catalunya des dels fonaments amb competències que ningú no ens pugui regatejar, i així assolir el màxim poder per a Catalunya prescindint tranquil·lament de Madrid i de l'Estat. Però cal aprofitar, això sí, les oportunitats històriques que es donen de tant en tant –1977, 1993, 1996, tres governs espanyols en minoria– per replantejar les condicions del pacte amb Espanya sobre la base que la nació catalana té uns drets i que els seus compromisos de lleialitat passen perquè Madrid, en lloc de descentralitzar, delegui en la Generalitat tot allò que concerneix la governació de Catalunya, cosa que només serà factible amb un nou Estatut i un nou finançament.

Potser caldrà esperar uns quants anys, però ERC ha proposat, i el PSC ho ha acceptat, que es redefineixin les clàusules del que Tarradellas entenia per un contracte amb Espanya, en el qual cadascú fa la seva però on Catalunya, com a nació agregada a un Estat, actua com la primera administració del país. D'aquesta manera exerceix el poder polític i econòmic que li correspon com a representació única de l'Estat a Catalunya, amb un matís federal que certament Tarradellas no tenia, però que ja sabem com sol acabar. Cafè per a tothom, d'acord, però no està clar que totes les comunitats vulguin agències tributàries pròpies, pagar-se una policia integral o participar en competicions esportives internacionals. El tarradellisme és oportunitat històrica –la feblesa momentània de Madrid– i administració seriosa. I si algun dia, de veritat, perquè s'ha avançat prou, fos possible la independència, o la interdependència, com tant agrada de dir a Rubert de Ventós i a Oriol Bohigas, doncs endavant. Almenys el federalisme, la reforma de la Constitució o els nous estatuts són vies que, en definitiva, formen part de l'ideari fundacional d'Esquerra Republicana de Catalunya.

Quan Maragall, en la presa de possessió dels nous consellers, el dilluns 22 de desembre, els va anomenar ministres de Catalunya, llavors, precisament, feia un acte de tarradellisme i alhora de republicanisme. Reivindicava un patriotisme social, social però català, i feia molt temps que no sentíem altra cosa que el patriotisme constitucional, una mamarratxada de neofranquistes emblanquinats per l'amnèsia de molts. Un canvi de tarannà, si més no.

No cal dir que K és qualsevol cosa menys un ingenu. Prometre 30.000 places de guarderia i 42.000 habitatges públics en quatre anys de govern i amb la caixa buida és fer volar coloms. La lletra petita del pacte té contradiccions curioses, com ara ambiciosos plans de carreteres i protecció absoluta del medi ambient. Però, com diu ell, això són coses del PSC i d'ICV, com per exemple la legalització de la marihuana amb finalitats terapèutiques. A ERC li toca –i no és cosa fàcil– gestionar l'Educació, que fa aigües pertot arreu en plena crisi d'identitat, i desentumir-la introduint d'una vegada per totes la immersió en la secundària. I també s'encarrega de la Governació, que significa posar ordre al desori de la funció pública i l'administració local, trossejada en diputacions, consells comarcals i trames burocràtiques absurdes, i així aconseguir que la maquinària administrativa treballi al mateix ritme i al servei dels ciutadans. I el Comerç, que, potser aquest cop sí, donarà prioritat els petits davant dels gegants. O Benestar i Família, que haurà de demostrar, en especial allà on vol ERC, al cinturó de Barcelona, el seu gran repte de fer política social en clau catalanista i així –no ho diguem en veu alta– treure vots de la piscifactoria socialista. I la creació d'una política lingüística, impulsada per Carod, que va des de l'esmentada immersió fins a la compra de productes etiquetats en català, passant per tots els nivells de l'administració, encara que, de moment, no sabem si ens permetrà algun dia de veure pel·lícules doblades al català sense haver d'anar al cine més perifèric de Barcelona.

Hi haurà, de fet ja n'hi ha, contradiccions, malentesos i una campanya fulminant d'un cert regionalisme, transvestit de nacionalisme radical, que acusa ERC de traïció a Catalunya. A la seu nacional del partit, al carrer Villarroel, s'han fet un fart de sentir insults. L'*Avui* publica un gavadal de cartes de catalans conscients que diuen que mai més no tornaran a votar ERC perquè es pensaven que la seva funció era radicalitzar CiU i no llançar-se als braços del PSOE, i el columnista més punyeter de Barcelona, Salvador Sostres, diu tots els penjaments que li surten dels daixonses perquè no es pot creure el que ha passat. Però al partit, a part d'una quarantena de baixes, les altes s'han incrementat en més de tres-centes.

INCERTESES I RISCOS

Molts, certament, trigaran temps a pair-ho. Els alts funcionaris pleguen i n'entren de nous. La maquinària de l'administració és misteriosa, i des del director general fins a l'últim bidell cal fer-la rutllar sense excessives molèsties per a la plantilla fixa, però fent prevaldre l'autoritat d'uns polítics que han de dominar una estructura sovint kafkiana. La reducció d'alts càrrecs, la purga d'assessors i les rebaixes de sous astronòmics es deixaran notar ara que fins i tot han descobert un germà de De la Rosa que no anava ni a fitxar. L'obra d'aquest govern serà analitzada sense contemplacions per dos senyors –Piqué i Mas– que són murris i tossuts. És a dir que hi haurà oposició, però CiU haurà de demostrar d'una vegada per totes si el seu catalanisme només val quan governa o tornarà a pactar amb el PP si a Rajoy li falten quatre vots. I això és precisament el que K, home ambiciós, vol evitar: que CiU sigui l'única veu catalana a Madrid. K aspira a tot. A aconseguir, per exemple, un grup parlamentari propi. És una cosa difícil, certament, perquè K, candidat ja investit per a les eleccions generals del 14 de març del 2004, quedarà marcat, per bé o per mal, com l'home del pacte amb el PSC. K ha hagut de baixar a l'arena per enfrontar-se amb els gladiadors socialistes sota la mirada atenta de milers de catalans. Ha firmat un pacte de sang, un enllaç estratègic que ha segellat amb José Montilla, el perfecte funcionari de partit, socialista, català, però també espanyol, que sulfura molts nacionalistes que no feien gaires escarafalls a les magarrufes d'en Pujol a l'Aznar els anys feliços d'aquell matrimoni en minoria simple.

Com deia Xavier Bru de Sala, el catalanisme ha passat a ser patrimoni de tothom, una sorpresa realment fascinant fins al punt que alguns ja pensen a reconstruir aquell mític grup socialista català al Congrés de Diputats. No cal dir que no ho faran. Però lluitaran pels drets de Catalunya davant d'un probable govern popular que no deixarà de criminalitzar-los, o bé davant d'un PSOE que ha compromès el seu suport al pacte i que, per tant, l'haurà de complir.

ESTRATÈGIES AMB ANYS DE PREVISIÓ

Si no, llavors, i m'imagino K amb un lleu somriure sarcàstic, serà ERC qui s'endurà els vots d'allò que ja podem denominar esquerra nacional. I de moment, perquè K se les pensa totes, ja imagina que el votant criptoconvergent –no tants com semblen– tornarà a les files de CiU, però amb un candidat perfectament conservador com és Josep Anton Duran Lleida, que es deleix per un ministeri.

En canvi, aquells qui feien vot útil al PSC per evitar la golejada de la Brunete popular es quedaran, qui sap, al redós d'un partit que pretén reconduir el catalanisme d'esquerres i ser hegemònic a Catalunya. Que Anna Simó, la nova consellera de Benestar i Família, sigui algun dia alcaldessa de l'Hospitalet és molt difícil, però és sorprenent la quantitat, i la qualitat, de fills de dirigents socialistes que han votat ERC.

Perquè hi ha noves fornades de joves, de gent cansada, d'homes emprenyats i de dones fartes, que un dia o altre poden començar a deslliurar-se dels seus protectors-compradors i deixar de ser el viver socialista de Catalunya, on de ben segur seria recomanable l'alternança, com sovint recorda CiU. No em pregunteu per què, però K sempre ha tingut aquest pensament: que els andalusos o els berbers, els fills de la vella i la nova immigració, se sentin part integral de la nació catalana i exerceixin com a tals. K està convençut que ERC és aquest partit que fusionarà corrents tan diversos com dispersos. De moment, a milió per CiU i a milió pel PSC, Catalunya encara està repartida entre els dos grans i la tasca d'un diputat del grup mixt no arriba a grans sectors de l'opinió pública per raons òbvies. Però K, a Madrid, s'ha sabut fer escoltar, ha sabut esbroncar, ha sabut investigar i ha sabut enfrontar-se amb una cambra d'espanyols furibunds als quals treu de polleguera perquè no els té cap por.

Amb trenta-set anys, K manté l'esperit rabiós d'aquell jove que feia pintades independentistes a les parets del centre de Ripoll, però a hores d'ara es pot dir que ja s'ha llicenciat en política activa, que té ben poc a veure amb les ciències polítiques que ell va estudiar a l'Autònoma. Si la importància d'un home es mesura per la quantitat d'enemics que té, no ho dubteu, a K li'n sobren. Però el partit funciona, i ell hi té molt a veure, i el final de l'equidistància és el final d'allò que K mai no ha suportat: fer agitació gratuïta per als de CiU, com feien ell i altres entusiastes de la Crida a mitjan anys vuitanta, perquè després Pujol guanyés còmodes majories i deixés el país a mig fer. ERC s'ha fet adulta, i potser fins i tot adúltera, si hom perdona la broma fàcil, i això té uns costos. El dolcíssim 2003, l'any d'Esquerra, sens dubte, pot convertir-se en un amarg 2004. Però K ha fet la volta per les Espanyes i ha potinejat entre bassals de sang que s'escolaven entre crisis i escissions. Ha vist el millor i el pitjor de Catalunya i ha contemplat Espanya des de l'hemisferi congressual. I sap que tard o d'hora arribarà el moment decisiu en què la croada hispànica derraparà en frenesí sincopat i esclatarà com una bombolla d'aire. I no podran governar, sempre i a tot arreu, contra Catalunya i Euskadi. Aquest dia, K estarà també a la taula de negociacions.

LES VISIONS DE K

De fet, no hi ha res que K desitgi més. Heure-se-les amb el PP o amb el PSOE, amb qui convingui, i aconseguir que Espanya s'empassi una Catalunya cada cop més sobirana. Perquè ell és d'esquerres, sí, i dignificar les classes populars és part del seu projecte, però precisament per això també és independentista. Ni se n'amaga ni se'n penedeix. És gairebé consubstancial amb el seu caràcter ferreny i rocallós. Té fusta de líder, però prefereix que no es noti. Ell tanca les negociacions amb el PSC i fa com si res. No espera agraïments, i sol prescindir dels llepaculs que li fan la cort. K espera rèdits concrets: vots i poder. Poder de decisió, poder d'insubmissió. És un temperament volcànic que ha après a autoregular-se i que va saber desfer-se en vint dies de la pressió convergent i de la indecisió socialista per dotar Catalunya d'un govern que els espanyols no entenen.

I d'això es tracta. K ha deixat el terreny desbrossat i preparat perquè des de Madrid visualitzin una Catalunya que no havien conegut mai. Reivindicativa, orgullosa i potencialment perillosa perquè no vendrà duros a quatre pessetes ni anirà de ploramiques. Justícia i equitat. I un respecte a l'adversari amb noves regles de joc que Catalunya té el dret d'exigir. I davant d'això, tard o d'hora els espanyols s'asseuran a negociar. Emprenyats.

Allà els espera K. El temps que faci falta, que és jove i no té cap pressa. Ell creu, amb aplom, amb convenciment, que té dues virtuts imprescindibles: voluntat i resistència. La seva absoluta immersió en el món de la política i en els ressorts d'una organització cada cop més complexa com és ERC poden convertir-lo en una referència de futur. Importa poc o molt quins siguin els resultats del 14 de març. Poden perdre vots prestats, però poden guanyar nous electors disposats a l'independentisme pragmàtic que ha après K. I com que el nou govern té cent dies de gràcia, i aquest llibre s'ha conclòs dins aquest període, no revisarem les maragallades ni les atzagaiades dels principis. Els governs són apostes a llarg termini i tot està per veure.

K, com a membre de la comissió de seguiment de l'acord tripartit, seguirà tenint un paper, no ho dubtin, a l'hora de les discussions i els malentesos que ja s'han produït. Però no us penséssiu que està excessivament preocupat. K és de la mena de gent que no et pots treure fàcilment de sobre. Vol jugar a Barcelona i a Madrid, i vol que els qui valorin el seu pas per la política vegin que gràcies a gent com ell s'han produït canvis decisius i s'han trencat vells tabús. K arribarà fins on pugui, malgrat que l'imprudent de Zapatero digui que no vol governar si no té majoria d'escons, carregant-se precisament l'esperit de l'Acord del Tinell. Però K no té l'obligació de solucionar els recargolaments mentals del socialisme espanyol. Només espera que els socialistes catalans demostrin d'una vegada que creuen en aquest país.

I si al final no hi ha res a pelar, si Espanya no ens suporta, bon vent i barca nova. I si de tant estimar-nos ens ofeguen, doncs millor deixar-ho córrer. Així pensa K, que no ha girat mai les espatlles a la realitat. Hi ha poca gent tan cruament realista com K, i per això es planteja molt fredament la llarga, llarga guerra contra senyors que, com ell, no volen perdre. El neofranquisme espanyol i ell són irreconciliables. Si fóssim en temps de guerra ja l'haurien afusellat, però les obligacions de la democràcia formal els forcen a mantenir les maneres. I amb formes, però amb fermesa, K vol el reconeixement d'Espanya com a Estat plurinacional. Des de dintre. Els oients de la COPE i els lectors de *La Razón* no ho tenien del tot clar amb CiU. Però han descobert, i descobriran encara més, que K no fa política per caure bé a ningú, sinó perquè és independentista. I els espanyols, Déu no els ha donat aquesta gràcia, mai no entendran que algú no vulgui ser com ells. El nacionalisme espanyol, que, parlem clar, és de base inquisitorial i rupestre, no pot consentir que es destrueixi aquesta «unidad de destino en lo universal» que Aznar tan bé ha exemplificat. I K, com molts catalans, cada cop més, n'està fins al capdamunt.

O sigui, benvolgut lector, que s'acosten temps de canvis i mudances, d'enfonsar velles estàtues i mites transicionals, de posar fi als pactes d'Estat i a les liquidacions per etapes de l'autogovern. Les elits i tota la cort d'aprofitats que viuen de la moma madrilenya són l'enemic de K. I no hi ha treva possible. El temps dirà si K guanyarà la partida.

Quan hàgiu llegit aquest llibre, ja tindreu algunes respostes. No cal dir res més. Tot el que hem dit i explicat en aquest llibre és rigorosament cert. K s'ha preparat durant anys per plantar cara al PP des de tots els fronts possibles. I estigui on estigui, a Madrid o a Barcelona, té molt clar qui és l'enemic principal: el Partit Popular, contra el qual valen totes les aliances i combinacions. Però si alguna cosa també ens ha demostrat la política, aquests darrers mesos, és que els escriptors, els periodistes, anem a remolc d'uns fets que superen fins i tot els més informats. Per tant, no ens farem els milhomes ni dissertarem sobre el que pot passar. Deixem a la benevolència del lector, aquest amic imprescindible, que entengui aquest final tan obert i que sigui ell qui continuï el serial del diputat K i tot el que li pugui esdevenir en aquests dies que ja han començat a ser arrauxats i melodramàtics. Perquè, senyors, no hi ha més remei. I, si alguna cosa hem descobert des de les eleccions de novembre del 2003 és que la política, d'alta categoria o de baixa estofa, torna a ser un tema central a Catalunya. Desentumiu-vos, doncs, i gaudieu del privilegi de viure en un país on pot passar qualsevol cosa...

Índex